ELIZABETH LAVENZA não tem uma refeição decente há semanas. Seus braços finos estão cobertos de hematomas causados por sua guardiã. Na iminência de ser jogada nas ruas, a menina é levada para a casa de Victor Frankenstein, um garoto introspectivo e solitário que tem tudo – menos um amigo.

Victor é a chance que Elizabeth tem para escapar da miséria. Então, ela faz de tudo para se tornar indispensável... e cumpre seu intento: é vendida por sua guardiã aos Frankenstein e passa a ser propriedade da família. Agora, ela pode dormir em uma cama quente, fartar-se com comidas deliciosas e usar os vestidos da mais fina seda. Logo, Victor e ela tornam-se inseparáveis.

Conforme os anos passam, porém, a sobrevivência de Elizabeth depende de sua capacidade de controlar o temperamento cada vez mais perigoso de Victor, além de ser indulgente com seus caprichos, não importa o quão moralmente questionáveis ou perversos possam ser.

De sorriso meigo e mente sofisticada, Elizabeth está determinada a se manter viva custe o que custar... até mesmo quando o mundo tal qual ela conhece, progressivamente, é consumido pelas sombras.

Mary Shelley revolucionou a literatura com *Frankenstein: ou o Prometeu moderno*, sua obra-prima. Em comemoração ao bicentenário de sua publicação, a **Plataforma21** oferece a seus leitores este reconto do clássico, ricamente tecido por Kiersten White sob um ponto de vista inédito. É chegada a hora de conhecermos a voz de Elizabeth Frankenstein e deixá-la contar a própria história – e também a do monstro.

A SOMBRIA QUEDA DE ELIZABETH FRANKENSTEIN

DA MESMA AUTORA, PELA PLATAFORMA21

SAGA DA CONQUISTADORA
FILHA DAS TREVAS (v. 1)
DONA DO PODER (v. 2)

A SOMBRIA QUEDA DE ELIZABETH FRANKENSTEIN

KIERSTEN WHITE

TRADUÇÃO
LAVÍNIA FÁVERO

PLATAFORMA21

TÍTULO ORIGINAL *The Dark Descent of Elizabeth Frankenstein*
© 2018 by Kiersten Brazier. This translation published by arrangement with
Random House Children's Books, a division of Penguin Random House LLC.
Publicado mediante acordo com Random House Children's Books,
uma divisão da Penguin Random House LLC.
© 2018 Vergara & Riba Editoras S.A.

Plataforma21 é o selo jovem da V&R Editoras

EDIÇÃO Fabrício Valério e Flavia Lago
EDITORA-ASSISTENTE Thaíse Costa Macêdo
PREPARAÇÃO Fabiane Zorn
REVISÃO Isadora Prospero
DIREÇÃO DE ARTE Ana Solt
DIAGRAMAÇÃO Ana Solt e Pamella Destefi
DESIGN DE CAPA Regina Flath
IMAGEM DE CAPA © 2018 by Christine Blackburne
IMAGEM PÁGINAS 338 e 339 © Motortion Films / shutterstock.com

Dados Internacionais de Catalogação na Publicação (CIP)
(Câmara Brasileira do Livro, SP, Brasil)

White, Kiersten
A sombria queda de Elizabeth Frankenstein / Kiersten
White; tradução Lavínia Fávero. – São Paulo: Plataforma21,
2018.

Título original: The Dark Descent of Elizabeth Frankenstein.
ISBN 978-85-92783-84-6

1. Ficção juvenil 2. Suspense - Ficção I. Título.

18-19257 CDD-028.5

Índices para catálogo sistemático:
1. Ficção : Literatura juvenil 028.5
Iolanda Rodrigues Biode - Bibliotecária - CRB-8/10014

Todos os direitos desta edição reservados à
VERGARA & RIBA EDITORAS S.A.
Rua Cel. Lisboa, 989 | Vila Mariana
CEP 04020-041 | São Paulo | SP
Tel.| Fax: (+55 11) 4612-2866
plataforma21.com.br | plataforma21@vreditoras.com.br

Para Mary Wollstonecraft Shelley,
cuja criação ainda deixa nossa imaginação eletrizada,
mesmo depois de duzentos anos

– e –

para todos que foram obrigados a se sentir
um personagem secundário da própria história.

Por acaso vos pedi, Criador,
que do barro me fizésseis, supliquei
que das trevas me promovêsseis?

John Milton, *Paraíso perdido**

---

* Além da epígrafe, todos os títulos de partes e capítulos desta obra foram extraídos de *Paraíso perdido*, de John Milton, com exceção do título do capítulo 2, cuja citação provém de *Comus*, do mesmo autor. A presente edição traz a tradução destes versos por Lavínia Fávero. As citações originais, conforme apresentadas em *The Dark Descent of Elizabeth Frankenstein*, constam ao final deste livro (página 345). (N. E.)

PARTE UM

COMO

PODERIA

SEM TI

VIVER?

UM

QUE INFELICIDADE
SER FRACO

Raios arranhavam o céu, deixando um rastro de veias nas nuvens e marcando a pulsação do próprio universo.

Soltei um suspiro feliz enquanto a chuva golpeava os vidros da carruagem, e os trovões ribombavam tão alto que não consegui ouvir sequer o ranger das rodas quando a estrada de terra se tornou uma rua de paralelepípedos, no limite de Ingolstadt.

Justine, ao meu lado, tremia como um coelho recém-nascido e enterrou o rosto no meu ombro. Mais um relâmpago iluminou nossa carruagem com sua claridade branca e forte, antes que ficássemos temporariamente surdas com o estrondo de um trovão, tão alto que os vidros ameaçaram se soltar.

— Como é que você consegue rir? — perguntou Justine.

Eu nem percebera que estava rindo até aquele momento.

Passei a mão no seu cabelo castanho-escuro, nas mechas que tinham se soltado por baixo do chapéu. Justine odiava qualquer tipo de ruído alto. Bater de portas. Tempestades. Gritos. Especialmente gritos. Mas eu garantira que ela não tivesse que suportar nada disso nos últimos dois anos. Era tão estranho que nossas diferentes origens — semelhantes em crueldade, porém diversas em duração — tivessem resultados tão opostos. Justine era a pessoa mais aberta, amável e genuinamente boa que eu já havia conhecido.

E eu era...

Bem, eu não era parecida com ela.

— Já contei que eu e Victor costumávamos subir no telhado de casa para observar os raios durante tempestades?

Ela sacudiu a cabeça, sem levantá-la.

— Contei como os relâmpagos se atiravam contra as montanhas, deixando-as em evidência, como se estivéssemos vendo a própria criação do mundo? Ou como íamos para perto do lago, para que parecesse que estávamos no céu e na água ao mesmo tempo? Acabávamos ficando encharcados. É um milagre não termos morrido.

Dei risada mais uma vez, ao lembrar. Minha pele — clara como meu cabelo — ficava dos tons mais violentos de vermelho de tanto frio. Victor, com seus cachos negros grudados na testa pálida, acentuando as sombras que sempre tinha debaixo dos olhos, ficava parecendo um cadáver. Que dupla formávamos!

— Uma noite — continuei, ao perceber que Justine estava se acalmando —, um raio atingiu uma árvore no chão, a menos de dez corpos de distância de onde estávamos.

— Deve ter sido apavorante!

— Foi glorioso. — Dei um sorriso, espalmando a mão contra o vidro gelado, sentindo a temperatura através de minhas luvas brancas de renda. — Para mim, era o grande e tenebroso poder da natureza. Era como ver Deus.

Justine fez um ruído de reprovação e se desencostou do meu corpo para me lançar um olhar sério.

— Não blasfeme — disse.

• 12 •

Eu lhe mostrei a língua até que relaxasse e desse um sorriso.

— Qual foi a opinião de Victor a esse respeito?

— Ele ficou terrivelmente deprimido por meses. Acho que suas exatas palavras foram "definhei nos vales do desespero incompreensível".

O sorriso de Justine cresceu, mas com um toque de confusão. Seu rosto era mais claro do que qualquer escrito de Victor. Os livros dele sempre exigiam conhecimentos prévios e intensos estudos, mas Justine era um manuscrito com iluminuras: belo, precioso e instantaneamente compreensível.

Não sem relutância, fechei as cortinas da carruagem, isolando-nos da tempestade, para tranquilidade de Justine. Ela não saía da casa do lago desde nossa última e desastrosa viagem para Genebra, que terminou com sua mãe insana e desamparada nos atacando. Aquela viagem pela Baviera lhe era penosa.

— Eu vi a beleza da natureza na destruição da árvore, mas Victor viu poder... o poder de iluminar a noite e banir a escuridão, o poder de pôr fim a uma vida de séculos com um único golpe... um poder que ele não podia controlar, ao qual nem poderia ter acesso. Só que nada incomoda tanto Victor quanto algo que ele não pode controlar.

— Queria tê-lo conhecido melhor antes de ele ir para a universidade.

Dei um tapinha na mão de Justine — suas luvas de couro marrom eram um presente que Henry me dera —, depois apertei seus dedos. As luvas dela eram bem mais macias e quentes do que as minhas. Mas Victor preferia que eu usasse branco. E eu adorava dar coisas bonitas para Justine. Fazia dois anos que ela fora admitida na casa, quando tinha 17, e eu, 15. E só estava lá havia dois meses quando Victor foi embora. Mal o conhecia.

Ninguém o conhecia, a não ser eu. Gostava que fosse assim, porém queria que os dois se amassem como eu os amava.

— Você logo conhecerá Victor. Todos nós, Victor, você e eu... — Fiquei em silêncio por um instante, e minha língua traiçoeira tentou incluir Henry. O que não iria acontecer. – ... iremos nos reencontrar com muita alegria, e então meu coração estará pleno. – O tom de minha voz era animado para mascarar o medo que estava por trás de toda aquela empreitada.

Eu não podia permitir que Justine ficasse preocupada. Sua disposição para me servir de acompanhante era o único motivo para eu ter conseguido fazer aquela viagem. O Juiz Frankenstein tinha, de início, negado minhas súplicas para verificar como Victor estava. Acho que ficara aliviado quando Victor fora embora; não se importava por não receber notícias. O Juiz Frankenstein sempre dizia que Victor voltaria para casa quando estivesse preparado para isso e que eu não deveria me preocupar.

Eu me preocupava. E muito. Principalmente depois de encontrar uma lista de despesas onde constava meu nome. Em primeiro lugar. Ele estava fazendo uma auditoria em mim. E logo – disso eu não tinha dúvidas – concluiria que não valia a pena continuar me empregando. Eu tinha me saído muito bem consertando Victor. Ele estava solto no mundo, e eu me tornara obsoleta para seu pai.

Eu não permitiria que me jogassem no olho da rua. Não depois de dar duro por tantos anos. Não depois de tudo o que fizera.

Por sorte, o Juiz Frankenstein fora convocado para sua própria viagem misteriosa. Eu não pedira permissão de novo, só... partira. Justine não sabia disso. Sua presença me dava a liberdade de que eu precisava para me deslocar sem levantar suspeitas nem censuras. William e Ernest, os irmãos mais novos de Victor, responsabilidade de Justine, ficariam bem aos cuidados da criada até que pudéssemos voltar.

Houve outro estrondo de trovão, que ribombou através de nosso peito, fazendo com que o sentíssemos bem no coração.

– Conte a história da primeira vez que você viu Victor – disse Justine, apertando minha mão com tanta força que os ossos doeram.

A mulher que não era minha mãe me beliscou e puxou meu cabelo com uma brutal e eficiente maldade.

Eu estava usando um vestido grande demais para mim. As mangas cobriam meus pulsos, o que não era a moda para crianças. Mas o vestido tapava os machucados que cobriam minha pele. Na semana anterior, eu fora pega roubando mais uma porção de comida. Eu já tinha sangrado muitas vezes debaixo de seus punhos zangados, mas daquela vez minha guardiã tinha me batido até tudo escurecer. Passei as três noites seguintes escondida no bosque perto do lago, comendo frutinhas. Achei que ela me mataria quando me encontrasse, como tanto ameaçara fazer. Em vez disso, descobriu outra utilidade para mim.

— Não vá estragar tudo — sussurrou. — Seria melhor você ter morrido no parto, junto com sua mãe, do que ficar aqui comigo. Egoísta em vida, egoísta na morte. É daí que você veio.

Levantei bem o queixo e deixei que ela terminasse de pentear meu cabelo, para que brilhasse como ouro.

— Faça-os adorar você — exigiu, bem na hora em que ouvi uma batida suave na porta do casebre onde eu morava com minha guardiã e seus quatro filhos. — Se não quiserem ficar com você, vou te afogar no barril de armazenar chuva como fiz com aquela última ninhada de gatinhos vadios.

Uma mulher estava parada lá fora, rodeada por um auréola ofuscante de luz do sol.

— Aqui está ela — disse minha guardiã. — Elizabeth. A própria anjinha. Nascida no seio da nobreza. O destino roubou sua mãe, o orgulho aprisionou seu pai, e a Áustria levou sua fortuna. Mas nada pôde estragar sua beleza e sua bondade.

Eu não podia virar de costas, senão lhe daria um pisão no pé ou um soco por causa daquele amor falso.

— Você gostaria de conhecer meu filho? — perguntou a mulher. Sua voz tremia, como se fosse ela quem estivesse com medo.

Balancei a cabeça solenemente, fazendo que sim. Ela segurou minha mão e me levou. Não olhei para trás.

– Victor, meu filho, é só um ou dois anos mais velho do que você. É uma criança especial. Inteligente e inquisidora. Mas não faz amigos com facilidade. As outras crianças... – A mulher ficou em silêncio por um instante, como se procurasse, em uma travessa cheia de balas, a melhor para pôr na boca. – ... ficam intimidadas com ele. É um menino isolado e solitário. Mas acho que uma amiga como você é exatamente a influência gentil da qual ele precisa. Você pode fazer isso, Elizabeth? Pode ser a amiga especial de Victor?

Tínhamos caminhado até a propriedade de férias da família. Fiquei paralisada. Impressionada com o que via. A mulher me empurrou para a frente, e tropecei, perplexa.

Eu tivera outra vida, antes. Antes do casebre com crianças malvadas que me mordiam. Antes da mulher que cuidava de mim com socos e machucados. Antes da vida assombrada pela fome e pelo frio, espremida em uma escuridão suja entre corpos de estranhos.

Coloquei um dedo do pé cautelosamente no limiar da propriedade que a família Frankenstein habitava quando estava à beira do lago Como. Fui atrás da mulher pelos belos cômodos ornados de verde e dourado, de janelas e luz, e a dor foi ficando para trás à medida que eu adentrava naquele mundo dos sonhos.

Eu já tinha morado ali. E morava ali toda noite, quando fechava os olhos.

Apesar de ter perdido meu lar e meu pai havia mais de dois anos, e de nenhuma criança conseguir se lembrar das coisas com clareza perfeita, tive certeza. Aquela fora a minha vida. Aqueles cômodos, abençoados com beleza e espaço – tanto espaço! – tinham agraciado minha infância. Não aquela propriedade específica, mas a sensação geral que ela evocava. Existe certa segurança na limpeza, certo conforto na beleza.

Madame Frankenstein tinha me tirado da escuridão e me levado de volta à luz.

Esfreguei meus braços magros e machucados, finos como gravetos. A determinação preenchia meu corpo de criança. Eu seria qualquer coisa que o filho dela precisasse, se isso fosse me devolver aquela vida. O dia estava ensolarado, a mão da dama era mais macia do que tudo o que eu havia tocado nos últimos anos, e os cômodos à nossa frente pareciam repletos da esperança de um novo futuro.

Madame Frankenstein me guiou pelos corredores até sairmos no jardim.

Victor estava sozinho. Com as mãos entrelaçadas nas costas. Apesar de não ser muito mais do que dois anos mais velho do que eu, quase parecia adulto. Senti o mesmo receio tímido que sentiria ao abordar um homem desconhecido.

— Victor — disse sua mãe e, mais uma vez, percebi medo e nervosismo em sua voz. — Victor, trouxe uma amiga.

O menino se virou. Como era limpinho! Fiquei morrendo de vergonha por estar usando um vestido grande demais, todo remendado. Apesar de ter lavado o cabelo — minha guardiã dissera que ele era minha maior qualidade —, eu sabia que meus pés, dentro dos sapatos, estavam sujos. E senti, quando ele me olhou, que Victor certamente sabia disso também.

Tentou colocar um sorriso no rosto do mesmo modo como eu experimentava roupas de segunda mão: esticando daqui e dali até quase servirem.

— Olá — disse ele.

— Olá — disse eu.

Nós dois ficamos parados ali, enquanto sua mãe nos observava.

Eu tinha que fazer aquele garoto gostar de mim. Mas o que eu tinha a oferecer a um menino que tinha de tudo?

— Você quer procurar um ninho de pássaro comigo? — perguntei, e as palavras saíram se atropelando, apressadas. Eu era melhor nisso do que

qualquer uma das crianças. Victor não parecia ser um menino que tinha subido em árvores para espiar ninhos. Foi a única coisa em que consegui pensar. – Estamos na primavera; os passarinhos estão quase prontos para sair dos ovos.

Victor franziu a testa, juntando as sobrancelhas pretas. Depois balançou a cabeça, estendendo a mão. Dei um passo para a frente e a segurei. Sua mãe soltou um suspiro de alívio.

– Divirtam-se! Mas não saiam de perto da casa – recomendou.

Saí com Victor do jardim e entrei na floresta verde primaveril que rodeava a propriedade. O lago não ficava muito longe. Eu conseguia sentir seu cheiro, gelado e escuro, na brisa. Caminhei a esmo, mantendo os olhos fixos nos galhos acima de nós. Parecia uma questão de vida ou morte encontrar o ninho prometido. Como se fosse um teste. Se eu passasse, poderia ficar no mundo de Victor.

E, se eu fracassasse...

Mas então, como se fosse uma esperança emaranhada em gravetos e lama: um ninho! Apontei para ele, radiante.

Victor fez uma careta e disse:

– Está muito alto.

– Eu consigo pegar!

Ele me examinou e disse:

– Você é uma menina. Não deveria subir em árvores.

Eu subia em árvores desde que aprendera a andar, mas o seu pronunciamento me fez morrer de vergonha, assim como meus pés sujos. Eu estava fazendo tudo errado.

– E se... – falei, retorcendo as mãos no vestido. – E se eu subir nesta, e ela for a última árvore em que eu vou subir? Por você?

Victor pensou em minha proposta, depois sorriu.

– Sim, pode ser.

– Vou contar os ovos e digo quantos tem!

Eu já estava subindo pelo tronco, desejando estar de pés descalços, mas preocupada demais com a impressão que causaria ao tirar os sapatos.

— Não, traga o ninho aqui embaixo.

Parei na metade do caminho.

— Mas, se tirarmos o ninho do lugar, a mãe não poderá encontrá-lo.

— Você disse que ia me mostrar um ninho. Era mentira?

O menino parecia muito bravo só de pensar que eu poderia tê-lo enganado. Especialmente naquele primeiro dia, eu teria feito qualquer coisa para arrancar-lhe um sorriso.

— Não! — falei, ofegante. Alcancei o galho e deslizei ao longo dele. Dentro do ninho, havia quatro ovos azuis-claros, minúsculos e perfeitos.

Com todo o cuidado, soltei o ninho do galho. Eu ia mostrá-lo para Victor e colocá-lo de volta no lugar. Foi difícil descer mantendo o ninho protegido e intacto, mas consegui. Eu o mostrei para Victor com ar triunfante, radiante.

Ele espiou lá dentro e perguntou:

— Quando os ovos vão se abrir?

— Logo, logo.

Victor esticou as mãos e os tocou. Depois sentou-se em uma grande rocha plana.

— Tordos, acho — eu disse.

Passei a mão na casca lisa dos ovos azuis. Imaginei que eram pedaços do céu e que, se eu conseguisse esticar os braços bem alto, o céu seria liso e quente como aqueles ovos.

— Talvez — falei, rindo — tenha sido o céu que pôs estes ovos. E, quando se abrirem, um Sol em miniatura sairá da casca e voará pelos ares.

Victor olhou para mim e disse:

— Isso é absurdo. Você é muito estranha.

Fechei a boca, tentando sorrir para que ele soubesse que suas palavras não tinham me magoado. Victor também sorriu, hesitante, e falou:

— Há quatro ovos e só um Sol. Talvez os outros sejam nuvens. — Senti *uma onda quente de afeição por ele. Victor pegou o primeiro ovo e o segurou contra a luz. – Olhe. Dá para ver o passarinho.*

Victor tinha razão. A casca do ovo era translúcida, e a silhueta de um passarinho encolhido estava visível. Soltei uma risada de deleite.

– É como ver o futuro – falei.

– Quase.

Se um de nós dois pudesse ter visto o futuro, saberíamos que, no dia seguinte, a mãe dele pagaria à minha cruel guardiã e me levaria para sempre. Depois me daria a Victor, como um presente especial.

Justine soltou um suspiro feliz.

– Adoro essa história – disse.

Ela adorava porque eu só contava para ela. Não era bem a verdade. Mas tão pouco do que eu dizia para os outros era... Eu parara de me sentir culpada havia muito tempo. Palavras e histórias eram ferramentas para suscitar as reações desejadas nas pessoas, e eu era uma artesã experiente.

Essa história específica era quase correta. Rebusquei um pouco, principalmente na parte das lembranças da propriedade, porque era fundamental mentir sobre isso. E sempre deixava o final de fora. Justine não entenderia, e eu não queria pensar nisso.

"Consigo sentir o coração dele", sussurrou Victor na minha memória.

Espiei pela fresta da cortina bem quando a cidade de Ingolstadt começou a nos engolir, e suas escuras casas de pedra foram se fechando à nossa volta, feito dentes. Ela tinha roubado meu Victor e o devorado. Mandei Henry para convencê-lo a voltar para casa e perdera os dois.

Eu estava ali para levar Victor de volta. Não iria embora até conseguir.

Não mentira a Justine a respeito da minha motivação. A traição de

Henry doía como uma ferida recente e em carne viva. Eu sobreviveria a isso. Contudo, não conseguiria sobreviver à perda de meu querido Victor. Eu *precisava* de Victor. E aquela menininha que fizera todo o necessário para conquistar seu coração ainda faria o que fosse preciso para continuar com ele.

Mostrei os dentes para a cidade, desafiando-a a tentar me impedir.

DOIS

QUAL A RELAÇÃO
DA NOITE COM O SONO?

A ESCURIDÃO DA TEMPESTADE já se apossara do céu, tornando o pôr do sol irrelevante. Mas não devia ser muito depois do cair da noite quando chegamos às acomodações que eu, às pressas, reservara por carta. Não sabia se Victor podia receber visitas no seu alojamento ali ou em que estado estariam esses aposentos. Apesar de termos vivido na mesma casa até ele partir, presumir que eu poderia ficar na casa de Victor nessa cidade me pareceu arriscado demais. O Victor que partira havia dois anos certamente não era o mesmo que o desse momento. Eu precisava vê-lo para descobrir quem ele precisava que eu fosse. E Justine, certamente, não aprovaria que ficássemos nos aposentos de um jovem estudante solteiro.

Sendo assim, nos encontramos paradas debaixo do guarda-chuva em meio àquela chuva desagradável e persistente, batendo na porta do Pensionato para Moças de Frau Gottschalk. A carruagem esperava logo atrás, e os cavalos batiam os cascos nos paralelepípedos, impacientes. Tive vontade de bater os pés junto com eles. Eu estava finalmente ali, na mesma cidade que Victor, mas só teria tempo de procurá-lo na manhã seguinte.

Bati até minha mão ficar dolorida por baixo da luva. A porta se entreabriu, enfim. Uma mulher, iluminada pelo clarão amarelo de um lampião que a fazia parecer mais uma boneca de cera do que um ser humano, olhou feio para nós, com uma ferocidade assustadora.

— O que vocês querem? — perguntou, em alemão.

Reorganizei meu rosto, abrindo um sorriso agradável e esperançoso.

— Boa noite. Meu nome é Elizabeth Lavenza. Escrevi, reservando quartos por...

— Regras da casa! Trancamos as portas ao entardecer. Se não estiver dentro, não entra.

Um trovão distante ecoou, e Justine tremeu ao meu lado. Retorci meus lábios carnudos formando uma expressão de penitência, balançando a cabeça e concordando com a senhora.

— Sim, é claro. Só que acabamos de chegar e não tínhamos como saber quais eram as regras. É uma exigência sensata, e sou tão grata que nós, duas jovens viajando sozinhas, ficaremos ao encargo de uma senhora tão bem preparada para cuidar da segurança e do bem-estar de suas hóspedes! — Levei as mãos ao coração e sorri para ela. — Na verdade, temia, antes de chegarmos, que tivéssemos tomado uma decisão precipitada ao escolher ficar aqui, mas vejo que a senhora é um anjo enviado dos céus para nos proteger!

A mulher piscou, torcendo o nariz como se pudesse sentir o cheiro da minha falsidade, mas meu rosto se revelou um escudo bastante adequado. Ela franziu ainda mais a testa, relanceando com os olhos redondos, examinando nós duas e a carruagem que nos esperava.

— Bem, andem logo e saiam da chuva, então. E não se esqueçam de que essa regra jamais será desrespeitada novamente!

— Sim! Muito obrigada! Temos tanta sorte, não é, Justine?

Justine estava de cabeça baixa, com os olhos fixos nos degraus sob nossos pés. Falava principalmente francês, e eu não sabia o quanto do alemão da dona do pensionato ela tinha entendido. Entretanto o tom e a atitude não exigiam tradução. Justine agia como um filhote de cachorro que levou uma surra por ser desobediente. Eu já odiava aquela mulher.

Pedi ao cocheiro que deixasse nosso baú no corredor. Foi um balé desajeitado. A dona não o deixava pôr mais de um pé lá dentro por vez. Paguei uma quantia generosa pelos seus serviços, esperando reservá-lo para a viagem de volta — quando quer que fosse.

A dona do pensionato bateu a porta assim que o homem saiu e passou duas trancas. Por fim, tirou uma grande chave de ferro do bolso do avental e a girou na fechadura.

— A cidade é perigosa depois que escurece? Não ouvi falar disso — comentei.

A cidade girava em volta da universidade. Certamente um centro de aprendizado não podia ser tão ameaçador assim. Desde quando a busca pelo conhecimento merecia tantas trancas?

Ela grunhiu.

— Duvido que vocês tenham ouvido falar muito de Ingolstadt lá no alto das suas belas montanhas. São irmãs?

Justine se encolheu toda. Eu me posicionei entre ela e a dona do pensionato.

— Não. Justine trabalha para meus patronos. Mas eu a amo como se fosse uma irmã.

As semelhanças entre nós não eram tantas para que fosse fácil presumir que éramos parentes. Eu tinha pele clara, olhos azuis e cabelos dourados, dos quais ainda cuidava como se minha vida dependesse deles. Parara de crescer no ano anterior, era pequena e tinha ossos finos. Às vezes me perguntava: se tivessem me dado mais comida quando eu era criança, seria mais alta? Mais forte? Mas minha aparência contava ao meu favor. Eu parecia frágil e doce, incapaz de fazer mal ou de enganar.

• 24 •

Justine tinha quase uma mão a mais de altura do que eu. Seus ombros eram largos; suas mãos, fortes e hábeis. Seu cabelo era de um castanho profundo, que brilhava ao sol com luzes vermelhas e douradas. Tudo nela brilhava. Era uma criatura nascida para ter apenas dias tranquilos e quentes. Contudo, nos seus lábios carnudos e olhos voltados para baixo, havia um quê de tristeza e sofrimento que me mantinha ligada a ela, lembrando-me de que Justine não era tão forte quanto parecia.

Se eu pudesse escolher uma irmã, seria Justine. *Escolhi* Justine. Mas Justine já tivera outras irmãs. Eu queria que aquela mulher horrorosa não houvesse invocado os fantasmas delas naquela entrada sinistra, junto com o restante das nossas bagagens. Abaixei o braço e segurei uma das alças do baú, fazendo sinal para Justine pegar a outra.

Ela voltou os olhos arregalados para a dona do pensionato, com uma expressão arrasada. Examinei a dona com mais atenção. Apesar de a mulher não ter nenhuma semelhança com a mãe de Justine, aquele tom de voz agudo e cortante e o modo desdenhoso como respondeu à minha pergunta inocente foram suficientes para deixar a pobre Justine nervosa. Eu teria que me esforçar ao máximo para impedi-la de interagir com essa mulher. Torci para que essa fosse a única noite em que precisaríamos de algo daquela harpia de cara de cera.

— Que bom que encontramos a senhora — repeti, radiante, quando ela passou por nós bufando em direção a um lance de escada estreito. Então me virei para trás e pisquei para Justine. Ela me deu um sorriso sem vida; seu belo rosto estava enrugado devido ao esforço que fazia para fingir.

— Vocês podem me chamar de Frau Gottschalk. As regras da casa são as seguintes: nada de cavalheiros passando pela porta, nunca. O café da manhã é servido às 7h em ponto e não será servido para ninguém que se sentar depois disso. Vocês têm sempre que estar em vestimentas apresentáveis quando passarem pelas áreas comuns da casa.

— E há muitas outras hóspedes? — perguntei, enquanto manobrava nosso grande baú por um canto precariamente coberto com papel de parede.

— Não, nenhuma. Se me permitem continuar, as áreas comuns são para fazer atividades silenciosas durante a noite, como bordado.

— Ou leitura? — indagou Justine, esperançosa, enrolando-se no alemão.

Ela sabia o quanto eu adorava ler. É claro que pensaria primeiro em mim.

— Leitura? Não. Não temos biblioteca na casa. — Frau Gottschalk olhou feio, como se fôssemos as criaturas mais tolas que existiam por presumirmos que haveria livros em um pensionato para moças. — Se quiserem livros, terão que visitar uma das bibliotecas da universidade ou livreiros. Não sei onde se localizam. O toalete é aqui. Só esvazio os penicos dos quartos uma vez por dia. Tenham o cuidado de não enchê-los demais. Este é o quarto de vocês.

Ela abriu uma porta, mal entalhada com um arremedo de flores que eram tão adoráveis quanto o rosto de Frau Gottschalk era gentil. A porta rangeu e estalou, como se protestasse por estar sendo usada.

— O almoço é por sua conta. Vocês não podem utilizar as cozinhas sob hipótese alguma. E o jantar é servido pontualmente às 18h, na mesma hora em que a porta é trancada pelo resto da noite. Não pensem que minha gentileza de hoje acontecerá de novo! Uma vez que aquela porta é trancada, ninguém pode abri-la. — Ela mostrou sua pesada chave de ferro. — Vocês também não podem abri-la. Então, nada de uma pôr a outra para dentro escondida. Respeitem o toque de recolher.

A mulher se virou, reclamando e erguendo as saias duras de tão engomadas, depois ficou em silêncio. Preparei um sorriso de gratidão para responder ao seu desejo de "boa noite" ou "boa estada" ou, sendo mais esperançosa, a um convite para um jantar depois da hora. Em vez disso, Frau Gottschalk falou:

— É melhor utilizarem o algodão que está nos criados-mudos para taparem os ouvidos. Para abafar os... sons.

Dito isso, sumiu pelo corredor escuro, deixando-nos sozinhas na soleira da porta de nosso quarto.

— Bem — falei, largando o baú no chão de madeira gasta. — Está escuro.

Fui me movimentando cegamente pelo quarto. Depois de bater os dedos no pé de uma das camas, fui tateando até chegar a uma janela de venezianas fechadas. Puxei a veneziana, mas havia algum tipo de mecanismo de trava que eu não conseguia enxergar.

Bati o quadril em uma mesa e encontrei um lampião. Por sorte, o pavio ainda estava aceso, mas quase apagando. Aumentei o gás. O quarto foi se revelando lentamente.

— Talvez seja melhor deixar a chama baixa — falei, dando risada.

Justine ainda estava à porta, retorcendo as mãos.

Fui até ela e segurei suas mãos.

— Não permita que a Frau Gottschalk a aborreça. É apenas uma alma infeliz; e não vamos ficar muito tempo aqui. Quando encontrarmos Victor, amanhã, ele poderá nos indicar acomodações melhores.

Justine balançou a cabeça, e sua expressão ficou um pouco menos tensa.

— Henry deve conhecer alguém gentil.

— Henry deve conhecer todas as pessoas gentis da cidade a esta altura! — concordei, radiante.

Só que era mentira. Justine achava que Henry ainda estava na cidade. A amizade natural que havia entre os dois fora parte do meu argumento para convencê-la a vir. Acreditar que Henry estaria à nossa espera a tranquilizava.

Henry, é claro, não estava na cidade. Se estivesse, sem dúvida teria feito amizade com a cidade inteira. Victor, por outro lado, só tinha Henry de amigo. Eu desfizera esse laço entre os dois. E, apesar de saber que deveria me sentir mal por Victor, estava com raiva demais, dele e de Henry. Fiz o que era necessário fazer.

Henry conseguira o que queria, pelo menos em parte. Tudo bem os dois ficarem fazendo descobertas, estudando e construindo o futuro que já tinham assegurado por direito de nascença. Certas pessoas precisam encontrar outros meios.

Certas pessoas precisam mentir e enganar para conseguir viajar para outro país, correr atrás desses meios e arrastá-los de volta para casa.

Olhei para trás, para nosso quarto tristonho.

— Você quer a colcha de teia de aranha ou a que parece ser feita de mortalha?

Justine fez o sinal da cruz, censurando meu humor. Então tirou as luvas e balançou a cabeça, com firmeza.

— Farei com que o quarto esteja à altura.

— *Faremos*. Você não é minha criada, Justine.

Ela sorriu para mim e respondeu:

— Mas tenho uma dívida eterna com você. E adoro ter oportunidade de ajudá-la.

— Desde que você não se esqueça de que trabalha para a família Frankenstein. Não para mim. — Segurei a outra ponta da colcha que ela estava levantando e ajudei a dobrá-la. Os cobertores por baixo estavam em melhor estado, protegidos do pó pela colcha. — Deixe eu abrir esta janela e aí podemos bater neste negócio como se quiséssemos expulsar o demônio dele.

Justine soltou seu lado da colcha, e sua expressão arrasada deixou óbvio que ela estava em outro lugar, completamente diferente. Eu me amaldiçoei pela minha escolha impensada de palavras.

...

Victor estava acamado por causa de uma de suas costumeiras febres, mas já em fase de recuperação, durante a qual ele dormiu feito morto por dois dias para então emergir do nevoeiro. Eu não havia saído de casa por uma semana, enquanto cuidava dele. Henry me arrastou para fora, prometendo sol, morangos frescos e encontrar um presente para Victor.

Depois que o barqueiro nos deixou no portão mais próximo da cidade, andamos pelo mercado principal e seguimos o caminho estreito que o sol fazia entre as encantadoras construções de madeira e pedra, lotadas de gente. Eu não tinha me dado conta do quanto precisava daquele dia de liberdade ensolarado e ao ar livre. Era muito fácil conviver com Henry, apesar de as coisas terem começado a mudar entre nós. Contudo, nesse dia, nos sentíamos crianças de novo, dando risada, sem nenhuma preocupação. Eu estava embriagada de luz do sol, da sensação da brisa na minha pele, de saber que ninguém precisava de mim naquele exato momento.

Até que alguém precisou.

Eu só me dei conta de que estava correndo na direção dos gritos quando encontrei sua fonte. Uma mulher com o físico de uma clava, debruçada sobre uma garota que devia ter a minha idade. A menina estava encolhida, com os braços sobre a cabeça, e seus cachos castanhos tinham saído da touca. A mulher estava gritando, cuspindo suas palavras sobre a menina.

— Eu vou bater em você a valer, sua vagabunda inútil! — Então pegou a vassoura que estava encostada na porta e a levantou sobre a cabeça da menina.

Naquele momento, eu não enxergava mais a mulher que estava à minha frente. Via mais uma mulher odiosa, de língua cruel e punhos mais cruéis ainda. Em uma onda de ódio cego, pulei na sua frente e levei o golpe no ombro.

A mulher cambaleou para trás, em choque. Levantei o queixo, em uma expressão desafiadora. A raiva sumiu do seu rosto, substituída pelo medo. Apesar de morar em uma parte decente da cidade, ela era obviamente da classe trabalhadora. E minhas saias e meu casaco finos — isso sem falar no belo medalhão de ouro que eu tinha em volta do pescoço – assinalavam que eu vinha de um nível bem mais alto da sociedade.

– Perdão – disse ela, e o medo se combinava com seus esforços raivosos, tornando sua voz ofegante e contida. – Eu não vi a senhorita e...

– E a senhora me atacou. Tenho certeza de que o Juiz Frankenstein vai gostar de saber disso.

Era mentira – tanto o fato de que ele gostaria de saber como o de ele ainda ser um juiz em exercício –, porém o cargo foi suficiente para deixá-la ainda mais assustada.

– Não, não. Eu imploro! Permita-me compensá-la de algum modo.

– A senhora feriu meu ombro. Vou precisar de uma criada para me ajudar enquanto me recupero. – Eu me abaixei e, com cuidado, puxei a mão com a qual a menina protegia o rosto, sem tirar os olhos da mulher odiosa por um instante sequer. – Para que eu não envolva as forças da lei, você me dará sua criada.

A mulher mal conseguiu conter o desgosto quando olhou para a menina, que estava saindo daquela posição encolhida com movimentos ariscos, como os de um animal ferido.

– Ela não é minha criada, é minha filha mais velha.

Apertei os dedos da jovem para me equilibrar e evitar bater na mulher.

– Muito bem. Enviarei o contrato de trabalho para que assine. Ela morará comigo até eu resolver que não a quero mais. Passar bem.

Puxei a menina pela mão, arrastando-a, e ela foi cambaleando atrás de mim. Henry estava vindo apressado na nossa direção. Ficara para trás quando saí correndo. Eu o ignorei. Fui logo atravessando a rua e entrei apressada em uma travessa lateral.

A descarga de emoções que eu tinha me esforçado tanto para conter tomou conta de mim, e eu esmoreci, encostada em uma parede de pedra, respirando com dificuldade. A menina fez a mesma coisa, e ficamos ali, minha cabeça no seu ombro, nossa respiração e nossos corações disparados:

éramos como coelhos por dentro – sempre alertas, sempre com medo de ser atacadas. Eu não superara isso, afinal.

Eu sabia que tinha que voltar e encontrar Henry, mas ainda não conseguia fazer isso. Eu tremia, sentindo que todos aqueles anos que me separavam da minha guardiã haviam sumido.

– Obrigada – sussurrou a menina, apertando com seus dedos magros os meus, para que nossas mãos não tremessem mais.

– Meu nome é Elizabeth – falei.

– O meu é Justine.

Olhei para ela. Seu rosto tinha uma mancha vermelho-viva, por ter apanhado – o que se tornaria um machucado feio no dia seguinte. Seus olhos, grandes e arregalados, observavam-me com a mesma gratidão que eu me lembrava de ter sentido quando Victor me aceitou e me tirou da vida dolorosa que eu levava. A garota parecia ter a minha idade ou, a julgar pela altura, um ou dois anos a mais.

– É sempre assim? – sussurrei, tirando seus cachos macios de seu rosto e prendendo-os atrás de sua orelha.

Ela balançou a cabeça em silêncio, fechou os olhos e se abaixou até encostar a testa na minha.

– Ela me odeia. Nunca soube o porquê. Sou sua filha, sangue do seu sangue, igual aos outros. Mas ela me odeia...

– Shhhhhh.

Eu a puxei para perto, aninhando sua cabeça na curva entre meu pescoço e meu ombro. Eu tinha sorte por ter sido salva de uma vida de crueldade e necessidade pela minha beleza, por isso estenderia a mesma dádiva a Justine. Apesar de termos acabado de nos conhecer, eu senti uma ligação de alma com ela, e tive certeza de que faríamos parte da vida uma da outra para sempre.

– Na verdade, não preciso de uma criada – falei. Ela ficou tensa, e fui logo completando: – Você sabe ler?

— Sim. E sei escrever também. Meu pai me ensinou.

Que sorte. Uma ideia tomou forma.

— Você já pensou em ser preceptora?

Justine, perplexa, parou de chorar. Endireitou-se e olhou para mim, com as delicadas sobrancelhas levantadas.

— Estive encarregada de educar e cuidar de meus irmãos mais novos. Mas nunca pensei em fazer isso fora de casa. Minha mãe diz que sou muito ruim e burra...

— Sua mãe é uma tola. Quero que nunca mais pense em nada que ela tenha lhe dito a seu respeito. Era tudo mentira. Entendeu?

Justine fitou meus olhos como se eu fosse uma corda que a estava salvando de um afogamento. E assentiu com a cabeça.

— Que bom. Venha. Vou apresentar à família Frankenstein sua nova preceptora.

— É a sua família?

— Sim. E agora também é a sua.

Seus olhos inocentes brilharam de esperança, e Justine, impulsivamente, deu-me um beijo no rosto. O beijo parecia uma mão fria em uma testa febril, e soltei um suspiro de surpresa. Justine deu risada e me abraçou de novo.

— Obrigada — sussurrou no meu ouvido. — Você salvou minha vida.

— Justine — falei, imprimindo na voz a alegria e a animação que faltavam ao pensionato. — Você pode me ajudar a abrir a janela?

Ela piscou, como que acordando. Se eu lembrava do nosso primeiro encontro com tamanha clareza, nem imaginava o que as minhas palavras mal escolhidas trouxeram à tona nela, do tempo em que não nos conhecíamos. Talvez tivesse sido egoísmo obrigá-la a ir comigo para Ingolstadt à procura de Victor. Justine sempre se sentia tão à vontade na isolada mansão da família Frankenstein! O lago servia de escudo

• 32 •

entre Justine e sua antiga vida. Ela se devotava completamente às duas crianças de quem cuidava e era feliz. Eu ansiava por escapar, mas não tinha pensado o que a ruptura na rotina poderia significar para ela.

Queria tê-la encontrado antes. Dezessete anos com aquela mulher! Victor salvou minha vida quando eu tinha 5.

"Victor, por que você me abandonou?"

– Está trancada. – Ela apontou para o alto da janela, onde as venezianas estavam presas à esquadria.

Cheguei mais perto, olhei para cima.

– Não... Foram fechadas com pregos.

– Que casa estranha – falou, colocando a colcha com cuidado em cima de uma cadeira bamba.

– Só por uma noite.

Sentei-me na cama, e as cordas por baixo do colchão se tensionaram. Na mesa entre as duas camas estreitas estava a única coisa limpa do quarto inteiro: o algodão prometido para nossas orelhas.

O que seria que não deveríamos ouvir?

Depois que a respiração de Justine ficou regular e lenta de sono, saí de fininho da cama, com fome e inquieta. Ansiava pelas noites quando, sem sono ou atormentada por pesadelos, eu podia andar pé ante pé pelo corredor e deitar na cama de Victor. Que quase sempre estava acordado. Lendo ou escrevendo. Seu cérebro nunca parava; dormir era um estorvo para ele. Talvez por isso fosse acometido por aquelas febres – seu corpo o obrigava a, finalmente, parar.

Saber que, a qualquer hora que eu estivesse acordada, ele também estaria tornava minha vida menos solitária. Nos dois intermináveis anos anteriores, eu deitava na cama, imaginando se Victor estaria acordado. Certamente estaria. Certamente, nessa cidade – se pelo menos eu conseguisse contatá-lo –, ele me aninharia do seu lado, junto de seus estudos. Até hoje, nada me tranquiliza mais do que o cheiro de papel e tinta.

Desejei que a terrível Frau Gottschalk tivesse uma biblioteca, só para que eu pudesse levar um livro para cama.

Confiante de que todos os meus anos andando de fininho à noite garantiriam minha segurança, girei a maçaneta devagar. Lembrei-me de que a porta rangia e precisaria ser movida com todo o cuidado.

Porém minhas lembranças de nada serviram. A porta estava trancada. Pelo lado de fora.

De súbito, o quarto, que até então era meramente pequeno demais, tornou-se sufocante. Eu quase conseguia sentir o cheiro azedo do hálito de outras crianças, sentir a pressão dos joelhos esfolados e cotovelos brutais. Fechei os olhos e respirei fundo para exorcizar os demônios do meu passado. Eu não voltaria para lá. Jamais.

Mas, mesmo assim, não havia ar suficiente dentro do quarto. Fui até as venezianas e fiz de tudo para entreabri-las sem acordar Justine. Enquanto tentava, revi meu plano.

Eu iria até o alojamento de Victor na manhã seguinte. Eu não o acusaria nem ficaria brava. Isso jamais funcionara com Victor. Eu daria um sorriso, o abraçaria e o lembraria do quanto ele me amava, do quanto seus dias eram melhores quando eu fazia parte deles. Se Victor tocasse no nome de Henry, eu me faria completamente de inocente.

– O quê? – sussurrei para mim mesma, com uma surpresa absoluta. – O *quê* foi que ele pediu?

Meu dedo ficou preso em uma das ripas. Pronunciei palavrões terríveis entre os dentes, soltando o dedo, que estava quente e úmido. Enfiei-o na boca antes que o sangue manchasse minha camisola.

E, se Victor não respondesse à minha doçura, eu iria simplesmente chorar. Ele nunca suportou me ver chorar. Isso o magoaria. Dei um sorriso de pura expectativa, deixando que a maldade no fundo do meu ser se esticasse, como se fosse um músculo pouco usado. Ele me abandonara *sozinha* naquela casa. Sim, eu tinha Justine. Mas Justine não garantia a minha segurança.

Precisava ter Victor de volta, e não permitiria que ele me abandonasse de novo.

Uma das ripas finalmente se soltou. Segurando-a com firmeza como se fosse uma faca, encostei o rosto na abertura para olhar as ruas vazias lá embaixo. Havia parado de chover, e as nuvens acariciavam a lua cheia como se fossem um amante terno.

Tudo estava parado e silencioso, brilhando, tão limpo quanto um pedaço da cidade conseguiria ser. Não vi nada, não ouvi nada.

Coloquei a ripa de volta no lugar e fiquei sentada, de guarda, na frente da porta do quarto, certa de que a única ameaça em Ingolstadt era a pessoa a quem tínhamos pago para nos trancar em um quarto empoeirado.

Em algum momento antes de amanhecer acordei assustada e quase caí da cadeira. Atordoada e meio dormindo, fui atraída até a janela com a mesma certeza com que fui atraída pelos gritos animalescos de Justine naquele dia, em Genebra.

A rua estava vazia. Será que eu tinha sonhado com um grito tão profundo – que minha alma reconheceu? Atacada por lembranças que eu preferia não possuir, voltei à minha vigília até amanhecer e eu ouvir o tão esperado clique da chave para a liberdade.

TRÊS

PERDIDOS EM
TORTUOSOS LABIRINTOS

O CAFÉ DA MANHÃ foi um tanto amargo. Apesar de todos os meus esforços, Frau Gottschalk era imune aos meus encantos. Talvez eu os tivesse superestimado ou talvez fossem tão bem cultivados para a família Frankenstein, depois de tantos anos, que não valiam nada em outro lugar.

Aquele não era um pensamento reconfortante.

Frau Gottschalk se recusou a entregar a chave de nosso quarto – para nossa "proteção", como se proteger a virtude das moças fizesse parte do seu contrato. Seu pão era um tanto queimado e massudo ao mesmo tempo; seu leite, tão fresco quanto eu me sentia depois de uma noite sem dormir; e sua companhia, intolerável.

Com pressa, batemos em retirada da casa. Quando a porta se fechou e foi trancada atrás de nós, soltei um profundo suspiro de alívio. Pelo menos, aquela seria a única noite que teríamos de passar ali. Assim que encontrássemos Victor, poderíamos ter novas acomodações.

Peguei a última carta que recebera de Victor – de quase 18 meses antes. Meus dedos, por impulso, retorceram-se como garras quando os passei por cima da data – e olhei para seu endereço. Apesar de eu tê-la decorado, sempre tinha a sensação de que a carta era uma espécie de talismã que nos levaria até ele.

— Deveríamos procurar uma carruagem? — perguntou Justine, olhando para o céu com desconfiança. As nuvens estavam pesadas, ameaçando chover mais. Mas eu não queria perder tempo procurando um cocheiro para contratar e, certamente, não voltaria ao interior do pensionato para pedir ajuda de Frau Gottschalk.

— Depois de ter passado tanto tempo dentro da carruagem ontem, acho que é melhor caminhar.

Havia dois anos, quando Victor estava se preparando para ir embora, fiz uma cópia de um mapa de Ingolstadt. Tive o cuidado de fazer todos os floreios e detalhes artísticos que ele parecia admirar. Victor costumava debochar de minha arte, por ser tão inútil, mas sempre a mostrava com orgulho quando algum raro visitante vinha em casa.

Eu estava com o mapa que tinha usado para fazer a cópia. Sem floreio algum, porque era para mim. Qual seria a utilidade?

Passando o dedo pelas linhas das ruas como uma vidente lê o futuro na palma de uma mão, encontrei um ponto e bati o dedo sobre ele no ritmo do meu coração:

— Aqui. É aqui que vamos encontrar Victor — falei.

Eu e Justine demos os braços e pisamos com cuidado nas beiradas lamacentas da rua de paralelepípedos, deixando que as correntes de tinta do meu mapa nos levassem ao nosso destino.

— Victor Frankenstein? — perguntou um homem com um bigode tão espetado e anêmico quanto seu físico, falando francês. — O que você quer com ele?

— Sou sua prima — respondi.

Não era, mas esse era o termo que nos disseram para usar quando falássemos um do outro. O pai e a mãe de Victor sempre tiveram o cuidado de não permitir que nos chamássemos de irmão ou irmã. Apesar de terem me alimentado, vestido e educado como o filho até que ele saiu de casa para frequentar a escola da cidade e, depois, para cursar a universidade, obrigaram-me a continuar usando meu sobrenome e nunca me adotaram formalmente.

Eu morava com a família Frankenstein. Não fazia parte dela. E nunca me esqueci disso.

O homem soltou um grunhido meio chiado, puxando as pontas do bigode.

— Não o vejo há mais de um ano — falou. — O rapaz disse que precisava de mais espaço. E também era um desgraçado arrogante. Alegou que eu o estava espionando. Até parece que vou me interessar pelos rabiscos lunáticos de um estudante! Sou doutor, sabia?

— Oh! — disse Justine, incomodada com a sua agitação e tentando acalmá-lo. — Em quê?

O homem passou a mão na nuca, estreitando os olhos para cima e para o lado, como se alguma coisa tivesse chamado a sua atenção.

— Línguas orientais. Poesia, para ser mais específico. Chinês e japonês, mas também sei um pouco de coreano.

— Tenho certeza de que é muito útil, já que o senhor tem um alojamento de estudantes. — Pronunciei minhas palavras cortantes com um sorriso que mais parecia uma adaga. Como ele *ousava* insultar meu querido Victor?

O homem espremeu os olhos e disse:

— Sim, posso ver os traços de família agora.

Eu me dei conta de que estava usando a estratégia errada e mudei de expressão. Baixei um pouco as pálpebras, inclinei o queixo, sorri como se jamais tivera algum segredo.

— A poesia é tão bela! Seus hóspedes são mesmo afortunados. Imagine como deve ser opressivo ser assistido durante a universidade por um matemático! Números frios e mais nada. Seus alojamentos devem ser muito procurados. Só posso concluir que Victor precisava de mais espaço por algum motivo prático.

O homem então pareceu confuso, desconcertado pela minha mudança abrupta, já duvidando da maldade que percebera.

— Ãr... Bem... sim... ele nunca disse por que precisava de mais espaço.

— O senhor tem o novo endereço dele?

Suas sobrancelhas ficaram divididas entre o irônico e o lastimoso.

— Não tivemos mais contato desde que ele me chamou de tolo com seda entre as orelhas.

Levei a mão à boca, fingindo indignação, mas a verdade era que estava tapando meu sorriso. Como eu sentia falta de Victor!

— As pressões dos seus estudos devem mesmo ter sido grandes para ele agir dessa maneira. Victor deve ter se distanciado tamanha a culpa que sente por tê-lo tratado tão mal.

Peguei um dos cartões que tinha feito naquela manhã. Frau Gottschalk somara o custo da tinta à nossa conta.

— Se o senhor se lembrar de alguma coisa ou se ele aparecer para pedir desculpas, faria a gentileza de nos avisar? Estamos no Pensionato para Moças de Frau Gottschalk. Ficaremos por pouco tempo.

Entreguei o cartão apertando a palma da mão do homem com um contato que ia além do necessário. Dessa vez, sua expressão era menos confusa e mais deslumbrada.

Eu *não era* boa só com a família Frankenstein, afinal de contas. Frau Gottschalk é que era simplesmente terrível. Apesar de termos saído da antiga morada de Victor sem chegar mais perto de encontrá-lo, um pouco da minha autoconfiança foi restaurada.

Justine apontou para um café e paramos para tomar um chá. A

decoração deixava um pouco a desejar, se o desejado fossem coisas como bom gosto ou elegância. Mas era relativamente limpo, e o chá estava quente. Tive vontade de encostar o rosto no vapor, deixar minha alma adentrar no calor junto com as folhas de chá.

— O que devemos fazer agora? — perguntou Justine, com as mãos debaixo da mesa, preocupada com alguma coisa. Éramos as únicas mulheres ali dentro. Os demais fregueses podiam ser facilmente identificados como estudantes pelos dedos manchados de tinta e pela palidez fantasmagórica. Cada sobrancelha franzida em intensa concentração me fez sentir ainda mais a falta de Victor. Contudo, a maioria das sobrancelhas relaxou e se levantou, interessada, quando eu e Justine começamos a conversar. Fingi não notar. Justine não precisou fingir, porque sempre parecia não ter consciência alguma do efeito que causamos nos homens. Eu, entretanto, tinha plena consciência de minha beleza. Considerava uma habilidade, assim como falar francês, inglês, italiano e alemão. É uma linguagem em si, de certa forma. Que se traduz bem em diferentes circunstâncias.

— Você tem mais alguma carta? — perguntou Justine. — Contatos que podemos fazer?

Então vi que ela segurava um soldadinho de chumbo, passando a mão nele como se fosse um talismã. Era de William, com toda a certeza. Dos três meninos da família Frankenstein, eu só tinha interesse em Victor. Apenas Victor podia me ser útil. Justine amava os outros dois o suficiente por mim e por ela.

Mexi o chá, fazendo a colher de prata amassada tilintar na porcelana barata da xícara. Ingolstadt não era uma cidade grande, mas também não era pequena, sob hipótese alguma. Tinha uma impressionante população estudantil. Não deveria faltar alojamentos para rapazes, *se* Victor fora residir em uma casa como a anterior.

— É um mistério — falei, dando um sorriso de cumplicidade para Justine. — Igualzinho àqueles que conto para você.

Sua atenção voltou-se para o presente. Certamente, estivera pairando sobre William e Ernest, lá na mansão Frankenstein.

— E tem um ladrão de joias e uma emboscada ousada à meia-noite?

Soltei dois torrões de açúcar na xícara de Justine. Ela gostava que tudo fosse o mais doce possível, apesar de nunca se servir de mais açúcar do que os demais na mesa, a menos que fosse obrigada.

— Bem, já que estamos caçando um intelectual, acho que joias estão fora de questão. E a dona do nosso pensionato nos poria no olho da rua se nos pegasse fora de casa à meia-noite. Mas prometo que, em algum momento, iremos desmascarar o vilão.

Justine deu risada de um modo bonito, então *tive certeza* de que todos os olhos no café estavam voltados para nós. Eu conseguia senti-los. Era como usar mais uma camada de roupas. Só um tanto mais pesada, só um tanto mais apertada.

Resisti ao impulso de puxar minha gola alta de renda. Fechei os olhos e me remexi uma única vez, de maneira imperceptível, dentro dos confins das minhas roupas caras e impecáveis.

Foi tanto um alívio como uma agonia quando Victor foi considerado socializado o suficiente para começar a frequentar a escola local em vez de ficar em casa com um preceptor particular. Eu tinha mais horas livres durante o dia, durante as quais eu não precisava ser nada para ninguém, desde que continuasse estudando línguas e pintando. Mesmo assim, fiquei com uma inveja amarga de Victor. Todas as manhãs, levavam-no de barco até o outro lado do lago para encontrar outras crianças e outras mentes, para aprender e crescer, enquanto eu ficava para trás. Eu sempre ficava parada no píer até ele desaparecer, com cada um dos meus músculos tensos, querendo estar com Victor mas também ansiando por fugir.

Empregava o tempo livre caminhando a esmo. Apesar de eu ter sido quase uma fera nos anos antes de morar com a família Frankenstein, minhas explorações ali sempre foram ao lado de Victor, portanto implicavam certa dose de cautela. Eu sempre tinha de me justificar a ele por minhas emoções, reações e expressões.

Sozinha, descobri a beleza natural e intocada de sua casa de uma nova maneira. As montanhas cobertas de neve se erguiam no horizonte, observando tudo o que eu fazia. Eu as apelidei de Juiz e Madame Frankenstein. O lago, plácido, belo e misterioso, apelidei de Victor. Mas as árvores... as árvores eram minhas.

Na maioria das manhãs, eu tinha que respeitosamente visitar Madame Frankenstein e brincar com o pequeno e chato Ernest. Eu não gostava dele, mas isso fazia Madame Frankenstein feliz. Ela tinha me contado, quando ainda estava grávida do menino, com a barriga distendida e horrível de um modo que não conseguia entender, que fora por minha causa que finalmente poderia trazer outra criança àquela casa.

Eu ficaria feliz se nunca mais visse o bebê. Mas não a deixava suspeitar disso enquanto eu o bajulava só pelo tempo necessário para poder escapar.

Assim que eu ficava fora da vista da casa, tirava meu vestido branco e o guardava com cuidado dentro de um tronco oco e limpo. Então, livre para perambular sem medo de estragar as roupas e voltar para casa com provas das minhas transgressões, explorava as árvores como um animal selvagem.

Descobri buracos, ninhos, tocas, todos os locais escondidos onde vivem as criaturas que rastejam e se arrastam, pulam e saltitam, voam e adejam no meio do verde-escuro e do marrom barrento. Apesar de meu coração se encher de alegria no meio delas, minhas jornadas cumpriam um duplo propósito: se eu descobrisse onde os animais que eu amava moravam, poderia deliberadamente evitar esses locais quando estivesse com Victor.

Quando eu não podia sair de casa, durante os rigores do inverno ou à tarde, após o retorno de Victor, eu estudava as lições que ele tivera na escola ou olhava pinturas e lia poesia. Eu encantava a família Frankenstein. Eles *viam como uma evidência de minha boa estirpe o fato de, mesmo tão jovem, eu ser tão sensibilizada pelas artes. Mas, na verdade, era uma maneira de fugir e voltar para a natureza quando eu estava presa dentro de casa.*

Se eu pudesse, não usaria nada além de combinações. Entretanto as roupas faziam parte do papel que eu representava. E eu jamais saía da personagem quando eles podiam me ver.

— Elizabeth?

Parei de mexer o chá, que tinha esfriado enquanto fiquei olhando pela janela coberta de névoa. Sorri para Justine, tentando disfarçar meu lapso de atenção. Ela retribuiu meu sorriso, dando a entender que não se importava. Tudo era sempre assim com Justine. Eu nunca conseguia fazer nada que a deixasse brava comigo. Era um alívio tremendo não ter que escolher cada palavra e cada expressão com todo o cuidado. Só que, às vezes, nossa amizade parecia ser tão falsa quanto a que eu tinha com meus patronos. Eu ficava me perguntando se ela realmente era assim *tão* boa ou se só fingia para não ser mandada de volta para aquele monstro que era sua mãe.

Não. Eu não me perguntava. Se existia algo puramente bom neste mundo, algo tão límpido e imaculado quanto a neve que acabara de cair, era o coração de Justine.

— Em que você estava pensando? — perguntou.

— Eu estava me lembrando da primeira vez que Victor me abandonou para ir à escola. Ele tinha 13 anos, e só foi para o colégio local, em Genebra. Ele trazia todos os livros para casa, para eu também poder estudar. Fazia os relatórios mais divertidos e maldosos sobre seu pobre professor.

Eu mal conseguia acreditar que isso tinha sido apenas cinco anos e meio antes. Nesse momento, Victor estava com 19, e não trazia nada para casa, nem a si mesmo.

– Oh! – Soltei a colher na mesa e abandonei de vez meu chá frio. – O professor! Acabo de pensar na nossa próxima pista. Em uma de suas primeiras cartas, Victor descrevia dois professores detalhadamente. Parecia especialmente interessado em estudar com um deles, mas os dois possuíam conhecimentos que esperava obter. Com certeza, poderão nos levar até ele!

Peguei a escassa coleção de cartas que eu recebera de Victor. Quatro, no total, e três delas tinham sido escritas no primeiro mês após ele sair de casa. Depois disso, sete meses se passaram até chegar a próxima. Depois disso, nada.

Eu também tinha a carta de Henry, datada de seis meses antes. Mas era só uma, e não tive vontade de lê-la novamente. O mínimo que ele poderia ter feito era me contar o novo endereço de Victor antes de nos abandonar. Contudo, minha raiva tinha esfriado depois de ter macerado aquilo por tanto tempo e fora substituída por um medo angustiante. O silêncio prolongado de Victor poderia ser atribuído a muitos dos seus traços menos maleáveis. Afinal de contas, fora eu quem o suavizara. Ficar tanto tempo longe de mim não lhe fazia bem. Nem a nós.

Levantei, ansiosa para cumprir as tarefas do dia.

– Vamos visitar alguns professores.

QUATRO

MEIO PERDIDO,
PROCURO

O PROFESSOR KREMPE NÃO era, nem de longe, tão desagradável de olhar quanto Victor descrevera em sua carta. Mas Victor era tão preciso, tão meticuloso em sua busca pela perfeição em tudo, que, para ele, seria quase insuportável interagir com alguém de traços tão assimétricos e coloração tão irregular quanto o professor Krempe.

Se Victor não podia consertar algo, ficava longe. Era o medo de ser incapaz de consertar coisas que o tinham levado para longe de Genebra. Será que tinha encontrado as respostas que procurava em Ingolstadt?

O professor Krempe me ofereceu uma esperança tão mínima quanto sua beleza física. Mas sua voz era gentil, e sua expressão, lamentosa.

— Ele me pediu mais livros de química do que uma dúzia de alunos poderia precisar e me escrevia cartas febris de tão intensas, repletas das perguntas mais espantosas e, com frequência, absurdas. Mas isso parou há mais de um ano. Na verdade, até as senhoritas baterem à minha porta, eu presumia que Victor abandonara os estudos e mudara de vida.

Senti um aperto na garganta só de pensar. Mudara de vida? Não. Certamente, Victor ainda estava ali. Não teria ido para outra cidade completamente diferente sem me contar. Mesmo Henry tivera a decência de me contar ao menos isso.

— O senhor por acaso teria o endereço de onde ele estava quando lhe escreveu pela última vez?

— Tenho, mas duvido que possa ajudar em alguma coisa. Houve outro amigo procurando por ele, pensando bem. Um rapaz, belo, com um rosto redondo e simpático, de olhos azuis impressionantes.

— Henry! — exclamei, rápido demais e com entusiasmo demais. Enrubesci e dei um sorriso para acobertar minha emoção, depois fiquei remexendo as luvas. — Nosso amigo Henry veio estudar aqui também. O senhor sabe onde mais ele procurou?

O professor Krempe sacudiu a cabeça, com uma expressão de remorso genuíno.

— Lamento. Eu tinha um endereço de Victor no qual seu amigo Henry já esteve e não encontrou ninguém. Não sei aonde ele foi procurá-lo depois. Vejo tantos rapazes... Lembro-me de Henry só porque foi muito simpático, e lembro-me de Victor por sua intensidade impressionante. — O professor ficou em silêncio, coçando o queixo bexiguento, pensativo. — Acho que ele não gostava de mim. Parecia pouco à vontade na minha presença. Mas eu gostava muito de trabalhar com Victor.

— Estou certa de que gostava! O senhor é um dos únicos dois professores sobre os quais ele me escreveu. Victor é simplesmente... inteligente. Tem uma mente fora do comum, e pode ser difícil para ele falar com pessoas que não conhece.

O professor Krempe balançou a cabeça e respondeu:

— Espero que Victor tenha se saído bem, onde quer que tenha ido parar. Nunca vi perguntas como as dele, e duvido que algum dia verei. O rapaz estava no caminho da genialidade ou da insanidade. — Ao se dar conta de que fora longe demais (não fui capaz de esconder o pânico que suas palavras trouxeram à tona), ele levantou as mãos e deu risada.

– Estou brincando. Aposto que escolheu estudar outra coisa e simplesmente não precisa mais de mim. Em algum lugar, deve estar importunando um professor de história com perguntas sobre os cuidados com a saúde bucal na antiga Mesopotâmia.

Entreguei-lhe um cartão, escrevendo um sorriso no meu rosto com a mesma determinação elegante com que escrevera meu endereço.

– Se o senhor se lembrar de qualquer coisa que possa nos ajudar a encontrá-lo ou se, por acaso, Victor entrar em contato...

– Avisarei imediatamente. Foi um prazer conhecê-las, senhorita Elizabeth, senhorita Justine. – Ele ficou em silêncio por um instante, e sua frase seguinte foi tão estudada e casual que suspeitei que o professor torcia para eu não notar o quanto ele estava desesperado. – Se vocês o encontrarem, por favor avisem que eu gostaria de ver ao que ele anda se dedicando. – Com um sorriso, concluiu: – Estou terrivelmente curioso a respeito dos estudos de Victor.

– Aviso, sim.

Não avisaria, não. Aquele homem não fizera nada para me ajudar.

Quando me virei, meus olhos examinaram as suas paredes. Estavam repletas de livros, do chão até o teto. O cômodo cheirava a couro, papel e poeira. Sempre tive inveja de Victor por ele ter ido embora. Nesse momento sabia que tinha inveja do motivo pelo qual ele fora.

O que eu não daria pela liberdade de me declarar estudante, de passar anos e anos em cômodos empoeirados, com tomos empoeirados, aprendendo, refletindo e fazendo perguntas às mentes mais inteligentes do mundo! De estudar o que eu quisesse, quando eu quisesse, com quem eu quisesse. E pensar que, tantos anos antes, fora obrigada a enganar Victor para que ele fizesse o que eu daria qualquer coisa para fazer.

...

Quando Madame Frankenstein teve Ernest, o fato não trouxe a mudança que eu esperava ou temia. Eu tinha medo de que ela não me quisesse mais por perto. Mas o bebê era mais um menino – o terceiro, apesar de o segundo ter morrido ainda pequeno –, e ela pareceu mais desesperada do que nunca para que eu ficasse o tempo inteiro com Victor.

Passamos o dia seguinte nos atirando de cabeça em qualquer coisa que Victor resolvesse que devíamos estudar. Aprendi poemas para declamar para seus pais e ajudei a cuidar um pouco do bebê. No entanto, para meu alívio, minha principal responsabilidade continuou sendo Victor. Melhor ficar deitada em um leito de musgo bancando o cadáver sendo examinado do que ficar balançando um bebê babão no meu colo!

Só que cumpri bem demais a tarefa de socializar Victor. Ele me ensinou a ler, escrever e aprender, e de uma forma possessiva ficava orgulhoso de minha mente aguçada e de minha memória prodigiosa. Eu o ensinei a reagir calmamente, a sorrir de um modo crível, a conversar com os outros como um igual, e não como um crítico alienado. Comigo ao seu lado, suas arestas pontudas e frias se suavizaram e chegaram a níveis aceitáveis.

As mudanças nele não passaram despercebidas. Uma manhã, quando entramos no salão de café da manhã antes de ir correndo lá para fora, o Juiz Frankenstein nos interpelou.

– Receberemos convidados hoje – disse, como se estivesse anunciando um veredito de culpado, e ficou observando nossa reação com atenção.

Madame Frankenstein ficou com as mãos pairando na frente do rosto, como se procurasse pela expressão apropriada. Por fim, decidiu-se pela excitação, apesar de seus olhos estarem brilhantes demais e seus lábios, apertados demais, cobrindo seus dentes brancos.

– Uma família nova – disse ela – que não nos conhece de... que não nos conhece.

Eu e Victor trocamos olhares. Eu ainda não perguntara o que havia acontecido com o outro bebê Frankenstein, o que nascera depois de Victor e antes de Ernest. Seja lá o que tivesse ocorrido, havia sido terrível ao ponto de a família ir embora de Genebra e se mudar — e, desse modo, me encontrar. Então, eu não dava a mínima para aquele bebê perdido, a não ser por seu papel na minha salvação.

Mas ficou óbvio, pelo nervosismo de Madame Frankenstein, que os tais convidados foram escolhidos precisamente porque haviam chegado a Genebra depois dos acontecimentos que levaram a família Frankenstein a ir para o exterior. As sobrancelhas de Victor já começavam a se juntar, porém havia algo de feroz em sua quietude que me alertou de que aquilo não acabaria bem.

Segurei sua mão por baixo da mesa, sorrindo para ele.

— Eu e Victor declamaremos um poema.

Seja lá qual fosse o instinto feroz que estava vindo à tona na postura de Victor, foi acalmado pelo ridículo de minha proposta.

— Você sabe que eu não declamo poesia — falou Victor, sacudindo a cabeça. — Essa responsabilidade é sua.

— Bem, vou recitar um poema, e você pode receber todos os louros, já que só sei ler e apreciar poesia graças às suas lições.

Esse comentário o fez rir, mas eu ainda percebi, pelo rubor de seu rosto, que ele ficou satisfeito. Interagir com desconhecidos seria mais fácil para Victor se ele pudesse me usar como escudo. Permiti que fizesse isso.

Eu faria qualquer coisa por ele.

— Está combinado, então — disse o Juiz Frankenstein. — Monsieur Clerval é um comerciante. Do mercado de ações, mas tem se saído notavelmente bem e escalado rapidamente os degraus da sociedade. É deveras rico. E tem um filho, Henry, da sua idade.

Não perguntei se o Juiz Frankenstein se referia à idade de Victor. Ele raramente se dirigia diretamente a mim. Era raro até olhar para mim.

Victor ficou tenso. Distraído, seu pai continuou falando:

— Tenho ouvido bons comentários sobre o novo professor da cidade. Se você conseguir se dar bem com Henry, talvez possa frequentar a escola.

Apertei a mão de Victor com ansiedade. Pude ver que estava entrando em pânico de novo. Cada linha do seu corpo estava tensa.

— Podemos nos levantar? Temos muito o que ensaiar! — falei, ficando de pé sem esperar permissão. Fiz uma reverência para compensar e arrastei Victor para fora do salão.

— Onde é que eles estão com a cabeça? — gritou, andando para lá e para cá pela sala de brinquedos que ainda teríamos que ceder para o bebê.

— Convidar gente estranha para vir aqui. Como se eu precisasse que eles me encontrassem um amigo. Como se eu me importasse.

— Victor... pense em tudo o que você poderia aprender na escola! Há um limite para o que podemos aprender aqui, por conta própria. Já estamos ficando sem livros para estudar. Mas, se você tiver acesso a mais, um bom professor... — Fiz um gesto expansivo. — Poderíamos ir mais longe em um mês do que conseguimos em um ano sozinhos.

Victor abaixou minhas mãos, até encostá-las na lateral do meu corpo, empurrando-as na direção do chão depois de terem englobado um futuro imaginário amplo e aberto.

— Você sabe que não pode ir para a escola.

— É claro que sei, tolinho. — Tentei não demonstrar a pontada que suas palavras me fizeram sentir. Não havia, na verdade, pensado nisso. Eu estava sempre com Victor. Tinha imaginado nós dois indo para a escola juntos. A percepção de que eu não iria — não poderia ir — com ele inundou minha cabeça como se as águas do lago me engolissem. Tive que me esforçar para voltar à superfície, conseguir respirar e controlar o que estava sentindo.

— Então você quer ficar longe de mim? — Seus olhos negros brilharam como raios, e tive certeza de que um tremendo trovão viria em seguida.

Fomos inseparáveis por anos, tanto que eu não sabia onde ele terminava e eu começava.

— Não! Nunca. Mas não posso ir para a escola, o que significa que você terá de aprender o suficiente por nós dois e trazer seu conhecimento *até aqui para mim. Você será como meu explorador particular, indo para a natureza selvagem descobrir tesouros para mim. Por favor, Victor...*

Eu só tinha 11 anos, mas queria mais. Nunca pensara nisso até então, porém a ideia de ter liberdade algumas horas por dia já criara raízes em mim e cutucava meus pulmões, fazendo com que me desse conta do quanto minha vida era sufocante.

Eu queria ir para a escola com Victor. Não podia. Entretanto, se Victor fosse, ninguém precisaria de mim. Pelo menos não durante aquelas poucas e preciosas horas. Então ele voltaria e traria para casa mais coisas que eu poderia aprender.

Tudo o que precisava fazer era garantir que Henry e Victor se entendessem. Sorri para Victor, já certa de meu triunfo.

Eu e ele cumprimentamos Henry completamente vestidos de branco, de mãos dadas, uma coalizão. Henry deu um sorriso tímido, que nada escondia. Seu rosto redondo era absolutamente incapaz de enganar alguém. Victor era frio e isolado do mundo, eu era tão enganadora quanto morango azedo, mas Henry era exatamente o que parecia: o mais agradável dos rapazes. Até seus olhos azuis eram límpidos como o lago em um dia de verão.

Por um lado, eu o menosprezei por sua inabilidade de esconder seu desespero para ser nosso amigo. Ele teria se arrastado pelo chão e latido como um cachorro se tivéssemos dito que era disso que queríamos brincar. Henry observava Victor com uma avidez que fazia meus dentes doerem, de tão doce. Meu amor por Victor era completamente egoísta, mas o de Henry era o oposto.

E eu, acostumada a ver os outros apenas em termos do que eles significavam para mim, senti meu coração se abrir com o sorriso de dentes separados que se esboçou no rosto de Henry assim que viu nosso antigo baú de fantasias.

— Vocês têm espadas? — perguntou, remexendo no baú. — Podemos encenar uma peça!

Seus pais até podiam tê-lo levado ali na esperança de assegurar alguma vantagem social, e os pais de Victor podiam tê-lo levado ali na esperança de assegurar um pouco mais de socialização para seu filho perturbado. Mas Henry?

Henry estava ali para se divertir.

– Gostei dele – sussurrei para Victor. – É bobo. Deveríamos continuar amigos deste menino.

Henry levantou um pedaço de veludo roxo esfarrapado e espremeu os olhos, como se imaginasse Victor usando aquilo como capa.

– Victor deveria ser o rei. Ele tem um quê de realeza. É bem mais bonito do que eu e parece ser mais inteligente também.

– Ele gosta de você – sussurrei, cutucando Victor com o cotovelo. Ele estava em silêncio e parado desde o momento em que falei que gostava de Henry. – Então é, pelo menos, um pouquinho inteligente.

Victor me deu um meio sorriso, aparentemente apaziguado. Deixei Henry me vestir de rainha, e Victor dignou-se a ser o rei. Naquela tarde, apresentamos uma peça curta para nossos pais maravilhados. Fiquei entre os dois meninos, resplandecente em meus falsos trajes de luxo, radiante de verdadeira alegria.

Já que eu não podia ir para a escola, Victor era a segunda opção.

O professor Waldman, nossa próxima parada, tinha um rosto sem graça, mas perfeitamente simétrico, e as roupas com o corte preciso de um homem que se importa com as aparências. Ele recebera uma opinião muito mais favorável do que o professor Krempe na carta de Victor, mas fez um relato parecido. Depois de uma enxurrada de demandas de seu tempo e seus estudos, não tinha notícias de Victor havia mais de um ano. Não se lembrava de outro rapaz ter ido procurar Victor porque não tinha tempo nem paciência para algo do gênero – nem, claro, tinha tempo nem paciência para duas moças tolas que perguntavam a respeito de um aluno promissor que o decepcionara tão profundamente, ao desaparecer.

— Talvez vocês devessem procurar nos antros de jogatina, nas alcovas dos fundos das tavernas ou no leito do rio — falou, com maldade. — Ao que parece, perdemos muitos homens nesses lugares.

Bateu, sem cerimônia, a porta em nossa cara. Uma aldrava de bronze feia e manchada zombou de mim, ridicularizando meu fracasso.

Fiz a promessa de que, se não ficássemos trancadas à noite, voltaria para atirar uma pedra em sua janela.

Justine tremeu, pôs a mão na testa e baixou a cabeça para que seu chapéu escondesse, pelo menos um pouco, sua expressão.

— Elizabeth, lamento. Tentamos. Sei o quanto você tem estado preocupada, mas não acho que devemos ficar aqui. Não temos mais informações para continuar. Se Victor... *quando* Victor quiser ser encontrado, escreverá. Você mesma disse que ele é imprevisível e pode ficar de mau humor por meses a fio.

Sacudi a cabeça, cerrando os dentes. Eu tinha me esforçado muito, durante muito tempo, para desistir naquele momento. Tinha passado a vida inteira sendo o que Victor precisava que eu fosse.

Agora eu precisava dele, e Victor *seria* encontrado.

— Sabemos que Henry o encontrou — continuou Justine, ganhando confiança à medida que se convencia a ir embora. — Talvez eles tenham ido para outro país ou estudar em algum outro lugar. É natural que uma interrupção da comunicação seja esperada. Cartas se perdem ou chegam atrasadas. Tenho certeza de que, se voltarmos para casa, alguma coisa estará à nossa espera. — Ela finalmente levantou a cabeça, sorrindo, cheia de expectativa. — Ernest ficará tão aliviado por estarmos em casa! Virá até nós correndo, com a carta na mão! Com William no meu colo, vamos rir sem parar do desencontro, que poderia ter-nos poupado desta viagem infeliz!

A teoria mirabolante de Justine era plausível. Mas sua hipótese não me trazia consolo algum. Eu me recusava a acreditar que Victor fora embora dessa cidade. Ainda não. Victor tinha prometido que, um dia, *nós* percorreríamos a Europa juntos. Voltaríamos para o lago Como. Faríamos caminhadas pelos sinistros e ermos Cárpatos. Exploraríamos ruínas na Grécia. Iríamos a todos aqueles lugares sobre os quais tínhamos lido.

E, além disso, depois da última carta que Henry me escrevera, eu não conseguia imaginar nenhum cenário em que os dois se reconciliassem.

Eu me inclinei para a frente e dei um beijinho no rosto de Justine.

– Tenho que procurar em mais um lugar. Por favor?

Ela soltou um suspiro, já abrindo mão de seus verdadeiros desejos por minha causa. Justine não queria nada além de voltar para a mansão isolada da família Frankenstein e ficar entocada no quarto das crianças com o pequeno William. E eu a estava impedindo de fazer isso.

Durante a nossa viagem, ela havia perguntado: *E se ele se esquecer de mim?* Como se um menino de 5 anos pudesse se esquecer da mulher que conhecia melhor do que sua própria mãe! A mulher que tomara conta de tudo quando sua mãe morrera. Alguns dias aos cuidados da criada pateta não substituiriam Justine.

– Onde mais podemos procurar? – ela indagou.

– No lugar aonde sempre se vai quando se precisa ter respostas – respondi. Dei um sorriso, segurei a sua mão, levei-a de volta para a rua e completei: – À biblioteca.

CINCO

DECIDIDO A DESBRAVAR
OU IMPORTUNAR

MADEIRA DE LEI ESCURA, polida tanto pelo tempo como por mãos habilidosas, brotava do chão até o teto em linhas perfeitas retas. Em vez de galhos, prateleiras. Em vez de folhas, livros.

Ah, os livros...

Fiquei tonta de tão fundo que respirei, tentando absorver o conhecimento que havia ali só com a pura força do pensamento. Passei as mãos por uma fileira de lombadas, suas capas de couro gasto gravadas em ouro por causa do tesouro que continham.

– Posso ajudá-las, senhoritas? – perguntou um homem, olhando feio para nós.

Seu rosto estava franzido em volta de um par de óculos. Tinha se encolhido lentamente para servir dentro dele em vez de encontrar um que servisse no seu rosto. Sua pele era tão alva e esticada quanto o pergaminho que guardava.

Queria passar mais tempo com os livros. Queria passar o dia em um canto silencioso, sentada com uma janela atrás de mim, perdida em palavras e mundos aos quais nunca me permitiram acesso.

Mas não havia tempo para isso. Se eu não encontrasse Victor

nesse dia, Justine nos obrigaria a voltar para casa. E eu não podia voltar para aquele lugar. Não sem o que eu tinha ido procurar em Ingolstadt. Não podia voltar a gerenciar a casa inteira para aquele homem silencioso e ingrato, sentindo um medo constante de que aquele fosse o dia em que me informariam que eu não era mais necessária. Que meus dias como uma Frankenstein interina haviam chegado ao fim. Que eu estaria completa e verdadeiramente por conta própria para sempre.

Aquele bibliotecário poderia e iria me ajudar. Dei um sorriso benevolente e disse:

— Na verdade, sim. Procuro meu primo. Ele se mudou recentemente, e começamos a viagem antes que sua carta informando seu novo endereço chegasse às nossas mãos.

Justine virou o rosto bruscamente por causa da minha mentira, mas eu insisti.

— Temo que o senhorio dele esteja doente, e não conseguimos resgatar os novos dados de Victor de uma criada excessivamente zelosa. Veja só nosso dilema! Estamos bastante desesperadas para encontrá-lo. Como não há nada que ele ame mais do que livros e esta é a melhor das bibliotecas que eu já vi, tenho certeza de que vamos encontrar algum rastro dele por aqui!

O homem suspirou, exasperado, mas estava visivelmente amolecido. Eu não estava ali por causa de seus preciosos livros. Era apenas uma moça procurando um rapaz.

— Inúmeros estudantes se utilizam de nossos livros. Duvido que possa ser de alguma ajuda. Qual é o nome dele? Victor?

— Sim. Victor Frankenstein.

— Oh... — Ele levantou as sobrancelhas, surpreso e reconhecendo o nome, quase deixando os óculos caírem. — Conheço, *sim*, esse nome. Ele costumava assombrar esses corredores, com frequência ficava aqui até fecharmos. Muitas vezes, cheguei até a encontrá-lo esperando à porta, antes de abrirmos, pela manhã. Eu suspeitava que sequer voltava para casa. Um rapaz intenso e estranho.

Dei um sorriso radiante.

— É o nosso Victor!

— Bem, lamento informar que ele não vem aqui há...

— Um ano? — completei, com um suspiro de derrota.

— Algo em torno de sete a oito meses. Àquela altura, ele tinha exaurido até o tremendo acervo desta biblioteca.

Meu coração começou a bater mais rápido à medida que minhas esperanças se expandiam. Aquilo era depois de Victor ter abandonado seu alojamento inicial!

— E o senhor tem o endereço dele?

— Não.

Minhas esperanças foram despedaçadas. Tentei impedir que minha expressão demonstrasse meu verdadeiro desespero enquanto punha a mão na bolsa para tirar um dos últimos cartões que havia feito.

— Se o senhor se lembrar de...

— A senhorita pode tentar no livreiro.

Fiquei em silêncio, com os dedos ainda imersos na seda.

— Quem?

— Um livreiro a três ruas daqui. Um estrangeiro. Vire à esquerda ao sair da biblioteca e na próxima rua à direita. Ele é especializado em volumes de ciência e filosofia difíceis de obter, que são tanto caros demais quanto radicais demais para termos aqui. Eu o indiquei para o seu primo, e foi aí que ele parou de nos visitar.

Quase beijei sua bochecha cor de papel! Em vez disso, optei por presenteá-lo com algo mais apropriado: um sorriso ofuscante. Seus próprios lábios, desacostumados àquela expressão, retorceram-se para cima, como se tentassem se lembrar de qual era a sensação de tamanha felicidade.

– Obrigada!

Peguei Justine pelo braço e a virei, depois praticamente saí correndo do edifício.

– Devagar – advertiu. E segurou meu braço para me fazer parar antes que eu pisasse na rua, bem na hora em que uma carruagem passou sacolejando.

Dei risada, sem ar, de tão nervosa.

– Você salvou minha vida! Viu só? Finalmente estamos quites.

– Elizabeth... – Ela pôs uma mecha de cabelo que tinha se soltado do chapéu de volta no lugar, tirando um alfinete do nada para prendê-la. – Você está com fome? Será que devemos encontrar um lugar para comermos antes de falarmos com o livreiro?

Eu via a exaustão estampada em seu rosto. Normalmente, isso seria o bastante para me aquiescer, mas eu não podia. Não quando eu estava tão perto.

Ou tão longe.

Porque, se aquele livreiro não soubesse como encontrar Victor, eu não tinha mais nem uma ideia. E não conseguiria suportar a tensão de protelar uma destas duas realidades: encontrar Victor ou ter que voltar para casa sem ele para me proteger.

A família Frankenstein me tirou do lago Como e me levou em suas viagens pelo restante da Europa. Eu era nova demais para apreciar qualquer coisa que não fosse estar de barriga cheia e não ter ninguém me mordendo, mas não tão nova ao ponto de não me dar conta da precariedade de minha situação. Quando finalmente chegamos à residência isolada, localizada do outro lado de um lago, separada de Genebra e acessível apenas de barco, tive a sensação de estar sendo levada de canoa através do céu. Era um dia brilhante de tão límpido, e a água à nossa volta, um perfeito reflexo do azul sem nuvens.

A casa apareceu no meio das árvores como algo saído de um conto de fadas. À espreita, pronta para nos devorar. Telhados de ângulos agudos que pareciam dentes contra o céu. Tudo era pontiagudo – as janelas, as portas, até os portões de ferro forjado que se abriram lentamente para permitir nossa entrada. Por instinto, eu sabia que aquela casa era um predador. Mas já era esperta como uma raposa: rápida, inteligente e pequena. Segurei na mão de Madame Frankenstein e sorri para ela.

– Oh... – disse Madame, que sempre se surpreendia quando se lembrava de que eu existia. Sorriu, acariciou meu cabelo e completou: – Você vai gostar daqui. Será bom para Victor. Melhor. Melhor para todos nós.

Fui levada até um quarto por uma das três criadas que eles mantinham. Os quatro pilares da cama ecoavam as linhas de chumbo das janelas, e todos pareciam as grades de uma gaiola. Mas o colchão era macio, e os cobertores, quentes. Desse modo, qualquer animal pequeno se aninha até se sentir em segurança.

Pela manhã, quando eu acordava, sempre passava alguns preciosos segundos na cama, com os olhos bem fechados. Lembrava-me da sensação de estar de estômago vazio, dos socos dados por punhos raivosos, do medo e do frio e sempre, sempre, da fome. Eu me apegava a isso até conseguir abrir os olhos e sorrir.

Fora vendida para a família Frankenstein em troca de algumas moedas e vivia com medo de que eles também me vendessem. Graças a eles eu vivia, então eu fazia tudo o que estava ao meu alcance para que continuassem me amando. Talvez pudessem até tolerar certa desobediência, mas eu nunca correria esse risco. Jamais.

Victor gostava de mim, porém era uma criança. Madame Frankenstein mal conseguia levantar-se da cama, na maioria dos dias. Eu não podia depender de sua bondade para me sustentar. O Juiz Frankenstein nunca chegara sequer a dirigir a palavra a mim. Tratava minha presença com a mesma indulgência indiferente que teria se a esposa tivesse inventado de trazer um vira-lata para casa.

Eu precisava ser algo que eles pudessem amar. Então, quando saía da cama, deixava para trás qualquer coisa que eu quisesse e vestia a doçura com a mesma facilidade com que vestia minhas meias quentinhas.

Victor era estranho. Mas eu só tinha às crianças bestiais de minha guardiã para compará-lo. Victor nunca me mordia, nunca roubava comida de mim, nunca segurava minha cabeça debaixo do lago até eu ver estrelas na escuridão vindo me buscar. Ele me observava com atenção, sim, como se estivesse testando minhas reações. Mas eu tinha mais cuidado do que ele, e jamais demonstrava nada além do mais doce dos amores e de adoração.

Foi depois das primeiras semanas silenciosas na casa do lago que entendi, por fim, o medo que eu via assombrando o rosto de seu pai e de sua mãe, de vez em quando, quando olhavam para ele.

Eu estava me vestindo no quarto, calçando os sapatos, quando ouvi os gritos.

Meu primeiro instinto foi o de me esconder. Havia um espaço no guarda-roupa que parecia pequeno para acomodar um corpo, mas eu já me espremera lá dentro só para testar. As janelas de meu quarto abriam, e eu poderia escapar por ali, descer pela treliça e me esconder nas árvores rapidinho.

Entretanto, não era isso que as pessoas que moram em belas mansões faziam. E, se eu queria continuar ali, não podia voltar aos meus velhos hábitos.

Saí de fininho do quarto e fui andando pelo corredor, depois desci a escada em silêncio. Àquela altura, já reconhecera a voz de Victor, mesmo distorcida pela raiva de um modo que eu jamais ouvira. Vinha da biblioteca, um cômodo onde eu não tinha permissão para entrar.

Fiquei parada por um tempo do lado de fora, depois empurrei a porta.

Victor estava de pé, de costas para mim, no centro de um redemoinho de destruição. Livros rasgados, suas capas arrancadas e picotadas, o rodeavam. Seu peito estava estufado, seus ombros estreitos tremiam, e ele gritava, soltando um ruído mais animalesco do que humano. Na mão, segurava com força um abridor de cartas.

Do outro lado do cômodo, os pais dele estavam parados, de costas para a parede, com a expressão congelada de medo.

Eu ainda podia tomar a decisão de ir embora.

Mas o Juiz Frankenstein olhou para mim. Ele nunca olhava para mim. Naquele dia, havia uma súplica desesperada em seu olhar. E a pesada carga da expectativa também.

O instinto tomou conta de mim. Eu já libertara animais presos em armadilhas. Aquilo me parecia a mesma coisa, de algum modo. Murmurando baixo, em um tom grave, eu me aproximei de Victor, devagar. Levantei o braço e acariciei sua nuca suavemente, e meu murmúrio se tornou uma canção de ninar quase esquecida. Victor congelou, sua respiração frenética parou e então se acalmou. Continuei acariciando sua nuca, andando em volta dele até ficarmos frente a frente. Mirei nos seus olhos, que estavam arregalados, com as pupilas dilatadas.

— Olá — falei. E lhe dei um sorriso. Ele me fitava com aquelas sobrancelhas franzidas. Tirei a mão da sua nuca e pus na sua testa, acariciando-a para aliviar a tensão.

— Elizabeth... — disse.

Então olhou para baixo, para os nossos pés, em vez de encarar a destruição que causara.

Tirei o abridor de cartas de sua mão e o coloquei na mesa. Depois, segurando sua mão livre, sugeri:

— Devíamos fazer um piquenique.

Ele balançou a cabeça, ainda com a respiração pesada. Eu o virei para a porta. Enquanto saíamos da biblioteca, olhei para trás e vi o alívio abjeto e a gratidão na expressão de seus pais.

Victor não destruíra nada, não de verdade, mas conseguira cimentar meu lugar na sua família. Eu até podia ser dele, mas ele era meu. Depois desse dia, nós nos tornamos verdadeiramente inseparáveis.

...

– Ele também precisa de mim – falei.

– Como? – perguntou Justine, parando na frente de uma casa com uma lúgubre porta cinza.

Sacudi a cabeça e falei:

– Olhe, ali!

Do outro lado da rua, havia uma livraria. Estava espremida debaixo de uma residência proeminente que deixava suas janelas perpetuamente às escuras.

Dessa vez, esperei para ter certeza de que não seríamos mortas por um cavalo que estivesse passando, mas só por causa de Justine. Então a arrastei pelos paralelepípedos o mais rápido que pude. A ansiedade me sufocava quando abri a pesada porta da loja.

Uma campainha tocou em resignação silenciosa, sinalizando nossa entrada no recinto de pilhas lotadas e prateleiras perigosamente inclinadas. Enquanto a biblioteca era imponente e impressionante, esse lugar era opressivo e claustrofóbico. Como alguém podia sequer começar a procurar um tesouro cobiçado ali estava além da minha compreensão.

– Só um instante – disse uma voz surpreendentemente aguda e feminina, vinda de algum lugar que eu não conseguia enxergar. De onde estava, percebi que o espaço poderia até se estender por léguas e léguas, porém qualquer vista de sua extensão era bloqueada pelas prateleiras. Era um labirinto do conhecimento, e eu não tinha um novelo para marcar o caminho. Teria que esperar aquele Minotauro vir até mim.

Justine ficou parada perto da porta, com as mãos caprichosamente entrelaçadas à sua frente. Ela me deu um sorriso controlado e esperançoso. Eu estava nervosa demais para retribuí-lo. Estava prestes a gritar para o livreiro, por favor, vir nos ajudar, quando uma mulher não muito mais velha do que nós apareceu, saída de trás de uma prateleira. Seu avental estava coberto de poeira, e ela tinha um lápis de carvão enfiado no cabelo preso. Era bonita de um modo que parecia predominantemente prático. Sua beleza não era uma encenação ou necessidade: simplesmente fazia parte dela. Seu cabelo e pele eram ambos mais escuros do que o da maioria das pessoas daquela região. Havia algo de aguçado e inteligente nos seus olhos, que prometiam uma mente vivaz, e eu imediatamente tive vontade de conhecê-la. E também tive vontade de saber como uma moça acabara indo trabalhar em uma livraria.

— Oh! Você não é quem eu estava esperando — ela disse, perplexa.

— Quem você estava esperando? — perguntei. Senti meu coração acelerar, imaginando que Victor podia entrar ali a qualquer momento!

— A mesma coisa de sempre: algum professor de cara amarrada e queixo duplo para gritar comigo a respeito dos preços e me informar que eu o estou assaltando, *assaltando*, diz ele, e que não vai permitir isso! E então dá o dinheiro mesmo assim, porque não consegue encontrar o que precisa em nenhum outro lugar. — A moça bateu as mãos, esfregando-as para se livrar da poeira que, pelas minhas suspeitas, nunca parava de se grudar nela. — Mas vocês duas são como flores entregues por um pretendente! Eu já ia fechar para o almoço. De que livros você precisam?

— Livro nenhum. Na verdade, estamos procurando meu primo.

— Temo ter vendido o último primo ontem e não tenho primos em estoque. Posso encomendar um para vocês, só que vai demorar *semanas* para chegar. — Seus olhos brilharam, divertidos, mas então ela viu meu desespero e sua expressão se tornou gentil. — Parece ser uma história complicada. Vocês me acompanhariam no almoço para podermos conversar? Passo tão pouco tempo com outras mulheres...

Abri a boca para recusar, mas Justine falou primeiro, borbulhando de alívio.

— Ah, sim! Seria encantador. Tivemos tantos problemas desde que chegamos, ontem à noite.

+ 63 +

– Percebo pelo seu sotaque que o alemão não é sua primeira língua. – A livreira começou a falar em francês com facilidade. – Assim é melhor?

Justine balançou a cabeça e deu um sorriso grato. Eu não tinha preferência, mas foi gentil de sua parte levar o bem-estar de Justine em consideração.

– Sinto muito pela recepção que tiveram. Ingolstadt é assim. Não é conhecida por sua recepção calorosa durante esta estação. Na verdade, está se preparando para demonstrar de novo o quanto não quer que estejam aqui. – Ela apontou para a janela, onde as primeiras gotas de chuva serviam de alerta, traçando linhas sujas pelo vidro. – Precisamos sair e virar a esquina. Depressa!

Ela abriu a porta e fomos atrás, espremidas debaixo de nosso único guarda-chuva. A moça andava à nossa frente, sem se preocupar com a chuva. Fiquei com inveja de suas saias escuras. Nas minhas, apareceria cada traço de lama e sujeira que a cidade tinha a oferecer. Contudo eu precisava usar branco, sabendo que veria Victor. *Esperando* ver Victor.

– Chegamos! – Ela parou na frente de uma porta comum assim que virou a esquina, pegou uma chave e a destrancou.

– Pensei que íamos a um café – comentei.

– São todos lamentáveis e caros. Posso alimentá-las melhor. – Ela se virou e sorriu; seus dentes eram tortos como as prateleiras de sua livraria, espremidos de um modo agradável. – Meu nome é Mary Delgado.

Ela olhou primeiro para Justine.

– Justine Moritz. E esta é Elizabeth Lavenza.

– É um prazer conhecê-las. Andem, saiam da chuva.

Entramos com ela em uma área térrea entulhada, repleta de tantos livros que bem poderia ser uma livraria também. Havia livros empilhados em cima de uma mesa, encostados nas paredes e ocupando quase todos os degraus da escada que ia para o segundo andar. Um caminho estreito entre os volumes avultantes levava direto para cima.

— Cuidado com os livros — disse, subindo a escada com a facilidade de quem já tem prática.

Eu me abaixei para ver algumas das lombadas. Não havia nenhuma organização que eu pudesse perceber. Poemas debaixo de volumes políticos debaixo de textos religiosos debaixo de teorias matemáticas. Pousei meus dedos em um livro de filosofia e os tirei em seguida. As pontas das minhas luvas, de renda branca, ainda estavam perfeitamente limpas. Aqueles livros eram usados regularmente, não haviam acumulado poeira.

E eu tomei cuidado com os livros. Tomei muito cuidado e tive vontade de saber mais sobre todos eles. Em vez disso, subimos a escada atrás de Mary e entramos em uma saleta aconchegante. Na qual, para minha surpresa, não havia um livro sequer. Um sofá gasto mas limpo combinava com uma poltrona de couro bem estofada, e as duas tinham a companhia de uma lareira alegre.

— Sentem-se — gritou Mary, de outro cômodo, onde já tinha sumido. — Por favor, sentem-se. — Fizemos o que ela mandou. Justine soltou um suspiro de felicidade, tirou as luvas e desprendeu o chapéu. Eu fiquei empoleirada na beirada do sofá.

— Parece que você está prestes a sair correndo — observou Justine.

Então também tirei as luvas, porém deixei o chapéu no lugar. Minha vontade era de andar para lá e para cá na saleta, como um animal enjaulado. Em vez disso, fiquei olhando para o fogo, tentando ver se o bruxulear hipnótico das chamas acalmava minha mente.

Mary serviu uma travessa de pão cortado, frango assado frio e um pedaço de um queijo leve com sabor amendoado.

— Não é muito, mas é melhor do que a lavagem caríssima que vendem por aí, enganando os estudantes! — Antes que eu pudesse abrir a boca para perguntar sobre Victor, ela sumiu de novo e reapareceu com um jogo de chá. Quando pôs isso também sobre a mesa e se sentou, finalmente se tornou aceitável e educado que eu começasse a falar.

— Então, que tipo de primo você está querendo comprar?

Os olhos de Mary brilhavam. Adoração e irritação digladiavam dentro de mim. Em outras circunstâncias, eu teria vontade de ser sua amiga. Mas, naquele exato momento, ela era tudo que se interpunha entre o meu futuro e o meu arriscado presente.

— Victor Frankenstein.

Mary ficou em silêncio, com a xícara a caminho dos lábios. Então disse:

— *Victor?*

— Então você o conhece?

Ela deu risada e explicou:

— Os vorazes hábitos de consumo de Victor financiaram a viagem que meu tio fez ao exterior para caçar livros. Ele partiu mês passado. Estava eufórico como uma criança quando saiu pela porta. Acho que meu tio adotaria Victor se pudesse. Chegou a sugerir, em diversas ocasiões, que eu deveria tentar me casar com ele.

Eu me arrependi dos meus pensamentos anteriores. Não gostava de Mary. Nem um pouco. Minha xícara tremia na minha mão, e a coloquei sobre a mesa para não quebrá-la.

Ela devia ter percebido minha reação, porque deu risada de novo.

— Você não precisa ter medo de mim. Já tenho companhia mais do que suficiente: meus livros. Eu jamais sobreviveria se tivesse que abrir espaço para alguém como Victor.

Victor ocupava mesmo um espaço tremendo na vida dos outros. E, quando foi embora, todo esse espaço vazio chiava, exigindo ser preenchido.

Eu ainda não confiava plenamente em Mary, mas precisava dela.

— Então você sabe onde Victor está?

Mary abriu a boca para responder, mas ficou em dúvida.

— Acabo de me dar conta de que não sei quem vocês são nem o que podem querer com Victor. E os últimos meses nos ensinaram a ter cautela.

— O que você quer dizer com isso? — perguntou Justine. — A dona do pensionato em que estamos também parecia amedrontada e preocupada em excesso com a segurança.

— É apenas um boato. Um marinheiro desaparecido. O bêbado da esquina, que estava lá um dia e desapareceu no outro. As pessoas se mudam, vão embora sem contar para ninguém, acontece. Principalmente nas classes mais baixas, que têm menos laços que poderiam prendê-las a algum lugar. Mas existe certa sensação velada de... não medo, mas de preocupação, que tomou a cidade de assalto recentemente.

— Eu posso garantir que não tenho nenhuma intenção de assassinar Victor — falei, dando um sorriso forçado. Fazê-lo desaparecer dessa cidade, talvez. Mas, se Victor era um cliente tão bom, Mary não iria querer nada que o levasse embora. — Victor é meu primo. Saiu de nossa casa, em Genebra, há dois anos...

— Depois que a mãe dele morreu — completou Justine.

— Sim, depois que sua mãe morreu, para estudar aqui. Não temos notícias dele já há alguns meses, e estou preocupada. Victor às vezes se torna intensamente obsessivo e esquece de se cuidar como deveria. Queremos ter certeza de que ele está bem.

Mary levantou uma sobrancelha e perguntou:

— Mas vocês não sabem onde ele mora?

Justine respondeu:

— Um amigo dele, Henry, veio para cá há muitos meses para ver como Victor estava, mas...

Dei uma tossida sugestiva. Justine era tão calada com os homens! Entretanto algo na tal Mary a deixava à vontade. Justine não estava controlando a conversa como deveria.

— E esse tal Henry não deu notícias?

Mary ficou me observando, curiosa, com uma expressão perspicaz. Por que os homens engoliam todas as minhas explicações pouco plausíveis e aquela garota percebia cada detalhe?

— Deu, sim — respondi. — Mas ele nunca foi muito cuidadoso e se esqueceu de nos dar o endereço de Victor.

— E Henry não pode ajudá-las agora?

Eu andava evitando responder às perguntas de Justine sobre o paradeiro de Henry, deixando que presumisse que ele também estava na cidade e nos ajudaria. Justine confiava no rapaz. Isso a deixara mais à vontade para ir a Ingolstadt. Mas, se eu quisesse que Mary respondesse às minhas perguntas, teria que responder algumas das suas também. — Henry foi para a Inglaterra pouco depois de encontrar Victor — falei, pousando a xícara na mesa e inclinando meu corpo para a frente, para não ver Justine. — Você pode imaginar que viagem exasperante essa tem sido!

Justine virou a cabeça de repente.

— Inglaterra? Você sabia? Mas disse que ele estava aqui! — exclamou Justine.

— E estava. Até uns seis meses atrás — respondi.

Eu finalmente olhei para ela, e sua expressão fez eu me sentir tão frágil quanto a xícara. Eu havia me preparado para uma reação de raiva, mas só encontrei mágoa e uma reprovação gentil.

— Por que você não me contou?

— Eu sabia que você ficaria preocupada de vir para uma cidade desconhecida sem que houvesse alguém de sua confiança nela. Mas Victor está aqui, e eu confio nele. Desculpe por não ter contado. Eu precisava que você viesse. Não consigo fazer isso sozinha.

Justine ficou olhando para a comida, porém uma das suas mãos sumiu dentro de sua bolsa, onde — eu tinha certeza — ela segurava com força o soldadinho de chumbo.

• 68 •

– Você devia ter me contado.

– Devia. – Fiquei examinando seu rosto para ver se ela estava mais chateada comigo ou com Henry. Nunca consegui descobrir se Justine tinha algum sentimento por ele além da amizade. Nunca os encorajei, não exatamente, porque queria ter todas as minhas opções disponíveis. Só que agora essas opções estavam descartadas para nós duas. Estiquei a mão e apertei seu braço, puxando-a para perto de mim. Justine veio, apesar da relutância. – Sinto muito. Foi egoísta da minha parte esconder isso de você. Mas estou tão preocupada com Victor que não pensei direito.

Justine balançou a cabeça, em silêncio. Eu sabia que ela me perdoaria. E eu não me arrependia do que tinha feito. Estávamos ali. Iríamos encontrá-lo. E o sucesso de nossa missão apagaria todas as manipulações que eu fizera para chegar até ali.

Mary se recostou, pegou um pedaço de frango com a mão e enfiou na boca. Ficara observando toda a discussão com um interesse silencioso.

– Então Victor veio para cá estudar e parou de escrever. E depois Henry veio ver se ele estava bem e foi embora imediatamente, sem fornecer o endereço de Victor?

– Esse é o resumo da situação – respondi, sem emoção. – Você sabe como os homens podem ser descuidados com nossos sentimentos. Ficam tão concentrados nas próprias vidas que se esquecem de que ficamos abandonadas em casa, sem nada para fazer a não ser nos preocuparmos com eles.

– Pela minha experiência, é assim mesmo. Desde que meu tio partiu, não recebi uma carta dele sequer. É vergonhoso. – Mary limpou os dedos no avental e completou: – Não conheço este tal Henry. Se ele apareceu na livraria, deve ter falado com meu tio. Mas sua descrição de Victor é exata, e sua preocupação me parece genuína. Ele é um rapaz estranho e obsessivo. E bastante grosseiro, em boa parte do tempo, para ser franca. Porém eu não me importava, já que eu tinha a impressão de que ele era grosseiro com todo mundo e não apenas comigo, por causa de meu sexo e origem. Já faz alguns meses que Victor não aparece na livraria.

Esmoreci. Mentir para Justine, enganá-la e, pior, dar uma boa desculpa em potencial para o Juiz Frankenstein me jogar no olho da rua — tudo isso em troca de nada!

— Mas... — disse Mary, inclinando-se para a frente e levantando o meu rosto, segurando-o pelo queixo. Ela sorriu ao ver minha expressão arrasada. — Tenho um recibo de entrega da sua última encomenda, onde deve constar o endereço. Pode não ser o mais atual, mas sei que meu tio ia parar para vê-lo a caminho da viagem, então...

— Por favor, dê-me!

Meu desespero foi óbvio demais. Mary poderia tirar a vantagem que quisesse de mim, pedir qualquer coisa, que eu daria.

Em vez disso, ela se levantou da mesa e saiu da saleta. Justine continuou comendo, sem olhar para mim. Eu devia ter me desculpado melhor, mas não consegui fazer mais nada com meus nervos naquele estado.

Finalmente, Mary voltou, trazendo uma folha de papel.

— Aqui está.

Ela me entregou a folha. Não era o antigo endereço onde eu já tinha ido perguntar. E datava apenas de seis meses antes! Mary também trouxe uma capa e um guarda-chuva.

— Você deve ter que voltar para a livraria — falei, já ficando de pé. Justine soltou um suspiro, olhando para a comida que restara, e fez a mesma coisa. — Muito obrigada pela gentileza e pela ajuda!

— Agora que meu tio está viajando, raramente aparecem clientes. A livraria pode esperar por algumas horas enquanto eu levo vocês duas até a residência de Victor. Não é em uma parte muito simpática da cidade.

Justine deu risada, e dei graças a Deus por ouvir aquele som, apesar de ser um riso triste.

— Nenhuma parte desta cidade foi simpática — ela comentou.

Mary esboçou um sorriso e respondeu:

— Talvez eu tenha posto de forma muito suave. Fica em uma parte da cidade que nenhuma mulher deveria visitar sozinha, e em que mesmo duas mulheres não deveriam se aventurar sem ter conhecimento das cercanias. — Mary fechou a capa e pegou um chapéu que estava pendurado em um gancho na porta, ajeitando-o por cima do cabelo e escondendo o lápis. — Além disso, sou terrivelmente curiosa. Eu vi o tipo de livro pelo qual Victor se interessava. Gostaria de saber o que ele anda fazendo com tanto estudo. E saber o que pode tê-lo possuído, para negligenciar de maneira tão vergonhosa duas amigas tão encantadoras e preocupadas.

— Todas nós gostaríamos — murmurei, com um tom sombrio, saindo atrás dela ao encontro da cidade chorosa.

SEIS

OS OLHOS NEFASTOS
REVIRA

EM OUTRO MOMENTO, EU poderia ter reparado no charme de Ingolstadt. Seus telhados inclinados em tons quentes de laranja, suas fileiras de casas pintadas com cores alegres ao longo das ruas amplas e abertas. Havia diversos parques com áreas verdes e uma catedral que se erguia sobre a cidade, de vigia. Eu podia senti-la em minha nuca, acompanhando meus movimentos. Seus campanários eram como sentinelas, visíveis de quase todo lugar aonde íamos. Será que era Deus observando? Se sim, o que ele via? Será que se importava com o raciocínio obstinado de uma pequena mulher de apenas 17 anos?

Se estava observando, significava que *sempre* estivera observando. E, se sempre estivera observando, que espécie de velho rancoroso e maligno era, para observar e não fazer nada? Por mim. Por Justine.

Não. Justine insistiria que Deus havia respondido a suas preces quando me enviara. E provavelmente diria que Deus atendera às minhas quando enviara Victor.

Mas isso não era possível. Eu não havia rezado quando criança e certamente não rezava naquele momento. Sem dúvida Deus, tão mesquinho com seus milagres, não atenderia a uma prece que não lhe tivesse sido dirigida. Não me arrependi de minha distância em relação a Deus. Se precisava de ajuda, encontrava sozinha.

Passamos por um prédio antigo com vista para uma praça. Todas as cores estavam apagadas pelas nuvens e pela chuva, misturando-se como em uma paleta de tintas enxaguada. Eu sabia, pois examinara o mapa, que Mary nos levava em direção ao rio Danúbio e aos arredores da cidade. Eu me armara de autoconfiança tanto por Justine como por mim mesma, mas foi um alívio ter mais alguém para nos guiar. Desde que havia me juntado à família Frankenstein e ido morar na casa do lago, eu não estivera em nenhum outro lugar além de Genebra. Ingolstadt, por mais agradável que pudesse ser, era estranha para mim. E não se deve confiar em estranhos.

Passamos pelo centro comercial, depois entramos em ruas mais residenciais. A muralha medieval ao redor da cidade era mantida em bom estado e ainda marcava os limites de Ingolstadt. Caminhamos ao longo dela até chegarmos a uma passagem por uma guarita abandonada que nos levaria para fora da cidade. O barulho da chuva batendo em nossos guarda-chuvas nos silenciou por um bom tempo, enquanto atravessávamos a muralha.

Naquele momento, pensei ter ouvido novamente o ruído que ouvira em meus sonhos. O grito assombroso de uma alma tão solitária que até estar no inferno na companhia de outra alma penada poderia lhe trazer conforto. Virei a cabeça para o lado de súbito, espiando os recantos escuros da guarita. Havia portas, vedadas, mas uma parecia ter sido arrombada recentemente e fechada de qualquer jeito.

— Você, por acaso...

Mary sacudiu a mão, menosprezando minha preocupação.

— É uma cidade antiga. Até as pedras lamentam a passagem do tempo. Não falta muito, mas precisamos atravessar a ponte.

Justine, contudo, parecia estar tão aflita quanto eu.

– Não podemos demorar muito – disse. – Não se esqueça da hora. Frau Gottschalk nos trancará do lado de fora.

– Que encanto! – comentou Mary, e sua voz foi a única coisa alegre naquela tarde tristonha. – Então vamos logo.

Saímos dos antigos limites da cidade. Aquela parte do Danúbio era repleta de barcos para carregar ou descarregar mercadorias, apesar de a maioria estar ali parada, esperando na chuva. Quase conseguimos atravessar a ponte sem maiores incidentes, até que uma carruagem passou por uma poça e espirrou a água lamacenta em nossas saias. Apenas pensar em aparecer diante de Victor com um vestido que não fosse do mais absoluto branco encheu-me de terror. Todas as inseguranças de nosso primeiro encontro tomaram conta de mim, e senti que era, mais uma vez, aquela menininha de pés sujos.

O que eu tinha para oferecer a ele naquele momento? Não vira árvores para subir, nenhum ninho repleto de ovos. Não possuía pequenos corações frágeis para lhe dar, apenas o meu. Levantei o queixo, determinada a não ser fraca. Eu seria a sua Elizabeth, a que fora tão cuidadosamente moldada com sua ajuda. E Victor se lembraria disso e me amaria de novo, e eu estaria a salvo.

Henry, que me abandonara e me traíra, nunca mais mereceria uma batida sequer de meu coração. Eu jamais deveria ter permitido que ele fosse tão longe. Aquele rapaz ameaçara estragar tudo desde o início.

Aqueles fugazes anos de infância, quando Henry dirigia nossas brincadeiras e Victor ficava satisfeito com o que estudava na escola, foram imersos em luz e o mais perto que já cheguei da tranquilidade. Havia algo de extraordinário no fato de ter Victor e Henry – um tão propenso a ataques de raiva e a uma fria indiferença; o outro tão alegre e agradável, aberto às maravilhas do mundo sem questionar por que existiam – girando ao meu redor.

Eu via, no modo ávido com que Henry tentava chamar a atenção e conquistar a estima de Victor, que o amor de Victor era algo raro, e coisas raras sempre são mais valiosas. Por outro lado, fui-me tornando, cada vez mais, o que Victor queria que eu fosse. Adorável. Terna. Brilhante e de raciocínio rápido, mas nunca tão inteligente quanto ele. Eu ria das piadas de Henry e de suas peças de teatro, mas guardava meus melhores sorrisos para Victor, sabendo que ele os colecionava e os guardava bem escondidos.

Eu me tornei a moça que era para sobreviver. Mas, quanto mais vivia em seu corpo, mais fácil tornava-se simplesmente sê-la. Eu tinha 12 anos, estava prestes a deixar a infância para sempre. Contudo, ainda brincávamos feito crianças. Eu era Guinevere, e eles, Arthur e Lancelot, interpretando dramas que Henry adoravelmente costurava com retalhos roubados de grandes peças de tempos passados. As árvores eram nossa Camelot. Todos os nossos inimigos eram imaginários e, portanto, facilmente derrotados.

Um dia, estávamos brincando de uma variação de histórias de reis e rainhas. Deitei-me, em um sono encantado, em minha cama na floresta. Henry e Victor, depois de muito pelejarem, encontraram-me.

— É a moça mais bela que há no mundo! Um sono de morte apoderou-se dela. Só o amor pode acordá-la! — declarou Henry, levantando a espada para o céu. Em seguida, abaixou-se e me beijou.

Abri os olhos e dei de cara com Henry fitando-me, em estado de choque, como se não pudesse acreditar no que acabara de fazer. Não tive coragem de olhar para Victor. Fechei os olhos novamente, sem reagir ao beijo de Henry.

— Achei que talvez pudesse... achei que pudesse acordá-la — falou Henry, tropeçando nas palavras. Parecia amedrontado.

— Ela não está dormindo. — A voz de Victor era tão frágil quanto a grama congelada pela geada da manhã. — Olhe, está vendo? Não há vida em suas veias. — Victor levantou meu pulso, que deixei inerte. — A donzela está morta. Mas podemos procurar os caminhos que as batidas do seu coração fizeram enquanto ela vivia.

Victor passou o dedo nas veias azuladas de meu braço alvo e foi subindo até o ponto onde minha manga começava. Meu braço contraiu-se ao sentir seu toque.

— Fique parada! — sussurrou Victor, quando me surpreendeu de olhos abertos. — Veja, tenho minha própria faca, mais afiada e sutil do que sua espada. Vejamos se ela sangra, agora que está morta.

— Victor!

Não havia nada de graça na voz de Henry. Meu pulso foi puxado. Eu fora arrancada de meu papel de cadáver e estava nos braços de Henry.

— Você não pode fazer isso! — disse ele.

— Apenas uma pequena incisão, para ver o que há por baixo da pele. Você não tem curiosidade?

A raiva de Victor, dessa vez, não foi uma tempestade que explodia descontrolada. Era mais sombria e profunda, como o fundo do lago — fria e impossível de ser conhecida. Era um novo tipo de raiva, que eu não sabia como acalmar.

— Elizabeth não se importa. — A faca de Victor reluziu ao sol, como se também quisesse brincar. — Ela sempre se interessa pela beleza e pela poesia do mundo, mas eu quero saber o que há por baixo de todas as superfícies. Dê-me sua mão, Elizabeth.

Henry, à beira das lágrimas, afastou-me ainda mais de Victor.

— Você não pode sair por aí cortando as pessoas, Victor. Isso simplesmente não se faz!

Eu não sabia para onde olhar nem como reagir. Mas sabia que ficar com Henry — escolher seu lado — não me traria benefício algum a longo prazo. E eu não poderia correr o risco de despertar a ira de Victor. Eu jamais fora alvo dela! Henry me colocara naquela situação, e me ressenti dele por isso. Soltei-me dos braços de Henry e dei um beijo meigo no rosto de Victor. Então enganchei meu braço no seu e segurei seu cotovelo, como vira Madame Frankenstein fazer com o Juiz Frankenstein.

– Ele só estava brincando. Foi você quem acabou com a encenação me beijando sem ao menos perguntar se podia.

Victor irradiava frieza, mas sua superfície era tão lisa e límpida quanto a de um vidro.

– Cansei de suas brincadeiras por hoje, Henry. São maçantes.

Henry olhou para mim e depois para Victor. A mágoa e a perplexidade estavam estampadas no seu rosto bondoso, enquanto ele tentava entender como poderia estar errado.

– Henry não sabe brincar de cadáver, só isso – falei. – É nossa brincadeira especial. Estamos ficando velhos demais para ela, de qualquer forma.

Olhei para Victor, esperando por sua concordância – desesperada por ela. Precisava consertar aquela situação. Não podia perder Henry. Ele era um forte ponto de luz em minha vida.

Victor balançou a cabeça, levantando uma das sobrancelhas, sem emoção.

– Suponho que sim. Vou fazer 14 anos no próximo mês. Vamos para as termas comemorar. Minha mãe lhe contou?

Eu não podia permitir que Victor deixasse Henry ir embora zangado. E se nosso amigo não mais voltasse? Victor não se esquecia de suas mágoas com facilidade. No ano anterior, o cozinheiro servira uma refeição que lhe fizera mal. Victor se recusara a comer o que havia sido preparado por ele por uma semana inteira, obrigando os pais a demitir o cozinheiro e procurar outro. Não queria que Henry fosse dispensado, mesmo que ele próprio tivesse complicado tudo.

Com uma risada radiante, apertei a mão de Victor.

– Convide Henry e os pais dele. Senão, temo que você e o seu pai saiam para caçar juntos, e ficarei sozinha com o pequeno Ernest.

– Mas você disse para minha mãe que ama Ernest.

– Ele só sabe chorar e fazer xixi. Ficarei muito infeliz presa com o bebê! E infeliz sem você. Se Henry também for, você terá um motivo para dizer "não" ao seu pai. E ele pode levar Monsieur Clerval em vez de você.

Os resquícios espremidos de ira em volta dos olhos de Victor finalmente desapareceram.

— É claro que Henry deve vir conosco.

Dirigi meu sorriso para Henry, que balançou a cabeça, aliviado, mas ainda confuso.

— Vá contar para os seus pais, Victor — falei. — Assim poderão tomar as providências para receber a família Clerval. Acompanharei Henry até o barco.

Victor despiu-se de sua ira como se fosse um casaco e afastou-se calmamente.

Fiquei a alguns passos de distância de Henry, contudo, enquanto voltávamos para o píer. Estávamos quase chegando quando ele segurou meu braço, obrigando-me a parar.

— Sinto muito, Elizabeth. Não sei bem o que fiz de errado.

Eu lhe dei um sorriso leve e displicente. Usava sorrisos como se fossem dinheiro. O único dinheiro que eu já tivera. Meus vestidos, meus sapatos, minhas fitas — tudo pertencia aos Frankenstein. Eu era uma convidada no seio daquela família, assim como era convidada naquela casa. — Você arruinou o faz de conta de Victor. Sabe como ele é sensível.

— Lamento por ter-lhe beijado.

— Também lamento. — Levei os dedos aos meus lábios e percebi que meu sorriso natural me abandonara. — Você não pode fazer isso de novo.

O rosto de Henry era um retrato da decepção.

— Você poderia responder a uma pergunta? Com sinceridade? — ele indagou.

Balancei a cabeça, fazendo que sim. Mas sabia que não responderia, qualquer que fosse a pergunta. A verdade não era um luxo do qual eu podia usufruir.

— Você é feliz aqui?

A pergunta simples de Henry me atingiu nos ombros como se fosse um soco, e encolhi o corpo para me defender dela, como fazia para me proteger dos punhos de minha antiga guardiã.

– Por que me pergunta isso?

– Às vezes, as coisas que você diz parecem mais as falas que escrevo do que o que você realmente sente.

– E se eu não for feliz? – sussurrei, sorrindo, apesar de isso me causar uma dor física. – O que você pode fazer? O que qualquer um poderia fazer? Esse é meu lar, Henry. O único que tenho. Sem a família Frankenstein, não tenho nada. Você entende?

– Sim, é claro que...

Levantei a mão para interrompê-lo. Henry não conseguiria entender. Se conseguisse, jamais faria uma pergunta tão parva.

– Mas sou feliz. Que opção tenho além desta vida? Você é um rapaz tão estranho... Estamos juntos quase todos os dias! Você sabe que sou feliz aqui. E você também é feliz aqui, senão não viria mais.

Henry balançou a cabeça, e a preocupação manchava sua expressão sincera. Como não aguentei olhar para ela, dei-lhe um abraço.

– Sou mais feliz quando você está aqui. Jamais nos abandone. Prometa – eu disse.

– Prometo – ele respondeu.

Ao ouvir sua promessa – uma vez que Henry tinha a sinceridade que me faltava – eu o levei até os barcos e despedi-me alegremente. Eu precisaria ter mais cuidado com meus dois rapazes, com o equilíbrio entre ambos. Não queria pensar no que poderia acontecer se eu perdesse o amor de Victor. Perder o de Henry simplesmente doeria.

Mas eu já tivera dores suficientes para uma vida inteira. Decidi manter Henry por perto, sempre. Eu usaria os dois para me proteger.

Henry perguntara se eu era feliz.

Eu estava em segurança, e isso era melhor do que ser feliz.

...

— Diga, qual é o seu relacionamento com o nosso Victor? — perguntou Mary para Justine. Fiquei irritada ao ouvi-la empregar o pronome possessivo.

Justine levou um susto e foi arrancada do silêncio no qual se isolara. Eu caminhava o mais perto dela que podia, mas ainda sentia uma distância entre nós, a qual eu teria de me esforçar para consertar.

Ela deu um sorriso pensativo.

— Sou empregada da família Frankenstein. Comecei logo antes de Victor ir embora, então não o conheço muito bem. Mas cuido dos irmãos mais novos dele. Ernest, o mais velho, tem 11 anos. É um menino tão bonzinho! Tão inteligente e, apesar de já ter idade para não precisar de preceptora, ainda se preocupa comigo. Está pensando em entrar para o exército. Fico com medo só de pensar. Mas Ernest será um soldado excelente e resoluto algum dia. William, o bebê, é um encanto! Tem covinhas mais doces que bala, e os mais macios dos cachos. Preocupa-me que talvez não esteja conseguindo dormir sem mim. Canto para ele dormir todas as noites.

— William nem é mais um bebê — falei. — Tem quase 5 anos. Você o mima.

— Não é possível deixar uma criança tão maravilhosa mimada! — Justine me lançou o olhar mais duro que seu semblante gentil era capaz de expressar. — E você reconhecerá a generosidade de meu amor quando tiver seus próprios filhos para eu servir de ama e preceptora.

Fiquei tão surpresa com sua declaração que soltei uma gargalhada. Um alívio bem-vindo da pressão que estava começando a se acumular no meu peito, quase a ponto de ser insuportável.

— Se algum dia eu tiver filhos, você já será mãe, e criaremos todos juntos, como primos queridos.

Justine fez um ruído engraçado e gutural. Pensei, com uma pontada de culpa, na ausência de Henry e no que isso poderia significar para as esperanças particulares de Justine. Eu fora egoísta. Tinha que recompensá-la. Dei o braço para ela e puxei-a para perto.

— Justine é a melhor preceptora que existe no mundo, e os jovens rapazes da família Frankenstein a idolatram. A melhor coisa que já fiz por eles foi encontrá-la.

Justine enrubesceu, baixou a cabeça e disse:

— Fui eu quem mais se beneficiou dessa situação.

— Bobagem. Qualquer vida melhora instantaneamente ao ter você por perto — falei.

Mary deu risada e completou:

— Concordo! Vocês duas já me salvaram de uma tarde solitária e empoeirada. E trouxeram-me para um destino tão excitante e aromático...

Ela apontou para um conjunto de construções de tijolos que se esgueiravam ao longo das margens do rio. Podíamos sentir o cheiro já ao sair da ponte, e os aromas eram exacerbados pela umidade. Deveria haver algum curtume perto dali, e a merda e o mijo competiam para ver qual produzia o ataque aos sentidos mais esmagador. Andamos rápido pela rua. O fedor do curtume amainou, mas foi substituído pela fetidez metálica e aguda de sangue velho. Vinda de um açougue, talvez.

— Todas as coisas que uma cidade precisa para sobreviver, mas prefere não ver... ou sentir seu cheiro — comentou Mary, pisando com cuidado em volta de uma poça d'água que, misteriosamente, não tinha cor. Do lado de fora de um dos prédios na esquina, havia dois homens que pareciam estar terrivelmente famintos. No meio deles, havia uma mulher de meia-idade usando uma blusa de decote sugestivo. Era menos sedutora do que deprimente, mas o propósito do estabelecimento ficava claro em um instante.

— Por que Victor teria vontade de morar aqui? — perguntou Justine, parecendo estar com medo, chegando mais perto de mim.

Apesar das circunstâncias tenebrosas, fui inundada pelo alívio. Ficaríamos bem. Justine, provavelmente, já me perdoara.

Mary contornou o corpo de um homem deitado de bruços no chão que — tive quase certeza — estava dormindo depois de beber demais e *provavelmente* não estava morto. Mas nenhuma de nós três foi averiguar.

— As pessoas vêm para esta região por inúmeras razões — explicou. — A cidade está lotada, e é possível encontrar lugares muito maiores por aqui. O aluguel é mais barato por causa do cheiro e da distância até o centro e a universidade. — Ela encolheu os ombros e completou: — Também vêm para cá se não querem ser notadas ou encontradas.

— Victor não está *se escondendo* de nós — disparei. — Ele é um gênio e, com isso, vem um nível de displicência em relação à manutenção normal da vida e dos relacionamentos que a maioria das pessoas não é capaz de entender.

— Ele tem sorte de ter você, então. Já que você entende.

— Entendo. — Minha sobrancelha levantada foi retribuída com um sorriso irritante.

— Acho que você gostaria de Henry — disse Justine, ponderada. — Ele não é nem um pouco parecido com Victor. Adora histórias, idiomas e poesia.

Apertei o braço de Justine e falei:

— Tenho certeza de que Mary gostaria de Henry, já que todo mundo gosta de Henry.

Já que todo mundo *gostava* de Henry. Depois de sua última carta, eu tinha certeza de que Victor não gostava mais dele. E eu também não gostava. Henry decepcionara a todos nós.

— Chegamos — disse Mary, parando, e eu e Justine nos viramos e olhamos.

O prédio, localizado no limite do rio, era tão feio e disforme que não pude acreditar que Victor concordara em ir morar ali. A mera existência de algo assim – que mais parecia uma excrescência de tijolos e pedras do que uma obra arquitetônica – o incomodaria. Não havia janelas no térreo, nem mesmo no segundo andar, até onde eu conseguia ver. Uma fileira estreita de janelas marchava bêbada, paralela ao telhado. No telhado em si, acreditei ter visto uma janela aberta como se fosse uma fenda para o céu – o que fora uma péssima decisão, visto que estava chovendo. Também havia uma estranha espécie de duto que saía do telhado e caía direto no rio.

– Será que devemos bater? – perguntou Justine, desconfiada.

– Não entra aí, não.

Nós três demos um pulo de susto ao ouvir a voz enrolada e confusa vinda de trás. Era o homem da sarjeta – definitivamente não estava morto, apesar feder como alguém que passara horas e horas dançando com a morte. Ele mal parava em pé. Eu não sabia que o corpo humano era capaz ficar naquele ângulo sem apoio e permanecer ereto.

– Perdão? – perguntei.

– Lugar ruim.

Eu não tinha paciência para beberrões. Muito menos quando Victor podia, muito bem, estar logo atrás daquela porta.

– Até onde sei, esse bairro inteiro é um lugar ruim. Não sei por que este prédio seria diferente – eu disse.

– Te conto um segredo.

O homem chegou mais perto. Seu hálito era pútrido como um penico sujo. Eu não tinha como me afastar: estava encurralada por Justine de um lado e pela porta do outro. Cheguei mais perto do homem, protegendo Justine com meu corpo. Ele fez sinal para eu chegar ainda mais perto.

Um de seus olhos parecia ter uma camada branca. Sua barba era desgrenhada e mal cuidada, e a pele por baixo dela, manchada de vermelho e roxo. Ele passava a língua nos poucos dentes que lhe restavam,

• 83 •

e seus olhos disparavam de um lado para o outro, como se tivesse medo de que alguém o ouvisse.

— Bem... — falei.

O homem chegou ainda mais perto e respondeu:

— *Monstros*!

Pulei de susto e de choque, e ele deu uma risada cacarejante, satisfeito com sua brincadeira. Dei um passo para trás; então, imediatamente, vi o que estava prestes a acontecer: uma pilha alta de tijolos descartados estava atrás do homem e, depois dela, havia uma descida íngreme até o rio.

Não alertei o bêbado.

Ele cambaleou, batendo nos tijolos. Perdeu o equilíbrio e girou os braços como se fossem pás de um moinho. O barulho que fez quando caiu no rio foi profundamente satisfatório.

— Que horrível! — exclamou Justine, cobrindo a boca de horror. — E se ele não souber nadar?

— Caiu bem perto da margem — respondi. Dei as costas para o chapinhar desesperado do homem. — Tenho certeza de que deve haver algo que ele possa segurar. Além disso, ouça só os palavrões que está dizendo. É muita energia para um homem que está lutando para respirar. Ele está bem. E um bom mergulho pode melhorar seu cheiro.

Brava, exausta e pronta para encerrar a busca, estiquei a mão em direção à maçaneta de ferro. Girei-a em seguida, dando um grito de dor e surpresa. Levei um choque nos dedos através dos buracos de minha luva de renda. Sacudi a mão para me livrar do formigamento e dei um passo para o lado, para que Mary tentasse a sorte com suas luvas de couro, muito mais práticas.

A maçaneta girou.

A porta se abriu.

— Oh, não — sussurrei.

SETE

A NOITE ETERNA
E O CAOS CANTEI

Estiquei o braço, impedindo que Justine e Mary entrassem no prédio de Victor.

— Pode ser perigoso. Fiquem aqui — falei.

O cheiro de sangue velho também era forte ali. Mas havia mais alguma coisa. Algo podre. Senti ânsia de vômito e tapei o nariz e a boca com a mão.

A entrada — se é que podia ser chamada dessa maneira — estava recoberta por páginas de livros espalhadas. Mary fixou os olhos ali. Fixei os meus na porta à nossa frente. Uma escada subia a parede até uma porta de alçapão, que levava ao andar de cima. Uma porta lateral entreaberta revelava um banheiro sujo. A única iluminação era a luz do dia, obliterada pela chuva, parada à porta junto conosco, tão pouco disposta a entrar quanto nós.

— Se pode ser perigoso, devemos ficar juntas — respondeu Mary, abaixando-se para ver as páginas espalhadas pelo chão.

Eu me agachei e peguei a capa do livro que fora destruído de forma tão violenta. Conhecia aquele tomo. Era o tratado de filosofia alquímica ao qual Victor ficara grudado durante nossa estadia nas termas. E eu conhecia Victor. Não estava preocupada com a segurança de Mary e de Justine. Estava preocupada com a segurança *dele*.

– O que é aquilo? – perguntei, apontando para o lado de fora. – O homem já conseguiu sair do rio? Ele precisa de ajuda!

Justine e Mary saíram correndo pela porta.

Eu a bati e tranquei.

– Fique aqui – falei para Henry.

Ele não era adequado para fazer o que precisava ser feito. Porque eu conhecia aquele grito – era do pequeno Ernest, que deixáramos no andar de baixo sozinho com Victor, enquanto a ama dormia e os adultos iam até a cidade. Estávamos presos pela chuva e pelo tédio naquele chalé de férias. Eu fora até o andar de cima com Henry por pura curiosidade mórbida. Por desejo de ver alguma coisa excitante acontecer.

Egoísta, burra.

As mãos de Henry seguraram mais forte.

– Mas...

Empurrei Henry para longe, saí correndo pela porta e a tranquei pelo lado de fora. Praticamente me atirei escada abaixo, entrei de supetão na saleta e absorvi a cena, com olhos arregalados.

Ernest, que uivava em um estado de choque primitivo, segurava o próprio braço. Que fora cortado quase até o osso e pingava sangue pelo chão. Formara até uma poça.

Victor, sentado em sua cadeira, fitava o irmão, pálido e de olhos arregalados.

A faca jazia no chão, entre os dois.

Victor levantou os olhos para mim, com os dentes cerrados e as mãos tremendo.

Ao certo, eu só sabia duas coisas:

Um: eu precisava ajudar Ernest, para que ele não sangrasse até morrer.

E dois: eu precisava encontrar um modo de Victor não ser culpado pelo incidente.

Porque, se Victor fosse culpado, talvez o mandassem embora. Eu, certamente, seria mandada embora. Que utilidade teria para a família Frankenstein se não conseguisse controlar Victor?

Eu protegeria a nós três.

Peguei meu xale e enrolei-o em volta do braço de Ernest, o mais apertado que consegui. A faca era um problema. Peguei-a do chão e forcei a janela mais próxima até que abrisse, depois joguei a faca na chuva e na lama, onde todos os vestígios do crime seriam rapidamente apagados.

Eu precisava de um culpado. Ninguém acreditaria que Victor era inocente, não importava o que o garoto dissesse. Todos tinham preconceito contra ele. Se, pelo menos, eu estivesse lá embaixo, onde deveria estar! Poderia servir de testemunha. Henry também. Ernest parou de uivar, mas sua respiração estava muito acelerada, como a de um animal machucado. Sua ama sequer acordara de seu sono induzido pelo láudano.

A ama.

Saí correndo dali e fui até os fundos da casa, atrás da cozinha, onde ficavam seus aposentos. O quarto era escuro e abafado, e ela roncava de leve na cama.

Peguei sua sacola de costura e saí. Voltei para a saleta, e nenhum dos irmãos Frankenstein havia se mexido. Peguei a tesoura afiada da ama. Mergulhei as duas lâminas na poça de sangue que havia no chão e a atirei perto dali. Victor ficou observando em silêncio.

Meu xale estava ficando pesado e escuro por causa do sangue do braço de Ernest.

— É preciso fechar a ferida — disse Victor, finalmente saindo do seu estado de estupor.

— Precisa ser limpa primeiro. Pegue a chaleira.

Remexi na sacola de costura da ama e peguei uma agulha minúscula e o fio mais fino que pude encontrar.

Ernest olhou para mim. Eu estava com tanta raiva dele por ser parvo ao ponto de pôr tudo em perigo.

— Resolverei isso — falei, tirando o cabelo da sua testa empapada de suor. — Chega de chorar.

O menino balançou a cabeça, em silêncio.

— Você não deveria ter se cortado — continuei, acariciando seu rosto e puxando-o para perto de mim. — Foi muito feio brincar com a tesoura e cortar-se.

Ele choramingou, aninhando a cabeça em meu ombro.

Victor voltou com a chaleira. Estendi o braço de Ernest, com cuidado para não derramar água em cima da tesoura. Ele gritou de novo, mas estava exausto de medo e de choque e logo se aquietou. O único som que se ouvia era o de Henry, batendo com força na porta trancada acima de nós.

— Junte os dois lados da pele — ordenei. Franzi a testa, concentrada, imitando a expressão padrão de Victor. Era só uma costura, afinal de contas, e eu já tinha feito muito daquilo ao lado de Madame Frankenstein. Victor ajudou, observando atentamente. Costurei a ferida, fechando-a o melhor que pude. Meu trabalho ficou tão bom quanto o de qualquer cirurgião. Nunca tive muito dom artístico para a costura. Mas, ao que parecia, era boa quando fazia isso na pele.

Depois de fechado, o corte escorria pouco sangue, deixando-me com a esperança de que Ernest não teria sequelas a longo prazo. Subi correndo até o armário das roupas de cama, ignorando os gritos de Henry, e peguei uma toalha limpa. Rasguei-a em tiras — desejando poder usar aquela tesoura maldita —, desci com elas e enfaixei o braço de Ernest bem apertado.

Depois me encolhi na poltrona, com ele acomodado no meu colo.

Victor ficou parado no centro da saleta, observando.

– Preciso aprender a costurar – comentou. – Quando voltarmos para casa, você pode me ensinar.

– Tire Henry do quarto e diga que Ernest pegou a sacola de costura da ama e cortou-se. Fale que eu estava tão ocupada tentando ajudar que esqueci de abrir a porta.

– Por que você o trancou, para começo de conversa? – perguntou Victor, confuso.

– Porque não sabia o que estava acontecendo – respondi. Então lhe lancei um olhar bastante sugestivo e completei: – E precisava proteger você.

Victor olhou impassível para o chão, onde o sangue já coagulava em volta da tesoura.

– Posso contar o que aconteceu. Eu...

– Nós dois sabemos o que aconteceu. Foi culpa da ama, que deixou o material de costura à vista. Ela é burra, preguiçosa e ainda está dormindo. Será punida e dispensada de suas tarefas. Ernest ficará bem. – Fiquei em silêncio um instante para garantir que Victor entendesse que aquela era nossa versão, não importava o que acontecesse. – E temos muita sorte por ela ser burra, preguiçosa e conveniente, e nada desse tipo acontecerá de novo. Certo?

Victor parecia mais pensativo do que envergonhado. Balançou a cabeça rapidamente, depois foi para o quarto de Henry. Quando o casal Frankenstein e os pais de Henry voltaram, Ernest estava dormindo, quentinho e quieto em meus braços. Victor lia o mesmo volume que o deixara obcecado durante toda a viagem, e Henry estava agitado, andando de um lado para o outro.

– Ernest pegou o material de costura da ama e fez um corte terrível no braço! – A voz de Henry estava repleta de melodrama, e ele se atirou na mãe em busca de um abraço reconfortante. – Elizabeth e Victor estancaram o sangramento e costuraram a ferida!

Madame Frankenstein entrou na saleta correndo, arrancou o menino de meus braços e o acordou. Ernest começou a chorar e a agitar-se de novo –

ela sempre o perturbava daquela maneira, não fazia a menor ideia de como lidar com o filho –, e Madame mandou chamar o cocheiro para levá-los a um médico.

O Juiz Frankenstein examinou a saleta em silêncio: a poça de sangue enegrecido. A tesoura posicionada com tanto cuidado. A ama, ainda ausente. E Victor lendo. Houve um espremer de olhos, uma nuvem de suspeita em sua terrível cara de juiz. Continuei de cabeça erguida, com a expressão isenta de culpa. Mas ele não olhou para mim. Olhou apenas para Victor.

– É verdade?

Victor não tirou os olhos do livro e respondeu:

– Elizabeth fez pontos maravilhosos. Se não fosse mulher, teria um futuro brilhante como cirurgiã, suponho.

O pai arrancou o livro das mãos de Victor com um gesto de violência explosiva.

– Isso é um lixo – disse, olhando para o livro com desprezo e atirando-o no chão. – Certamente, você pode fazer coisas melhores com sua inteligência. E, certamente, pode dar mais atenção à crise pela qual estamos passando neste momento.

Victor olhou para o pai, de pé ao seu lado, e algo ficou vazio por trás de seus olhos. Fui correndo para o seu lado.

– Venha, Victor – falei. – Estou com as mãos sujas de sangue. Venha me ajudar a lavá-las enquanto seu pai resolve a situação da ama.

– Obrigado por suas reações e ações rápidas – falou o Juiz Frankenstein. – Você salvou a vida de meu filho.

Não consegui entender de qual filho ele estava falando e suspeitei que não era para eu saber. Victor ficou de pé, pegou o livro do chão e subiu as escadas atrás de mim. Pedi que lesse em voz alta para mim, para que se acalmasse, enquanto eu lavava a tarde de minha pele.

Naquela noite, quando entrei escondida em seu quarto, sem conseguir dormir, eu o encontrei ainda lendo.

— *Gosto muito deste livro* — disse. — *As ideias são fascinantes. Você sabia que é possível transformar chumbo em ouro? E que existem elixires que podem prolongar e até restaurar a vida?*

Fiz hummm *e subi na cama ao seu lado.*

— *Elizabeth, você nunca me perguntou o que realmente aconteceu essa tarde.*

— *Já está resolvido. Isso não importa, e não ligo. Leia um pouco mais de seu livro para mim* — respondi. *Então fechei os olhos e dormi.*

Justine e Mary batiam na porta da mesma forma que Henry fizera tantos anos atrás, naquela viagem.

Eu exigiria que Victor me levasse para viajar depois disso.

Preparei-me para o pior, atravessei correndo a sombria entrada da residência de Victor e abri a porta interior. As janelas ao longo da parte de trás do prédio estavam vedadas, e eu mal conseguia enxergar. Em cima de mim, pingava água incessantemente do teto — provavelmente do chão do andar de cima, vinda das duas janelas abertas no telhado.

Assim que meus olhos se acostumaram à escuridão, consegui enxergar um cômodo comprido. Uma mesa com duas cadeiras empurradas contra a parede continha pilhas de papéis e louça suja. Uma pia tinha sido instalada de qualquer jeito; um balde debaixo dela recolhia a água que transbordava. Havia um aquecedor perto de mim, mas não estava aceso, e o cômodo era gelado com os meios-tons da umidade arrepiante do rio.

No outro canto, um catre continha pilhas altas de coisas, uma mixórdia de cobertores, e...

Uma mão, pendendo de um lado.

Fechei os olhos.

Contei dez respirações regulares enquanto tirava as luvas e guardava-as na bolsa. Então atravessei o cômodo, ajoelhei ao lado da cama e segurei o pulso entre meus dedos.

– Obrigada – sussurrei, com fervor. Eu me enganara: ainda tinha disposição para rezar, afinal de contas. O pulso estava quente – fervendo, na verdade. Puxei a montanha de cobertas e descobri Victor esparramado de barriga para baixo, os cachos negros revoltos, a testa quente e seca. Devia estar desidratado. Não existia maneira de saber havia quanto tempo estava nesse estado febril. Uma de suas piores febres durara mais de uma quinzena. E não tinha ninguém ali para cuidar dele!

Xinguei Henry com mais fervor do que havia rezado. Ele abandonara a nós dois – eu, aos perigos a longo prazo, e Victor, aos riscos imediatos. Ele sabia como Victor era! Sabia que não podia ficar sozinho. Que egoísta, ir embora porque estava magoado! Que privilégio, poder valorizar os próprios sentimentos mais do que a segurança dos outros, porque ele mesmo nunca soube o que é sentir medo.

– Victor – chamei, mas ele sequer se mexeu. Acariciei seu rosto. Em seguida, belisquei seu braço. Com força. Com mais força.

Nenhuma reação. Satisfeita por Mary e Justine não terem nada de muito alarmante para encontrar, corri até a porta e a destranquei. Justine estava chorando, e Mary, lívida.

– Como assim, você nos trancou aqui fora? – indagou.

Inclinei a cabeça sugestivamente na direção de Justine e respondi:

– Não podia arriscar expor vocês duas a algo horrível. Nenhuma das duas tem a responsabilidade que tenho para com Victor.

Justine olhou para mim, com a face pálida como a morte.

– Ele...

– Ele está perigosamente doente, com uma de suas febres. Precisaremos de um médico e deveríamos levá-lo para algum lugar mais saudável. Estou certa de que este prédio contribuiu para seu estado.

– Posso ir chamar um médico. Conheço um – ofereceu Mary, olhando-me com uma boa dose de desconfiança. – Devo levar Justine comigo?

— Ela pode ficar e ajudar-me, se quiser.

Justine arregalou os olhos ao ver o corredor escuro que levava ao cômodo ainda mais escuro.

Eu e Mary trocamos um olhar de entendimento, e falei:

— Na verdade, sim. Acho que é melhor Justine ir com você. Ela pode informar o médico a respeito das febres de Victor.

Justine balançou a cabeça, e o alívio ficou estampado em seu rosto.

— Sim. Sim, farei isso. E posso contratar uma carruagem também. Não podemos pedir a Mary que pague nada.

— Muito inteligente! O que eu faria sem você?

Eu lhe lancei um sorriso radiante, dando a entender que ela estava lidando muito bem com aquilo tudo. Tirei algumas cédulas de minha bolsa, e os últimos cartões com o endereço caíram nos degraus molhados debaixo de nós. Não me dei ao trabalho de pegá-los. A tinta escorreria e mancharia o forro de seda de minha bolsa.

— Voltaremos rápido — disse Mary.

Eu fiquei acenando para elas até se virarem na direção da ponte. Então fechei a porta e tranquei-a mais uma vez, porque não queria visitas inesperadas. Fui ver como Victor estava, novamente. Ele não se mexera. Sua respiração era rasa, mas regular e sem dificuldade. Afastei um pouco mais as cobertas. Victor estava de calções e camisa, como se houvesse desmaiado enquanto estudava. Estava até de sapatos, arranhados e sem engraxar.

Sentei ao lado de sua cabeça e fiquei olhando para ele. Victor estava mais magro, mais pálido. A julgar pelo comprimento de suas mangas, também crescera. E não fora comprar roupas novas depois que mudara de tamanho. Umedeci um pano que não tinha cheiro de mofo, pus sobre a sua testa e suspirei.

— Veja só o que acontece quando você fica sozinho. Veja só como você precisa de mim.

Ele se remexeu, abriu de leve os olhos, que estavam loucos e pareciam não enxergar.

– Não... – murmurou.

– Não o quê? – perguntei, chegando mais perto de seu rosto.

– Henry... Ah, Henry... Não conte para Elizabeth.

Então Victor estava delirando. Achava que eu era Henry e não queria que ele me contasse alguma coisa. Mudou de posição na cama, deixando à mostra um objeto de metal que estava debaixo do seu corpo. Eu o soltei. Era uma chave, talvez da porta. Guardei-a em minha bolsa.

– É claro – respondi. – Será nosso segredo. Mas o que não devo contar para ela?

– Funcionou.

Victor fechou os olhos. Seus ombros tremiam. Eu não tinha certeza, mas achei que ele estava chorando. Jamais vira Victor chorar. Nem mesmo quando sua mãe morrera. Nem mesmo quando pensara que eu morreria. Victor não chorava, tinha acessos de ira. Ou, pior ainda, não tinha reação alguma. O que seria capaz de fazê-lo chorar?

– Funcionou. E foi terrível.

Victor ficou inconsciente de novo. O único ruído era o gotejar insistente da água no teto, como as batidas de um estranho numa porta, exigindo entrar.

Olhei para cima. O que teria funcionado?

Saí do lado de Victor, voltei até a entrada e fiquei examinando a escada. Estendi a mão e toquei a madeira áspera. Meus dedos tremeram, encolhendo-se em seguida, para se afastar do degrau. Sempre me considerei uma pessoa corajosa. Não existiam muitas coisas capazes de me deixar enjoada ou que eu tivesse medo de enfrentar. Mas meus músculos se retraíram só de pensar em subir aquela escada. E eu sabia o motivo antes de meu cérebro processar completamente o que era.

Então eu me dei conta:

Esse cheiro.

Não havia nada ali embaixo que justificasse esse cheiro persistente de sangue velho e carne apodrecida. Isso significava que ele só poderia vir do que quer que estivesse acima daquela escada.

E eu precisava descobrir o que era antes que outra pessoa o fizesse.

OITO

O HORROR E A DÚVIDA DESASSOSSEGAM SEUS CONTURBADOS PENSAMENTOS

Cada degrau foi uma eternidade. Demorei mais do que deveria para subir. Eu sabia que precisava ver o que havia depois daquela porta de alçapão. Por outro lado, torcia desesperadamente para que estivesse trancada.

Estiquei o braço e a empurrei, hesitante.

Não estava trancada.

Eu a abri e subi correndo os últimos degraus, entrando em um espaço que era escuro porém, ainda assim, mais iluminado do que aquela entrada sem janelas.

O som da chuva caindo em uma poça que não parava de aumentar competia com o bater enlouquecido de meu coração para ver qual fazia a melhor música com notas de dissonância e caos. Em vez de uma sinfonia para me acompanhar, havia um fedor.

Um fedor de coisa podre.

Um fedor de coisa morta.

E, acima e em volta de tudo, gases ardidos que me fizeram tossir e ter ânsia de vômito.

Peguei um lenço e cobri o nariz e o boca, desejando poder cobrir os olhos, que também ardiam. Mas eu precisava deles.

O ruído gotejante era diferente ali em cima, contudo. Dentro do cômodo, possuía uma fraca característica metálica, batia em algo diferente do chão de madeira enegrecido e empenado. No meio do salão, iluminado pela luz daquele dia sufocado de nuvens, uma grande poça d'água ondeava, concentrando-se no meio de uma mesa e pingando pelos lados, até encontrar a água que estava no chão. A mesa estava localizada diretamente debaixo dos painéis abertos do telhado.

Cheguei mais perto. Vidro quebrado esmigalhou-se sob as minhas botas. A mesa chamara a minha atenção primeiro, contudo, quando olhei para baixo, vi que toda a sala estava repleta de frascos de vidro espatifados. Alguém tivera muito trabalho para quebrar tudo o que havia ali.

A maioria dos cacos maiores estava grudenta e molhada, com o que fora seu conteúdo. Para mim, era o cheiro de alguma espécie de vinagre tingido de morte. Produtos químicos que preservam, mas corrompem na mesma medida.

Outros fragmentos de vidro estavam sujos de... outras substâncias. Havia montes gelatinosos pelo chão. Pedaços pobres e tristes de...

Desviei o olhar. Algo na mancha mais próxima fez meus olhos se recusarem a se fixar nela. Não possuía uma forma reconhecível e, ainda assim, eu sabia – *sabia* – que não queria olhá-la.

Minhas botas fizeram barulho, raspando no chão, porque cacos de vidro ficaram presos nas solas. Fui pé ante pé até a mesa. Não sei se por estar no meio do salão ou por ser um local mais iluminado, mas fui atraída pelo móvel, puxada por uma corrente invisível.

A mesa em si era de metal, do tamanho de uma mesa de jantar de família. Em volta, havia diversos aparatos que eu não sabia o que eram ou para que serviam. Pareciam complicados, repletos de engrenagens, fios e válvulas delicadas. Todos, assim como os frascos de vidro, haviam sido despedaçados de modo irreparável.

Um mastro, também de metal, enrolado em uma espécie de fio de cobre, erguia-se da cabeceira da mesa até as janelas do teto. Mas também fora entortado. Estava dobrado, com os fios deslocados e pendurados como se fossem cabelo arrancado da cabeça de uma boneca.

A água que se acumulava na mesa era mais densa e escura nas beiradas, como se expulsasse a ferrugem dali. Tinha um cheiro pungente e metálico, mas com algo de orgânico por baixo. Algo parecido com...

Tirei o dedo do ponto em que estava prestes a tocar aquelas manchas quase negras.

Era um cheiro *quase* de sangue. Entretanto, se fora afetado pela diluição em água ou pelos produtos químicos do salão, não soube dizer. Porque eu conhecia muito bem o cheiro de sangue. E aquilo era tão parecido... Mas diferente, de um modo que me causava mais repulsa do que qualquer outra coisa ali.

— O que você andou fazendo, Victor? — sussurrei.

Um estrondo me surpreendeu, então me virei para trás de repente. Minha mão, sem luvas, roçou na lateral da mesa, e levei outro choque, como levara ao encostar na maçaneta. Soltei um grito e afastei-me. Meu braço estava adormecido. Eu conseguia ordenar que se movesse, porém não conseguia sentir seus movimentos.

Apavorada, procurei a fonte daquele som. De novo! Dessa vez, de coisas afiadas arranhando alguma superfície. Um movimento agitado: um preto mais escuro do que os cantos daquele salão banhado em penumbra. Levantei os braços para me defender de...

Um pássaro. Uma coisa disforme que se alimentava de carniça, que ciscava e bicava um enorme baú ocupando quase todo o comprimento da parede do lado mais próximo do rio. O pássaro devia ter entrado pela abertura do telhado.

Irritada com a ave por ter-me assustado — e comigo, por ter-me amedrontado com tanta facilidade —, abaixei-me e peguei algo caído no chão para atirar nela.

Fechei os dedos em volta de uma faca comprida, diferente de todas que eu já vira. Tinha o formato de um bisturi de cirurgião, mas nenhum cirurgião precisaria de um bisturi daquele tamanho. Outros pontos de metal espalhados entre os vidros do chão reluziam, convidando-me a explorá-los. Vi também uma serra, pequena demais para ser usada em madeira. Braçadeiras. Agulhas absurdamente longas e terrivelmente afiadas, fixadas em ampolas de vidro quebradas e pontiagudas.

O pássaro grasnou de um modo sombrio, um som parecido com o de uma risada.

O que havia dentro do baú?

Era o outono anterior ao primeiro inverno que eu passaria entocada dentro de casa com a família Frankenstein. As folhas eram tão escarlates que até a luz tinha um tom carmesim. Pássaros voavam em círculos no céu: os que estavam indo embora e os que eram fortes o bastante para sobreviver ao longo e sombrio inverno das montanhas.

Eu e Victor caminhávamos pelas trilhas que fizéramos no mato, quando ouvimos um debater desesperado.

Andamos pé ante pé na direção do ruído, nós dois em silêncio sem termos combinado. Victor e eu, muitas vezes, funcionávamos desse modo — eu conseguia corresponder às suas expectativas sem que ele precisasse me pedir. Algum sexto sentido, alguma sintonia cuidadosa sempre me guiava.

Soltei um suspiro de surpresa quando encontramos a fonte do alvoroço. Um cervo, muito maior do que qualquer um de nós dois, estava deitado de lado. O olho visível mexia-se loucamente e seu peito subia e descia enquanto o animal ofegava. Uma de suas pernas estava retorcida em um ângulo que não era natural. O cervo tentou se levantar. Segurei a respiração, torcendo por ele, mas o animal caiu de novo no chão da floresta e ficou parado, a não ser pela sua respiração desesperada e pelo estranho lamento que emitia. Seria algum ruído instintivo, inconsciente? Ou o cervo chorava de verdade?

— O que será que aconteceu? — perguntei.

Victor sacudiu a cabeça. Sua mão, que segurava a minha, foi-se soltando devagar. Não consegui tirar os olhos do cervo até que Victor falou. A determinação trêmula em sua voz chamou toda a minha atenção.

— Não podemos perder esta oportunidade.

— Que oportunidade? — Eu só conseguia enxergar aquela coisa ferida diante de nós. — Você quer ajudá-lo?

— Não há como ajudar. Ele vai morrer.

Eu não queria que isso fosse verdade, mas Victor tinha razão. Até eu sabia que presas que não conseguem correr não podem sobreviver. E aquele cervo sequer conseguira se levantar. Morreria de fome lentamente, deitado ali, no frio chão da floresta, coberto pelas folhas que caíam das árvores.

— O que devemos fazer? — sussurrei.

Olhei em volta, procurando uma pedra grande. Por mais que odiasse até pensar nisso, sabia que a coisa mais caridosa que podíamos fazer era acabar com seu sofrimento. Jamais me ocorreu ir correndo até a casa para pedir ajuda. O cervo era nosso, nossa responsabilidade.

— Deveríamos estudá-lo.

Victor se aproximou, colocou a mão no flanco do cervo.

Eu não queria fazer aquilo de novo. Nunca mais. Mas supus com pesar que, assim que o cervo estivesse morto, não se importaria com o que fosse feito ao seu corpo. E, como sempre, a felicidade de Victor era minha prioridade.

Balancei a cabeça, e o sofrimento foi drenando a felicidade daquela tarde, como o frio do inverno vai lentamente sugando a cor das árvores.

— Vou encontrar uma pedra para podermos matá-lo.

Victor sacudiu a cabeça. Pôs a mão no bolso e tirou dele uma faca. Onde a conseguira, eu não fazia ideia. Não tínhamos permissão para possuir facas e, mesmo assim, Victor quase sempre tinha uma consigo.

— Será melhor estudá-lo enquanto ainda está vivo. De que outra maneira podemos aprender alguma coisa?

Suas mãos tremiam quando ele baixou a faca. Victor parecia triste. Mais do que isso, parecia bravo. Quase vibrava de tanta intensidade, e todos os meus instintos diziam para eu acalmá-lo. Para distraí-lo daquilo. Porém eu não sabia como acalmá-lo ou sequer se deveria acalmá-lo.

E então a faca penetrou o animal. Foi como se aquela coisa que eu via de vez em quando, por baixo da superfície de Victor, tentando sair, fosse libertada com o primeiro corte. Ele soltou um suspiro, e suas mãos se firmaram. Victor não parecia mais estar com medo, nem com raiva, nem triste. Parecia estar concentrado.

Ele não parou. Eu não o fiz parar.

Folhas vermelhas. Faca vermelha. Mãos vermelhas.

Mas vestidos brancos. Sempre.

O cervo parou com seu lamento. Não morreu quando Victor enfiou a faca na pele de sua barriga. Eu imaginara que ele se partiria como a casca de um pão, mas era duro, resistente. O ruído do corte me deixou enjoada. Virei para o outro lado. Victor esforçava-se para conseguir algum progresso, com as mãos cobertas de sangue, que faziam a faca escorregar.

— Será difícil — disse, arfando devido ao esforço — atravessar as costelas antes que o coração pare de bater. Vá correndo para casa e pegue uma faca maior. Depressa!

Corri. Não consegui voltar antes que o coração parasse. A frustração e a decepção retorceram o rosto de Victor quando lhe entreguei a faca comprida e serrilhada, cuja perda seria atribuída ao cozinheiro.

Victor pegou a faca e voltou a cortar na região das costelas, já inerte. Virei para o outro lado novamente, mantendo os olhos fixos nas folhas

• 101 •

escarlates que tremiam acima de nós. Uma única folha caiu, e eu acompanhei sua descida preguiçosa até a poça de um carmim mais escuro perto de meus pés.

Não vi nada. Ouvi tudo. A faca rasgando a pele. A lâmina arranhando os ossos. Todas as delicadas vísceras que dão suporte à vida caindo como uma papa no chão da floresta.

Victor aprendeu os caminhos que o sangue percorre em uma criatura viva, e eu aprendi as melhores maneiras de limpar manchas de sangue das mãos e das roupas, para que os pais dele jamais soubessem o rumo que nossos estudos tomavam.

Quando entrei escondida no quarto de Victor naquela noite, ele estava desenhando o cervo ainda vivo, mas esfolado, para que todos os pedaços que ele vira dentro do animal ficassem à mostra. Mudou de posição para que eu pudesse subir em sua cama. Eu não conseguia tirar o lamento do cervo da minha cabeça. Victor acabou pegando no sono antes de mim, pela primeira vez, com uma expressão pacífica.

Esse inverno foi longo e frio. Montes de neve da altura das janelas do primeiro andar vedavam-nos dentro de casa, longe do mundo. E, enquanto seus pais faziam o que costumavam fazer quando não estavam conosco — não tínhamos a menor curiosidade a respeito deles —, nós fazíamos brincadeiras que só uma criança como Victor poderia inventar. Ele fora inspirado pelo cervo. E, portanto, brincávamos.

Eu deitava calada e quieta, como um cadáver, e Victor me estudava. Suas mãos precisas e delicadas exploravam todos os ossos e tendões, os músculos e os tracejados das veias que constituem uma pessoa.

— Mas onde está Elizabeth? — perguntava, com o ouvido encostado no meu coração. — Qual destas partes a torna você?

Eu não sabia a resposta. Victor tampouco.

...

O bisturi de metal em minha mão era uma espécie de conforto. Apesar de nada no cômodo representar uma ameaça, eu não conseguia lutar contra o instinto me dizendo que eu estava em perigo. Que eu devia fugir.

— Xô!

Pisei forte na direção do pássaro. Ele fixou um dos olhos amarelos e sinistros em mim, batendo o seu bico afiado e assassino.

— Fora!

Corri até ele, assustando-o. Em um agitação de penas, passou voando por mim e entrou em um buraco negro na parede que eu não notara. Fui atrás da ave, e encontrei o início do duto que ia do prédio até o rio. Era grande o bastante para eu caber ali confortavelmente. Sem dúvida, havia sido instalado para descartar dejetos. Mas era tão grande! Qual seria a utilidade do prédio antes de Victor morar ali?

Com o peito arfante, olhei para baixo, para o baú que tanto fascinara e ocupara aquele maldito pássaro. Era de madeira, com uma grossa camada de piche para selá-lo. Uma forma deselegante mas eficiente de tornar a madeira à prova d'água.

Tentei levantar a tampa, mas o baú estava trancado. Eu me agachei e vi um cadeado pesado que prendia a tampa. Com os dedos trêmulos, peguei a chave que encontrara debaixo de Victor.

Servia.

Desejei desesperadamente que não tivesse servido.

Com um *clique* bem azeitado, o cadeado abriu-se. Eu o tirei, levantei a trava e ergui a comprida tampa.

A força do cheiro foi um golpe físico. Caí para trás no chão, cortando a mão em um caco de vidro. O bisturi rodopiou no piso imundo. Virei a cabeça e vomitei, então meu estômago fez todo o meu corpo se contorcer, em espasmos, tentando lançar-me para longe dali.

Ainda tossindo, encontrei o meu lenço e tapei meu rosto, em vez de enfaixar a mão com ele. Fiquei de pé, com as pernas tremendo, e olhei para baixo.

Lá dentro havia... pedaços de corpos.

Eram retalhos e miudezas, como se fossem materiais de costura que poderiam ser descartados, mas que haviam sido guardados caso, algum dia, viessem a ter utilidade. Não deviam ser tão velhos assim, porque sua deterioração era mínima. Ossos e músculos, um fêmur tão comprido que não consegui adivinhar de que animal era. Um casco. Um conjunto de ossos delicados, como se fossem um quebra-cabeça esperando ser montado. Alguns dos pedaços estavam costurados grosseiramente.

Uma folha de pergaminho, presa com tachinhas na tampa da caixa, tremulava com a brisa que entrava pelo teto aberto. Continha listas: tipos de ossos, tipos de músculos, pedaços que faltavam. O nome de um açougue. Um necrotério. Um cemitério.

Aquilo era uma caixa de materiais.

— Ah, Victor — lamentei.

Arranquei a lista e a guardei na minha bolsa. Abaixei a cabeça e vi, no outro canto, algo quadrado e inorgânico, enrolado em um lençol untado. Pus a mão lá dentro com todo o cuidado, sentindo ânsia de vômito de novo quando minha mão roçou em algo frio e macio. Ignorei e peguei o que queria. Tirei de lá de dentro e bati a tampa do baú.

Era um livro. Mas, por alguma razão, assustava-me mais do que tudo o que havia na sala. Eu me afastei daqueles suprimentos terríveis e abri a capa de couro gasta do diário de Victor.

Sua letra, minúscula e espremida, como se ele tivesse medo de não ter espaço suficiente para anotar seus pensamentos, era-me tão conhecida quanto a minha. Havia datas, comentários, desenhos anatômicos. No começo, eram de animais e seres humanos. E depois eram de algo... que não era nenhum dos dois. Passei os olhos nas palavras, aos prantos, e a letra de Victor ficava mais frenética a cada página que eu virava.

A última continha o desenho de um homem. Mais do que um homem. As proporções estavam erradas, a escala era monstruosa. E embaixo, escrito com tanta força que marcara o papel, as palavras "DERROTAREI A MORTE".

Fechei o diário e deixei que ele caísse no chão. Anestesiada, fui até a porta de alçapão, desci alguns degraus e cerrei-a. Uma de minhas mãos ainda não se recuperara do choque que levara ao tocar a mesa de metal, e a outra estava cortada. Escorreguei e caí nos últimos degraus. Levantei bem no momento em que um punho insistente esmurrava a porta.

Eu a abri e falei, sem ar:

— Desculpe!

Justine, Mary e um cavalheiro mais velho estavam esperando.

— Este bairro me assusta — continuei. — Não queria que mais ninguém entrasse.

— Elizabeth! — disse Justine, ao perceber minha mão ensanguentada e minha expressão, que, sem dúvida, estava perturbada.

Dei um sorriso forçado e expliquei:

— Escorreguei tentando arrumar as coisas. Venham, precisamos tirar Victor daqui.

Levei-os até o quarto, torcendo para não terem curiosidade alguma. Por sorte, o estado de Victor era tão obviamente sério que não se deram ao trabalho de olhar mais nada. Apesar de Mary ter perscrutado o quarto com os olhos espremidos, ajudou a tirar Victor da cama.

— Que cheiro é esse? — perguntou.

— Precisamos levá-lo para a carruagem. Depressa!

Fiz com que corressem porta afora, torcendo para que não olhassem para cima nem quisessem ver o que tinha no segundo andar. Quando todos estavam do lado de fora, em segurança, fechei a porta com firmeza.

— Pelo menos, agora acabou — falou Justine, soltando um suspiro aliviado.

Eu ainda tinha trabalho a fazer, mas dei um sorriso, acompanhando seu alívio, como se também estivesse deixando aquele lugar terrível para trás, para sempre.

Justine segurou meu braço e enrolou minha mão em seu lenço limpo. Meu vestido estava coberto de sujeira. Pontos mais claros de meu próprio sangue chamavam a atenção, como se tivessem sido derramados em uma neve imunda.

— Você tinha razão de querer vir para cá — disse Justine. — Victor precisava de você.

Sempre precisou. E precisava naquele momento mais do que nunca. Eu tinha de ajudar Victor a ficar bom e tinha de protegê-lo. Não podia permitir que ninguém descobrisse a verdade:

Victor enlouquecera.

NOVE

ESTE HORROR HÁ DE REDUZIR,
A TREVA HÁ DE CLAREAR

O DOUTOR, UM CAVALHEIRO imponente cujas roupas contavam a história de uma clientela rica e satisfeita, tinha um quarto em seu consultório reservado para casos como o de Victor, quando o paciente necessitava tanto de reclusão como de cuidados extras.

Certifiquei-me de que Victor fosse acomodado em segurança, informando o médico sobre seu histórico de febres intensas e prolongadas.

— Ele fica bem delirante — falei, tirando os cachos de Victor de sua testa e colocando um pano úmido nela. Uma enfermeira autoritária nos rondava, esperando que eu saísse do seu caminho. — Pode falar coisas que não fazem sentido ou parecem terríveis. Mas, quando acordar, não terá lembrança delas porque não são nada mais do que delírios de febre.

O médico balançou a cabeça, com impaciência.

— Sim, conheço muito bem as febres. A senhora não precisa expor-se a mais incômodos, Fräulein Lavenza. Ele será bem cuidado. Pode visitá-lo pela manhã, mas reservamos o restante do dia para o repouso. Foi bom que a senhorita encontrou-o a tempo. Mais um ou dois dias e ele poderia ter falecido por queimar todos seus fluidos corporais.

— Sim — murmurei, dando um beijo no rosto de Victor e afastando-me de sua cama em seguida. — Não é nada bom queimar isso.

Outras coisas, entretanto, ainda precisavam ser queimadas.

Na sala de espera, Mary e Justine aguardavam. Justine estava se remexendo, nervosa, olhando para a luz do outro lado da janela, que não parava de diminuir. Quando me viu, levantou-se como a faísca de uma chama e perguntou:

— Elizabeth! Como Victor está?

— Eles o acomodaram. Tenho certeza de que ficará bem. Obrigada, Mary, por ter providenciado um médico tão capaz e tão rápido. Tivemos muita sorte de encontrá-la, por inúmeras razões.

Mary balançou a cabeça, colocou as luvas e arrumou o chapéu.

— Fico feliz por ter vindo com vocês. Meu tio ficará contente ao saber que ajudei Victor. Será que ele foi a última pessoa a vê-lo bem? Obviamente, Victor devia estar bem de saúde naquela época. Senão, meu tio jamais permitiria que ele ficasse lá sozinho.

— Ao contrário de Henry — comentei, porque meus pensamentos eram sombrios e já estavam entupidos por carvão e cinzas.

Justine chegou mais perto da porta e falou:

— Mas Henry foi embora há tantos meses... Ele também teria ficado. Você tem mais alguma coisa para fazer aqui? Logo cairá a noite, e seremos trancadas para fora do pensionato!

Mary nos lançou um olhar perplexo.

— A dona de nossa pensão deixa muito a desejar — expliquei. — Tranca a porta quando o sol se põe e nos informou que, se não estivermos dentro de casa nessa hora, não entraremos mais.

Percebi que tinha um problema. Não podia passar a noite inteira trancada, então precisava de algum motivo para abusar da hospitalidade de Mary.

— Na verdade... — Fiquei em silêncio, pensativa, como se aquilo estivesse acabando de me ocorrer. – Eu detestaria se houvesse alguma piora na saúde de Victor durante a noite e não pudesse ter notícias ou correr para seu lado. Mary, você já fez tanto por nós, mas posso lhe implorar mais um favor?

– É claro. Nem precisa pedir. Vocês duas são bem-vindas para passarem esta noite na minha casa e quantas mais precisarem. Mas só tenho mais uma cama.

– Posso dormir no chão – sugeriu Justine.

– Que bobagem! Temos um quarto perfeitamente bom pelo qual já pagamos. – Fiquei em silêncio de novo, exagerando no ar pensativo para que elas percebessem. – Preciso pegar algumas roupas para Victor, para que tenha algo limpo a usar pela manhã. Vou comprá-las, pois não tenho o menor desejo de voltar à residência dele! Mary, você poderia acompanhar Justine até o pensionato e acomodá-la lá dentro em segurança? Depois encontro você em sua casa para ficar disponível, caso Victor precise de mim. Deve ser só por uma noite, afinal de contas. Amanhã teremos uma ideia melhor do quanto demorará para ele se recuperar.

As duas mulheres concordaram com meu plano perfeitamente sensato, mas Mary parecia desconfiar da frequência com que eu fazia ela e Justine se afastarem de mim. Entretanto, funcionou. E era um plano que me deixava mais perto do rio, em um quarto destrancado, sem nenhuma amiga querida altamente ligada a mim para acordar quando eu saísse.

Deixei o endereço de Mary com o médico e despachei ela e Justine na carruagem. Depois me virei, decidida a encarar minhas tarefas indesejadas.

Havia um cemitério ligado à catedral da cidade, mas era público demais e não era o mesmo que constava na lista de Victor. Mais uma vez, saí das muralhas que protegiam os bons cidadãos de Ingolstadt. Dessa, evitando passar pela guarita que tanto me perturbara antes.

O sol estava quase se pondo quando cheguei ao meu destino. As árvores estavam encolhidas, gotejando a chuva acumulada. Uma casa de um cômodo ao fim da sinuosa área verde estava com a luz acesa. Bati na porta, determinada. No último instante, fechei minha capa para cobrir o vestido sujo e manchado de sangue.

Um homem tão corcunda quanto as árvores abriu a porta e disse:

— Pois não?

— Estou aqui a pedido de meu pai, que é o zelador do cemitério de Genebra. Ele sofreu uma onda de assaltos a túmulos recentemente e está com dificuldade para conseguir informações. Como vim para cá visitar minha irmã e sua família, pediu-me que perguntasse se vocês têm experimentado algo parecido.

O homem franziu a testa, olhando além de mim.

— Você está sozinha?

— Sim. — Levantei o queixo e sorri como se esse fato não fosse nem estranho nem perturbador. — Minha irmã deu à luz há pouco tempo e não pode sair de casa. Eu acabo de lembrar-me da promessa que fiz ao meu pai e saí para cumpri-la antes que minha irmã precise de mim novamente.

O homem soltou um suspiro e coçou a barba branca por fazer.

— Andam roubando joias? – perguntou.

— Sim – repondi.

— Bem, não é nada parecido com os meus problemas, então – ele replicou.

Franzi a testa e perguntei:

— O que o senhor quer dizer?

Ele levantou uma das sobrancelhas peludas e disse:

— Moro perto de uma universidade. Quando roubam o cemitério, não levam joias dos corpos. Levam os próprios corpos. — O homem sacudiu a cabeça e continuou: — É um negócio sujo e maldito também. Já me ofereceram dinheiro em troca de corpos, mas nunca aceitei suborno. Nem uma única vez. Faço patrulha quase todas as noites, mas já estou velho. Preciso dormir de vez em quando.

Balancei a cabeça, e meu horror não foi fingido.

— Diga para seu pai que ele deve se considerar um homem de sorte por só levarem joias. É mais fácil de esconder do que um grande buraco onde havia o irmão de alguém em seu descanso eterno.

— Eu... eu direi, sim. Obrigada, senhor.

Ele me deu um aceno triste e fechou a porta. Virei-me para o cemitério. À medida que a noite se apossava calmamente do dia, tudo o que era verde tornava-se cinza, depois preto, suave e silencioso. Imaginei-me entrando de fininho com uma pá, procurando a terra revolvida mais recentemente. Cavando até minhas mãos ficarem com bolhas. Depois tirando um corpo da cova, arrastando seu peso morto, tropeçando nas raízes e nas lápides baixas, o corpo caindo no chão que deveria ter-se encarregado dele, que deveria tê-lo mantido em segurança...

Era tanto *trabalho*. Eu poderia imaginar Victor fazendo isso uma, até duas vezes. Mas, certamente, ele encontrara uma maneira melhor.

O outro endereço que estava listado era um necrotério, uma espécie de repositório para os corpos dos pobres. Falecidos que não tinham parentes ou benfeitores com dinheiro para pagar pelos ritos adequados acabavam lá e eram enterrados em covas de indigentes.

O que o cemitério tinha de orvalhado e sereno o necrotério tinha de úmido e repulsivo. Bati na porta e encontrei uma pessoa que mais parecia uma doninha que um homem. Seus olhos minúsculos espremeram-se, desconfiados, e os poucos dentes que lhe restavam eram pretos e pontiagudos.

— O que você quer? — gritou.

Levantei a sobrancelha, imperiosa.

— Estou aqui a mando de um freguês interessado.

O homem tossiu tanto, com tanta força, que temi que fosse perder um pulmão. Por fim, cuspiu uma bola de muco no chão, e um pouco foi parar em uma de suas botas. Suspeitei que essa era a única graxa que aqueles calçados já haviam visto.

— Deixe-me adivinhar: Henry Clerval?

Soltei um suspiro de choque. Henry tinha comprado cadáveres para Victor? Eu não conseguia sequer imaginar. Não fazia sentido.

E foi aí que me dei conta: Victor devia ter usado o nome de Henry para que o seu não fosse conhecido por uma criatura tão baixa quanto aquele homem. Foi inteligente, na verdade. E tornou minha tarefa mais fácil: eu não precisaria tentar comprar o silêncio daquele homem a respeito das atividades de Victor.

— Sim. Foi Henry que me mandou aqui.

— Então o senhor mandachuva precisa de mais material, hein? Por que mandou você?

— Estava doente. Mas finalmente pode retomar seus... estudos.

O homem riu com desdém, e sua boca se retorceu de ganância enquanto ele tentava parecer desinteressado.

— Tenho muitos outros fregueses agora. Fregueses que pagam adiantado. Sempre há procura, com a universidade. Ele acha que pode simplesmente aparecer e exigir as melhores mercadorias novamente?

— O que você quer dizer?

— Os mais altos! Os mais fortes! Os mais estranhos! Tem um gosto pelo inusitado, esse seu Henry. Trata-me como um mercado, onde pode pechinchar o preço das maçãs! Não senti sua falta, não, nem um pouco. Mas senti falta dos pagamentos que me deve.

O homem não parava de olhar para a minha bolsa, e resisti ao impulso de fechar minha mão por cima dela. Eu segurava a capa para esconder meu vestido, e qualquer movimento poderia revelar meu verdadeiro estado.

— Entendo — respondi, com frieza. — Preciso consultá-lo para saber se deseja continuar sendo seu freguês.

O rosto do homem repuxou-se todo quando ele tentou sorrir.

— Tenho um bom negócio. Acabo de receber dois cadáveres. Estrangeiros, sem família para procurá-los. Ninguém reclamará se os corpos jamais chegarem ao terreno do cemitério. Mas você me paga agora e paga o que ele me deve.

Dei um passo para trás, sem conseguir esconder minha expressão de repulsa. Como Victor pôde ter chegado àquele ponto? Como pôde ter se ligado a um homem tão repulsivo, com atividades tão horripilantes?

— Aonde você vai? — perguntou.

Ele se lançou para a frente e segurou meu pulso com a mão gelada. Tremi quando encostou em mim, imaginando o que mais aquelas mãos poderiam ter tocado naquele dia.

— Vou embora, senhor. Solte-me.

O homem puxou-me mais para perto. Minha capa abriu-se. Ele percebeu minha aparência e tornou-se ainda mais rude.

— Não enquanto eu não receber o que Henry me deve! Acha que sou imundo por causa do que faço? Que ele pode sumir e ser limpinho e chique? — Então se virou para a porta aberta, puxando-me. — Vou lhe mostrar a imundície que seu querido Henry compra. Vou lhe mostrar o que ele pensa que pode ficar devendo.

Eu deveria ter gritado. Eu sabia que deveria ter gritado. Mas não consegui. Tinha sido muito bem treinada para ser silenciosa. Mas não podia entrar naquele prédio. Já vira horrores demais durante aquela viagem, não queria ver mais nenhum. E não queria saber o que aquele homem faria comigo entre quatro paredes.

Com o coração disparado, a língua congelada, pus a mão livre no meu chapéu e tirei um dos alfinetes compridos e pontiagudos que usava para mantê-lo no lugar. Em seguida, enfiei o alfinete no pulso do homem com toda força que consegui reunir, tomando o cuidado de mirar no espaço entre os dois ossos do braço, para que entrasse até o fundo.

Ele gritou de surpresa e de dor, então me soltou.

Dei-lhe as costas e corri. Seus gritos de raiva seguiram-me. Contudo, graças a Deus, os passos não. Quando estava de volta à segurança dos limites da cidade, encostei em um prédio de tijolos e tentei recuperar o fôlego. Meu coração continuava batendo acelerado, como se eu ainda estivesse sendo perseguida.

Desejei não conseguir imaginar Victor fazendo negócios com aquele homem, mas conseguia. Victor fora embora, possuído pela necessidade de derrotar a morte. E, sem mim para controlar suas obsessões, descera às profundezas infernais.

Eu levara Victor àquela loucura. E consertaria isso de qualquer maneira que fosse necessária.

Isolados como estávamos, do outro lado do rio, só com a companhia regular de Henry e, ocasionalmente, de seus pais, conseguimos evitar a maioria das doenças que criavam raízes tóxicas e espalhavam-se como mofo por Genebra durante os longos meses de inverno.

Quando eu tinha quase 15 anos, entretanto, a doença encontrou-me e apoderou-se de mim com ferocidade, para compensar o tempo perdido. Caí na escuridão e na dor. Médicos devem ter sido chamados, mas eu não percebia nada, perdida na violência de um corpo que destruía a si mesmo. Meu mundo ardia em chamas. Doía.

E, uma hora, não parecia mais nada.

A fronteira entre a vida e a morte fascinava Victor havia tanto tempo! Eu a cruzara ao entrar nesse mundo — trocando de lugar com minha mãe, que morreu quando nasci. Tive certeza de que, mais uma vez, estava naquele limite. De um lado: Victor, Justine, Henry. A vida que eu construíra com uma determinação tão perversa. De outro: o desconhecido. Mas o desconhecido acenava, prometendo o alívio da dor. O alívio da doença. O alívio da batalha sem fim, de manipular e trabalhar, trabalhar, trabalhar, apenas para garantir meu lugar no mundo.

Mas uma mão gelada na minha sobrancelha conseguiu atingir-me. Súplicas sussurradas, um rosário interminável delas, tiraram-me daquelas terras sombrias e desconhecidas, como se fossem uma trilha de migalhas, brilhando com sua brancura à luz da lua, e guiaram-me de volta para casa. Passado um tempo, dias ou semanas, finalmente abri os olhos e dei de cara com minha obstinada salvadora.

Madame Frankenstein.

Eu esperava ver Victor ou Justine, as duas pessoas daquela casa que me amavam. Mas tinha subestimado o quanto Madame Frankenstein dependia de mim. O quanto devia ter ficado apavorada com o que poderia acontecer se eu abandonasse sua família.

Seus olhos brilhavam, maníacos, e ela encostou minha mão em seus lábios quentes e secos.

— Aí está você, Elizabeth. Você não pode jamais ir embora. Eu já disse. Você precisa ficar aqui, com Victor.

Eu não tinha forças para balançar a cabeça. Minha garganta, que estava ressecada e ferida, não tinha forças para emitir as palavras. Entretanto olhei bem nos seus olhos, e demo-nos por entendidas.

Então Madame Frankenstein deitou-se na cama ao meu lado e pegou no sono.

Um dia depois, eu já havia recuperado forças suficientes para me sentar e ingerir um pouco de alimento. Mas meu ganho foi uma perda para Madame Frankenstein. Ela desobedecera às ordens do médico, expondo-se à minha doença, para cuidar de mim. A febre me abandonou e quis ganhar outro prêmio.

Quando o médico veio para levá-la ao quarto — de onde, ficou claro, ela jamais sairia em vida – Madame enroscou os dedos no meu pulso como uma algema.

– Esta é a sua família – disse, com a voz rouca, como se houvesse engolido um carvão aceso. O mesmo carvão ardia, com uma luz vermelha imaginária, na intensidade do seu olhar. Eu me dei conta de que ela não estava, finalmente, declarando que eu fazia parte de verdade da família. Estava confiando-a a mim, como se fosse um fardo que tirava dos seus ombros e depositava nos meus. – Victor... é... responsabilidade sua.

O médico e o Juiz Frankenstein levantaram-na de minha cama. Ela deixou a cabeça pender para o lado, para que seus olhos pudessem observar-me o tempo todo que os dois demoraram para levá-la embora. Eu saí da cama e afastei-me do fantasma de Madame Frankenstein, que já fazia dali sua morada, apesar de ela ainda estar viva.

Andei cambaleando, apoiada nas paredes do corredor, até o quarto de Victor. Ele estava lá dentro, protegido por uma fortaleza de livros. Sua vela queimara até tornar-se um toco. Suas roupas, normalmente tão impecáveis, estavam sujas e desalinhadas. Sua cama, ainda arrumada, funcionava como escrivaninha e estante de livros ao mesmo tempo.

– Victor – sussurrei, com uma voz que ainda não se recuperara da longa falta de uso.

Ele olhou para cima, com os olhos vivos de um modo pouco natural, contrastando com a área escura e cavada ao redor deles.

– Eu tinha que salvar você – disse, piscando, como se me visse e não me visse ao mesmo tempo.

– Estou melhor.

– Mas nem sempre estará. Algum dia, a morte virá buscá-la. E eu não permitirei. – Então espremeu os olhos, e sua voz tremia de fúria e determinação. – Você é minha, Elizabeth Lavenza, e nada poderá roubá-la de mim. Nem mesmo a morte.

...

— Você esqueceu as roupas novas de Victor — disse Mary, com os lábios apertados e os olhos inteligentes examinando meu estado desgrenhado e ofegante. Já passara muito tempo desde o pôr do sol.

Dei risada e levei a mão à cabeça, onde o meu chapéu saíra do lugar por causa do alfinete que eu removera.

— Não consegui encontrar uma loja a tempo. Todas estavam fechadas, e fiquei perdida em uma parte desconhecida da cidade. Estou perambulando desde então! Estou simplesmente exausta.

Balançando a cabeça, sem demonstrar muita compaixão, Mary levou-me até meu quarto.

Esperei várias horas acordada, até julgar ser o momento de começar a segunda metade das desagradáveis atividades daquela noite. Eu ansiava por dormir. Ansiava por fechar os olhos e esquecer tudo o que vira e fizera. Mas não podia. Victor ainda precisava de mim.

O relógio de parede na saleta de Mary marcava pouco mais de uma da manhã quando saí de fininho, levando o suprimento de óleo que roubara de seu armário.

A cidade tinha uma personalidade completamente diferente à noite. Havia poucos postes, bem distantes um do outro, e as construções pareciam monstros que se agigantavam, observando com seus olhos negros, que refletiam a minha imagem. Seria tão fácil desaparecer ali. Perambular pela escuridão e nunca mais ser vista.

Andei depressa, enrolada na capa, com o capuz levantado. Eu me sentia perseguida a cada passo que dava e olhava para trás constantemente. Mas estava sozinha. Parei na guarita, encolhi-me ainda mais dentro da capa e espiei aquelas portas com cautela. Nenhum ruído veio ao meu encontro. O mundo inteiro estava em silêncio, como se segurasse a respiração para ver o que eu faria em seguida.

O caminho para atravessar o rio, que fora insosso durante o dia chuvoso, parecia uma ponte que levava a outro mundo. Alguns dos barcos tinham tochas acesas, dando a impressão de que partes do rio cor de azeviche pegavam fogo. Como o rio Estige, uma passagem direta para o inferno.

Tremendo, andei mais depressa. Precisava que aquela noite acabasse, que aquela última tarefa fosse cumprida. Assim que isso acontecesse, eu estaria em segurança. Finalmente, cheguei à residência de Victor. Não podia chamar aquilo de casa. Não era nada parecido com um lar. Levantei a mão para girar a maçaneta...

A porta estava levemente entreaberta. Eu tinha certeza de tê-la fechado quando saímos. Tranquei? Estava com tanta pressa de tirar Mary dali de dentro e impedir que bisbilhotasse mais... E Justine estava falando comigo... Talvez eu não tivesse esperado até o mecanismo travar. Abri um pouco mais com o pé, sem coragem de acender o lampião. Mas não havia outra luz lá dentro. A porta de alçapão estava firmemente fechada. Olhei o alojamento de Victor. O aquecedor ainda estava frio. Eu o acendi com um fósforo, fechei o cano da chaminé e deixei a portinhola aberta. Então me virei e...

Um homem apareceu na escuridão.

Um grito estridente de horror saiu pela minha boca. Atacando-o, atirei o frasco de óleo nele. Ele caiu para a frente, fazendo um ruído de madeira. O chapéu que estava pendurado em um mancebo rodopiou, afastando-se de mim.

– Victor, seu maldito – sussurrei.

Eu não notara o mancebo durante minha visita anterior porque estivera preocupada demais. Peguei o chapéu e fiquei chocada ao reconhecê-lo, mesmo no escuro. Eu sabia a quem pertencia aquele chapéu.

Era de Henry. Eu o comprara, logo antes de ele ir embora para Ingolstadt. Passei os dedos na aba, sentindo a maciez do veludo que contrastava com seu formato duro. Então Henry *havia* encontrado Victor quando ele já estava morando ali. Devia ter visto a loucura tomando conta do amigo. E, mesmo assim, fora embora.

Lágrimas de raiva ardiam nos meus olhos. Henry abandonara Victor e me abandonara. Eu não sabia qual das duas traições doía mais. E, por um lado, eu também o odiava por poder simplesmente decidir ir embora. Certas pessoas não têm essa opção e jamais terão.

Joguei o chapéu no chão e derramei um pouco do óleo nele. Fiz uma trilha de combustível nos limites da sala até verter a última gota. Então empurrei a mesa de Victor até a trilha de óleo, assim como sua cama de madeira. Encontrei mais óleo ao lado do aquecedor e derramei também, empapando as roupas de cama enquanto esperava o aquecedor esquentar. Por fim, fui até o corredor e pendurei a roupa de cama na escada.

Voltei para o quarto, risquei um fósforo e joguei no chapéu traidor de Henry. O acessório ardeu em chamas, que se movimentaram com um graça líquida ao longo das linhas de óleo que eu desenhara no chão. O calor foi súbito e intenso. Eu cumprira bem minha tarefa. Fui saindo daquele quarto de costas, fitando o tempo que Victor passara ali ser apagado.

Ninguém jamais saberia o que ele estudou, quão longe em sua loucura Victor permitira-se avançar, cambaleante e sozinho.

Ateei fogo nas roupas de cama e fiquei observando as chamas subirem a escada até a porta de alçapão. Então fechei a porta da frente. Ninguém veria o fogo até que ele tomasse conta do segundo andar. À essa altura, seria tarde demais para salvar qualquer coisa. Voltei para a parede de pedra que se estendia pela íngreme margem do rio e esperei. Queria ver o fogo apoderando-se dos horrores do laboratório de Victor. Eu precisava ter certeza.

Não demorou muito. Logo houve um reluzir, seguido por um estrondo brilhante e explosivo que destruiu as janelas. Eu me abaixei quando começou a chover vidro ao meu redor. Os produtos químicos infiltrados no chão do andar de cima não se davam bem com fogo.

Eu ri, levantando o rosto na direção do calor seco que irradiava do prédio. Não. Eles se davam muito bem com fogo. Mas não havia fumaça subindo pelas janelas do telhado, que haviam ficado abertas. Como...

Uma algazarra de batidas e pancadas desceu pelo duto acima de minha cabeça. Aquele, que ia do prédio até o rio. Antes que eu pudesse virar-me para ver o que era, algo enorme caiu na água, fazendo barulho.

Cobri a boca, horrorizada. Será que havia alguém lá dentro?

Inclinei-me para a frente, espiando a superfície preta e plácida da água. Só vi as chamas que havia atrás de mim refletidas. Nada se movimentava na superfície.

Talvez alguma coisa estivesse presa dentro do duto e tivesse sido empurrada pela mudança na pressão do ar. Entretanto, a porta estava aberta quando cheguei. Quem poderia ter estado ali? Era óbvio que ninguém tinha o hábito de visitar Victor. Talvez o beberrão que havíamos visto naquela tarde? Mas eu ouvira quando ele caíra na água. Fizera muito menos barulho.

Talvez um rival invejoso. O professor Krempe parecera-me um tanto ávido demais para saber o que Victor estava estudando desde que os dois perderam contato. Será que Victor isolara-se porque estava sendo vigiado? Porém, quem poderia dar importância às teorias lunáticas de um homem que brincava com cadáveres roubados e animais profanados?

Uma possibilidade mais perigosa tomou conta de mim. O homem do necrotério, lembrado da dívida de Victor por causa de minha visita, poderia ter passado ali para cobrá-lo. Tremi, receando que ele se levantasse urrando e me puxasse para dentro d'água. Mas eu não podia me virar e ir embora, não podia dar as costas para o que estava à minha espera.

Fiquei observando a água até meus pulmões arderem por causa da fumaça e eu ter certeza de que não era mais seguro nem sensato continuar na cena do crime. Nada emergiu das profundezas negras do rio. Este guardou seus segredos.

Eu guardaria os meus. E os de Victor também.

DEZ

PERDER-TE
ERA PERDER-ME

Eu planejara sair discretamente da casa de Mary ao amanhecer, para poder ver Justine e depois passar a manhã com Victor. Mas minhas atividades noturnas cobraram seu preço do meu corpo, e dormi até bem depois de o sol nascer.

Torcendo para que Mary fosse dorminhoca ou que já tivesse saído para abrir a livraria, prendi meu chapéu, que se equilibrou de modo precário. Senti falta de meu alfinete perdido, mas sabia que Justine teria alguns a mais. Então saí correndo do quarto para pegar minha capa.

Mary estava sentada, segurando-a.

– Bom dia – disse, animada.

– Bom dia – respondi.

Tentei imitar seu tom para esconder minha irritação por precisar falar com ela. Eu tinha coisas a fazer.

– Não sei ao certo se você conseguirá tirar o fedor de fumaça desta capa lavando-a. – Seu tom de voz era casual, e ela levantou a capa. – O vestido que usou ontem já estava bem estragado por causa do sangue e da sujeira, mas a capa é boa. Para cometer incêndio criminoso, você deveria ter usado uma velha ou emprestado uma de meu tio.

Pisquei e dei um sorriso desentendido.

— Perdão, mas não entendo o que você quer dizer.

— Houve um terrível incêndio do outro lado da ponte hoje cedo. Os bombeiros conseguiram controlá-lo, mas só depois de ele ter destruído um prédio inteiro. Imagine só! Um prédio inteiro e tudo o que havia dentro, queimado ao ponto de nada poder ser recuperado. Presumiram que a chaminé do aquecedor não fora limpa adequadamente.

— Que lástima. — Sentei-me na sua frente e peguei a xícara de chá que Mary preparara para mim. — Tomara que ninguém tenha se ferido.

— Não, o prédio estava tão vazio quanto ontem, quando saímos dele, e tenho quase certeza de que o aquecedor estava frio e desligado. — Mary jogou minha capa e, com ela, qualquer pretensão de delicadeza. Então se inclinou para a frente, de modo ostensivo. — O que foi que você encontrou? Por que ateou fogo?

— Eu realmente não sei do que você está falando.

— Ah, por favor, pare de fingir. Você pode até parecer um anjo, mas não sou tola. Você nos deixou trancadas do lado de fora. Estava com medo de descobrir alguma coisa que não queria que ninguém mais visse. E então teve tempo para ficar sozinha e procurar. O que havia de tão horrível que você teve de voltar e pôr fogo no prédio?

Dei um sorriso, sabendo muito bem que meu sorriso era mais doce do que os morangos que nascem no verão, e meus olhos, límpidos e encantadores como o céu.

— Talvez eu apenas goste de incêndios.

Para minha surpresa, Mary caiu na gargalhada, uma risada louca. Foi a risada menos feminina que já ouvi. Aquela moça não possuía nada de recatado ou circunspecto. Fiquei imaginando como ela conseguia sequer inspirar o bastante, usando um corselete, para produzir aquele som.

– Ah, gosto de você, Elizabeth Lavenza. Gosto muito de você. Tenho certo medo de sua pessoa, mas acho que isso me faz gostar ainda mais de você. Bem, vou jogar sua capa fora. Em outro bairro, é claro. E então vamos buscar Justine e ver como seu querido Victor está.

– Você não precisa mesmo vir comigo. Já fez demais.

– Muito menos do que você – retrucou. Deu um sorriso maldoso e completou: – Estou presa ao ramo dos livros há tanto tempo que esqueci como pode ser divertido fazer parte de uma história. – Ela se levantou, colocou um biscoito na boca e engoliu-o quase inteiro. – Não espero que você me conte a verdade. Fico feliz de desvendar esse mistério sozinha. Desde que você prometa que não ateará fogo à minha casa. – Então olhou para mim, e sua expressão passou de brincalhona para séria com um único movimento de suas sobrancelhas tão bem desenhadas. – Por favor, não ateie fogo à minha casa.

Como ela, fui sincera, grata por Mary ser uma cúmplice silenciosa.

– Juro que não tenho nenhuma intenção de atear fogo a mais nada. E agradeço sua discrição. Posso garantir que minha única intenção foi proteger Victor. Ele estava... Seus estudos foram produto de uma mente enferma. Se outras pessoas descobrissem, poderiam arruinar suas chances de sucesso. Não permitirei que isso aconteça.

Mary assentiu com a cabeça, pegou outra capa, que estava pendurada em um gancho na parede, e me entregou. Era gasta, mais velha do que a minha, mas macia, com cheiro de tinta, poeira e couro – meus aromas preferidos. Eu me senti instantaneamente tranquilizada ao me enrolar nela.

– Pode responder uma coisa? – perguntou, quando nos sentamos na parte de trás de uma carruagem, a caminho do pensionato.

– Provavelmente, não de modo sincero – respondi, ficando surpresa comigo mesma por ter dito a verdade.

— Perguntarei mesmo assim. O que Victor é para você, para tê-lo procurado tanto e ter tanto trabalho para protegê-lo? Com certeza deve ser mais do que um primo. Você está apaixonada por ele?

Olhei pela janela enquanto passávamos pelo centro da cidade, que estava ensolarado e claro, como se sua versão noturna fosse um sonho que era melhor esquecer. Estranhamente, o fato de Mary ter descoberto meus segredos libertou minha vontade de falar. Eu costumava manter a verdade trancada a sete chaves, deixando apenas sombras cuidadosas dela saírem para o mundo.

— Ele é toda a minha vida. E minha única esperança de ter um futuro.

Victor partiu antes mesmo de a terra assentar na cova de sua mãe.

— Estarei de volta quando tudo estiver resolvido — prometeu, pressionando os lábios em minha testa como se fossem um lacre de cera.

Então me tornei a senhora de uma casa que nunca fora minha e ainda não era. Eu administrava a residência, supervisionando seu funcionamento básico. O Juiz Frankenstein nunca me deu dinheiro, sempre fazia questão de se encarregar do orçamento. A criada pessoal de Madame Frankenstein foi imediatamente dispensada. Eu devia assumir o papel de Madame, mas não herdar seus privilégios. Só podia ter o cozinheiro, uma criada e Justine.

O alívio que senti com a minha inesperada previdência de ter feito contratarem Justine foi imenso. Eu tinha de lidar relativamente pouco com Ernest, que já frequentava a escola da cidade, e com William. Por mais encantadoras que fossem, as crianças continuavam sendo uma língua estrangeira para mim, que eu podia falar e compreender, mas com que nunca me sentia à vontade.

Justine desabrochou. Poderia fazer o trabalho de cinco criadas, mas não permiti que o Juiz Frankenstein percebesse isso. Ela não era de baixa estirpe, afinal de contas.

Na verdade, em segredo, eu suspeitava que Justine vinha de uma estirpe mais alta do que a minha.

Por mais que eu tivesse guardado meus temores em segredo durante todos aqueles anos, depois que Victor foi embora e Madame Frankenstein morreu eles vinham à tona borbulhando sempre que eu fazia uma refeição sozinha com o Juiz Frankenstein. A cada mordida delicada que eu dava, a cada gole impecavelmente calculado, eu ficava me perguntando se isso era perceptível. Se ele sabia. Se já suspeitava.

Eles me haviam comprado baseados em uma mentira.

Só podia ser. Pensando em retrospectiva, era risível, na verdade. Madame Frankenstein me contara a história que lhe contaram. Não fazia sentido. Como uma peste de mulher violenta, que vivia na floresta, em extrema pobreza, conseguira pôr as mãos na filha de um nobre italiano aprisionado? A história dela, tecida com mazelas políticas e fortunas confiscadas por austríacos, era tão infantil quanto algo que eu contaria para William ficar quieto e ir dormir.

– A bela esposa morreu dando à luz uma filha ainda mais bela! E, apesar de a menina ser um anjo, seu pai, despojado de tudo e possuído pela ira, não pôde desistir de sua justa luta contra aqueles que lhe tinham feito mal! Levado para um calabouço sombrio, o pai abandonou a filha, que foi criada de forma mesquinha pela classe mais baixa até o dia em que uma família bondosa e generosa encontrou-a e, no mesmo instante, teve certeza de que a menina tinha nascido para ser mais do que aquilo.

Eu queimaria um livro que insultasse minha inteligência com uma bobagem tão trivial. Em vez disso, a história mais provável era:

A mulher herdara-me de uma irmã ou prima e não gostou de ter mais uma boca para alimentar. Quando a família Frankenstein fixou residência no lago Como e ela viu o jovem filho, aproveitou a oportunidade. Pegou a criança bonita e a vendeu, com o cabelo recém-penteado e uma história reluzente para enrolar Madame.

Desse modo minha mente já estava andando em círculos, nervosa, pensando em minhas origens, quando o Juiz Frankenstein, emaciado e com a saúde obviamente debilitada desde a morte da esposa, dirigiu-me a palavra durante o jantar, seis meses depois de Victor ter partido.

— Conte-me, quais são as suas lembranças do seu pai?

Fiquei com a colher parada a caminho dos lábios. Coloquei-a sobre a mesa para que o juiz não a visse tremer. Ele permitira o capricho da esposa por anos, mas Madame Frankenstein se fora. Victor estava consertado. O juiz não tinha motivos para me manter naquela casa. O que eu era, afinal de contas, além de uma qualquer, sem valor, cuja utilidade já não existia?

Dei um sorriso e respondi:

— Eu era tão jovem quando o levaram! Lembro-me de chorar às portas de nossa propriedade, fechadas atrás de mim, quando o colocaram, algemado, dentro de uma carruagem preta. — Eu não lembrava nada daquilo.

— Você lembra qual era o nome de sua mãe? Qualquer coisa sobre sua família?

— Ah... — Bati as pestanas como se fosse difícil de enxergar na penumbra. — Deixe-me pensar... Sei que tenho esse nome por causa dela. — Sabia disso, pelo menos. "Linda Elizabeth, tão linda e inútil quanto a Elizabeth de onde saiu. Cuspi no túmulo dela por ter-me deixado esse fardo", debochava minha guardiã, ainda viva em minha memória. — Mas não sei qual era o seu sobrenome. Gostaria de saber. Então teria algo dela a que me apegar.

— Hummm...

Suas sobrancelhas, que se tornaram desgrenhadas e grisalhas com a idade, juntaram-se acima de seus olhos castanhos. Os olhos de Victor eram vivos e intensos, mas os do juiz eram do mesmo castanho pesado e proibitivo de um antigo cadafalso.

— Por que o senhor pergunta? — falei, do modo mais inocente que pude, sem deixar transparecer nenhum traço de medo na voz.

· 126 ·

– Por nenhum motivo em especial. – Seu tom de voz acabou com a conversa, como se batesse uma porta na minha cara.

Eu poderia tê-lo evitado depois disso, mas não foi necessário. O juiz passava a maioria dos dias trancafiado na biblioteca. Quando eu entrava de fininho à noite para procurar um livro, via sua escrivaninha repleta de papéis e cartas inacabadas. O pai de Victor parecia estar cada vez mais perturbado, e sua perturbação me afetou muito profundamente quando encontrei uma lista em sua mesa com o título "Rombos no Patrimônio Frankenstein".

Não havia nada elencado, mas foi difícil não imaginar meu nome no topo da lista.

Sem Victor, não havia mais motivo para eu estar ali. E, por mais que a família Frankenstein tivesse sido generosa ao me acolher, também me tornara inútil. Se tivessem me adotado como criada ou até como preceptora, eu pelo menos teria habilidades úteis, como Justine. Em vez disso, fui tratada como prima: mimada e educada em disciplinas que não se traduziam, de forma alguma, em capacidade para prover meu sustento.

Salvaram-me da pobreza e, com o mesmo golpe, condenaram-me à absoluta dependência. Se o Juiz Frankenstein me pusesse no olho da rua, eu não teria direito algum nem recursos legais para levar algo comigo. A qualquer momento, ele poderia obrigar-me a ir embora, e eu voltaria a ser simplesmente Elizabeth Lavenza. Sem família, sem casa e sem dinheiro.

Eu não permitiria que o juiz fizesse isso.

Escrevia para Victor uma vez por semana, sem falta, desesperada para lembrá-lo do quanto ele me adorava. Victor nunca chegou a contar quando voltaria. Então suas cartas pararam de chegar. O Juiz Frankenstein indagava a respeito do filho ocasionalmente – deixando claro que Victor nunca se dera ao trabalho de escrever para o próprio pai – e eu recorri ao estratagema de inventar respostas, preenchendo os meses que não paravam de passar com histórias a respeito dos estudos de Victor, das qualidades exasperantes e admiráveis de seus colegas e sempre, sempre, da falta que ele sentia de mim.

Justine podia perceber meu incômodo crescente e aumentou sua bondade para comigo. Não adiantou. Por mais que eu adorasse tê-la ali, ela não podia fazer nada para proteger-me.

Eu precisava que Victor voltasse.

Ou, pelo menos, achava que precisava, até que Henry Clerval surpreendeu-me com uma possibilidade diferente.

— Venha comigo para a cidade — disse, quase um ano depois da partida de Victor. Ele estava trabalhando para o pai, e raramente nos encontrávamos. — Qual foi a última vez que você foi para lá?

Eu ia, de vez em quando, com o Juiz Frankenstein. Mas era sempre em seu barco e, em seguida, em sua carruagem. Todas as nossas paradas eram predeterminadas e controladas pelo seu relógio de bolso e correspondiam ao seu itinerário. Ir para a cidade e simplesmente flanar pareceu-me encantador.

— Procuraremos um presente para Victor — respondi, exatamente como da última vez que fomos à cidade sozinhos. Que presente poderia fazer Victor lembrar-se de pegar uma maldita caneta, uma maldita folha de papel e escrever-me uma maldita carta?

Justine ficou com William, que exigiu brincar de esconde-esconde. Justine sempre ficava feliz em fazer qualquer coisa que o menino desejasse. Cruzamos o rio em silêncio. Foi o próprio Henry que remou, já que o criado que costumava fazer isso fora dispensado depois que Madame Frankenstein morrera. Em todos os anos que éramos amigos, tinha sido tão raro ficarmos sozinhos que até estarmos juntos dentro de um barco em um lago a céu aberto parecia algo surpreendentemente íntimo.

Fiquei com os olhos fixos na água, enquanto uma delicada sombrinha protegia meu rosto. Apesar de nunca ser insuportavelmente quente ali, tão perto das montanhas, o sol era capaz de avermelhar qualquer cútis dentro de poucos minutos.

Henry não se importou. Levantou a cabeça, fechou os olhos para se proteger da claridade e conduziu-nos pelo lago com remadas calculadas e confiantes.

– Você deveria se casar comigo – disse, com um tom de voz tão leve e refrescante quanto a tarde.

O brilho ondulante do sol refletido nos nossos rastros na água confundia meus olhos, quase me cegando. Será que tinha afetado meus ouvidos também?

– Como?

– Eu disse que você deveria se casar comigo.

Dei risada. Ele, não. Henry fixou seus olhos azuis penetrantes em mim e deu-me seu sorriso mais puro e sincero. Tive certeza de que ele falava sério.

E fiquei lívida.

Como alguém que era feliz de um modo tão natural poderia um dia me entender? Será que eu teria que fingir ser uma nova Elizabeth para fazê-lo feliz no papel de esposa em algum futuro imaginário? Que Elizabeth seria ao seu lado? Eu me esforçara tanto para ser a Elizabeth de Victor e fracassara...

A sombrinha pesou na minha mão e meus ombros abaixaram-se, com uma exaustão súbita. Eu suspeitava que era mais eu mesma com Victor do que poderia ser com Henry, porém quem eu realmente era continuava sendo um mistério, até para mim.

– Henry, tenho apenas 16 anos. Não vou me casar com ninguém agora.

– Isso não significa que nunca se casará – retrucou, levantando as sobrancelhas em uma expressão esperançosa.

Pude sentir que eu enrubescia de uma maneira que não era completamente deliberada. Abaixei a cabeça e sorri. E deixei que ele visse meu sorriso de relance.

– Não, não falei "nunca".

– Isso já basta, por enquanto. – Henry atracou o barco e desembarcou com passos um pouco mais apressados. – Conte-me a respeito de suas origens, de onde você veio antes de se juntar à família Frankenstein – disse, enquanto passeávamos vagarosamente pelas ruas limpas e bem cuidadas de Genebra.

Minha irritação voltou a se manifestar. O que eu teria que lhe dizer para que continuasse a me amar? Eu só quisera sua amizade, um descanso da tarefa de controlar Victor sozinha. Será que teria de descobrir uma maneira de ser sua amiga e ainda ser o que ele desejava em uma esposa? Eu não queria casar-me com Henry. Seria cruel de minha parte. Eu seria infeliz para sempre, sabendo que ele merecia um amor melhor do que aquele que eu tinha a oferecer.

Mas... não queria ficar sem opções. Victor me abandonara. E o risco de me tornar inútil para o Juiz Frankenstein tornava-se cada vez maior. Soltei um suspiro. Achei que Henry não se importaria se eu não fosse nobre de verdade, mas sabia que ele adorava o lado romântico daquela história.

— Imagine a beira de um lago. A água cristalina. O fundo perfeitamente visível. Entretanto, assim que você chega, ou pisa nele, o sedimento é revolvido, a água se torna lamacenta, e todos os tesouros que haviam dentro daquela água antes plácida ficam escondidos. Talvez, algo possa ser encontrado, se você cavar, mas por que se dar a esse trabalho, quando tudo está bem do jeito que está? Isso é tudo o que você precisa saber a respeito de minha origem.

Ele segurou meu braço, para eu parar de caminhar. Então me virou para ficarmos frente a frente.

— Sinto muito. Por tudo pelo que você passou. Sequer posso imaginar.

Dei uma risada charmosa, fiquei na ponta dos pés e beijei seu rosto. Era o modo mais rápido de acabar com aquela conversa, porque as bochechas de Henry ficaram de vários tons rosados, e sua capacidade de falar abandonou-o por vários minutos.

Depois disso, fiz questão de preencher o tempo conversando sobre amenidades, perguntando-lhe sobre sua ideia para uma nova peça. Apesar de Henry estar crescido demais para pedir que nós as encenássemos, ele ainda as escrevia. Também escrevia poesia e ansiava por estudar mais idiomas. Ele tinha pouco tempo para isso, contudo, desde que começara a trabalhar para o pai.

— Ouvi dizer que, na língua árabe, foi escrita a poesia mais bela que o homem já conheceu — falou, enquanto olhávamos uma loja de miudezas. Ficou remexendo nas fitas penduradas em um chapéu feminino. Aquele era o único assunto capaz de deixá-lo triste. Apesar de minha situação ser obviamente pior, Henry também era prisioneiro das expectativas dos outros. Sua vida fora mapeada no dia em que nascera: ele seguiria os negócios do seu pai, expandindo o patrimônio da família.

Eu odiava vê-lo triste. Tinha a sensação de estar com uma gola apertada, que me sufocava. Se eu conseguia dar um jeito na ira de Victor, também poderia dar um jeito na tristeza de Henry.

E talvez ainda pudesse dar um jeito em minha própria situação.

— Henry, você precisa ir estudar com Victor.

— Jamais poderia. Meu pai não vê sentido nisso.

Tirei um chapéu da prateleira. Era duro e benfeito, mas o tecido que o cobria era aveludado e macio. Coloquei-o na cabeça de Henry, dei um passo pra trás e admirei.

— Você parece um poeta — disse, dando um sorriso. Ele levantou a mão e tentou passá-la no chapéu. Continuei maquinando, desenvolvendo aquela ideia que ia se sedimentando rapidamente. — Você convencerá seu pai de que as línguas orientais são úteis. Pense só em quanta coisa deixa de ser comprada e vendida porque não conseguimos nos comunicar adequadamente com os comerciantes de lá! Ora, um homem com os contatos que seu pai tem e a habilidade de falar claramente com os comerciantes das Arábias e da China poderia construir um império!

Henry pegou o chapéu e ficou girando-o nas mãos.

— Nunca havia pensado nisso dessa maneira. Eu poderia aprender essas línguas porque as adoro...

— E a poesia! — completei.

Ele ficou radiante.

— E a poesia!

— Para entender melhor essas culturas e se relacionar com as pessoas... — continuei, dando um sorriso dissimulado. — Seria importante e ajudaria a conquistar a confiança dos estrangeiros.

Henry deu risada.

— Sabe, Elizabeth, acho que você seria capaz de convencer o inverno a ir embora antes e entregar o território à primavera, se pudesse falar com ele.

— Acho que essa é uma tarefa muito grande até para mim. Mas nós ainda convenceremos seu pai dos empregos práticos da poesia árabe. E então você cursará a universidade com Victor. E escreverá para mim, contando como ele está. Estou preocupada com nosso amigo. — Fiquei em silêncio. Henry tinha duas novas utilidades. O bom, meigo e querido Henry. — E, se você falou sério, quando disse que queria casar-se comigo, precisa conversar com Victor. Sei que a mãe dele sempre acalentou a ideia de Victor casar-se comigo, mas nós dois nunca conversamos sobre isso. Não sei o que ele pensa a respeito, e eu jamais poderia assumir um compromisso de noivado sem seu consentimento. Não podemos magoá-lo.

— Prefiro morrer a magoá-lo! — falou Henry. Mas seu rosto estava aceso com um entusiasmo sincero. — Acho que sua ideia trará resultado, Elizabeth. Irei para a universidade. E então... então nós dois teremos um futuro no qual pensar — concluiu, dando um sorriso acanhado.

— Sim. Um futuro.

Também sorri, fingindo modéstia. Minha cabeça não parou de girar enquanto eu comprava aquele chapéu para ele, com os parcos recursos que conseguira economizar. Victor voltaria, com medo de me perder, ou daria permissão para Henry casar-se comigo. De qualquer modo, eu seria salva da ameaça constante da miséria.

Eu torcia, para bem de Henry, pela volta de Victor. Desconfiava que casar comigo seria uma grande tragédia na vida de Henry. Ele merecia alguém que pudesse aceitar seu pedido com alegria no coração, não com uma mente calculista e ardilosa.

Além disso, eu já sabia como ser de Victor. Não queria aprender a ser de qualquer outra pessoa.

...

Justine estava esperando por Mary e por mim do lado de fora do pensionato quando chegamos. Ela não disse havia quanto tempo estava na calçada, mas suspeitei que era desde o instante em que Frau Gottschalk destrancara a porta.

Como o médico permitiu que apenas uma de nós três visse Victor, Mary levou Justine para a livraria enquanto eu fiquei sentada ao seu lado. Ele já estava bem melhor; a cor do seu rosto era menos preocupante, e seu corpo já conseguia suar de novo. A enfermeira mostrou-me como derramar líquido dentro de sua boca meticulosamente – o suficiente para Victor ficar hidratado, mas não ao ponto de engasgar, naquele estado de inconsciência.

Depois de algumas horas, achei que ele estava acordando. Começou a murmurar, franzindo as sobrancelhas naquela expressão que me era tão conhecida quanto meu próprio rosto.

– Grande demais – murmurou. – Grande demais. Voluntarioso demais. Do barro eu te moldei.

Molhei sua testa e aproveitei a oportunidade para despejar um pouco de água em sua garganta. Ele tossiu e cuspiu um pouco.

– Não! Eva da costela. A costela é menor.

Acariciei seu rosto, e Victor levantou a mão e segurou meu pulso. Abriu os olhos, vermelhos e furiosos. Então me puxou para perto, e sua urgência era palpável.

– Eva – disse. – A costela.

– Entendo – murmurei. – É um excelente argumento.

Victor soltou um suspiro de alívio, relaxou e tornou a adormecer. Eu me dei conta de que a enfermeira entrara no quarto, e dei graças a Deus por Victor não ter dito nada suspeito.

– Que bom rapaz. Conhece bem a Bíblia.

– Sim.

Levantei e endireitei minhas saias. Na verdade, aquele era um dos poucos livros que jamais tivera utilidade para Victor.

Como o médico estava confiante de que Victor recobraria a lucidez dentro de um dia e que não havia perigo de ele piorar nesse meio-tempo, passei a noite no pensionato com Justine. Eu não tinha nenhuma tarefa secreta para cumprir e não queria ficar sozinha com Mary, caso ela pensasse em mais perguntas que eu não queria responder.

Frau Gottschalk foi desagradável, como previsto. Meus sonhos foram piores. Mais uma vez, acordei no meio da noite, sem ar e com a sensação de estar no meio de uma conversa lúgubre, implorando pela minha própria vida. Fui até a janela, na esperança de que fosse conseguir abri-la e tomar uma lufada de ar fresco. Foi fácil remover a ripa, mas não consegui abrir o vidro que havia atrás dela. Encostei o rosto nele e olhei ansiosamente para a noite.

E descobri que a noite olhava para mim.

Na rua, logo embaixo, acobertada pelas sombras negras, uma silhueta estava parada, me fitando.

Não, não *me* fitando. Ninguém poderia saber que eu estava atrás daquelas venezianas.

Mas a silhueta não se moveu. Fiquei observando, apavorada, achando que, se me mexesse, revelaria minha presença. Eu tinha conseguido tirar da minha mente o duto e o que quer que estivesse dentro dele e que caíra na água. Porém, naquele momento, a lembrança voltou para me assombrar. E se alguém estivesse no laboratório de Victor? E se eu quase tivesse matado alguém, e essa pessoa houvesse me seguido até ali para vingar-se?

Contudo, eu não voltara para o pensionato depois do incêndio. Fora para a casa de Mary. Então, quem poderia saber que eu estava hospedada ali?

Alguém para quem eu tinha entregado um daqueles cartões. Espremi os olhos, como se fazer isso fosse aumentar minha capacidade de vencer a escuridão. Mas não consegui distinguir nenhum traço. Não conseguia ver se era o professor Krempe. A silhueta parecia alta demais para ser o homem do necrotério. Mas poderia ser o próprio Juiz Frankenstein, e eu continuaria sem saber.

Entretanto, houve um estranho truque da escuridão, uma mudança e aumento da perspectiva ou da percepção, que fez aquela silhueta parecer maior do que tudo. Parecia... errada. O corpo era muito comprido; as pernas dobravam-se em um ponto que não era exatamente o correto. Tinha um peito enorme, que não era sinal de sobrepeso, e sim de um poder que não era natural.

Justine se remexeu na cama, balbuciando enquanto dormia. Olhei para checar se ela estava acordada. Quando voltei a espiar pela janela, a silhueta sumira.

Aquele seu aspecto pouco natural não saiu da minha cabeça. Assentou-se sobre mim como uma teia de aranha, invisível e impossível de arrancar.

ONZE

QUANDO DO SONO DESPERTEI

PARA MINHA SURPRESA – e fútil desânimo –, quando entrei no quarto onde Victor convalescia, na manhã seguinte, ele estava com uma aparência melhor do que a minha. As noites que eu passara em claro afetaram meu rosto, mas o tempo que Victor ficara de cama havia apagado todas as marcas que o delírio febril fizera em seu semblante.

Ele estava sentado na cama, apoiado em um travesseiro, e ficou surpreso ao ver-me.

– Elizabeth! O que está fazendo aqui?

Controlei meu impulso de repreendê-lo, de informar que estava ali para salvar sua vida tola. Em vez disso, apertei minhas mãos contra a boca e corri para o lado da cama.

– Ah, Victor! Quando encontrei você, estava em um estado tão lastimável... Meu medo foi de ter chegado tarde demais.

Seus olhos estremeceram, e ele perguntou:

– Foi você que me encontrou? Não me lembro de nada que aconteceu nos últimos dias. Semanas, quiçá. – Então esfregou a testa, e seus olhos ficaram procurando, pelo ar, alguma pista do que se esquecera. – Você... Em que estado estava meu alojamento?

Dei um sorriso discreto, tirei sua mão da testa e encostei meu rosto em seus dedos gelados.

– Certamente, você poderia ter contratado uma criada. Não tive muito tempo de olhar. Corremos com você direto para cá. Lamento informar que, na mesma noite em que o encontramos, o aquecedor pegou fogo e incendiou o prédio. Todas as suas coisas foram perdidas. E pensar que, se eu não o houvesse encontrado, você estaria naquele incêndio! – falei, deixando meus olhos se encherem de lágrimas.

Ele recostou a cabeça no travesseiro, mas eu conhecia cada expressão de seu rosto. Victor era o texto que eu tinha devotado minha vida a estudar. Foi alívio, não desespero, que o fez perder as forças.

– De qualquer modo, o tempo que passei aqui não valeu de nada. Vim em busca do céu e, em vez disso, descobri o inferno – Ele fechou os olhos. Suas pálpebras estavam quase translúcidas, cruzadas por minúsculas veias azuis e arroxeadas. Lembrei-me da vez que Victor mapeara minhas veias com seus dedos, traçando o caminho até meu coração com um estudo meticuloso.

– Victor – disse, porque precisava falar-lhe antes que ele voltasse a dormir. Se queria permanecer em silêncio a respeito do que seus loucos estudos haviam lhe custado, eu estava mais do que disposta a permitir que guardasse esses segredos. Jamais falaríamos deles de novo. Eu apagara as evidências que havia no mundo e, talvez, a febre houvesse apagado tudo da mente de Victor também. Mas restava um mistério ao qual eu não podia pôr fogo e dar as costas. – Por que você nunca me escreveu? Fiquei tão preocupada que mandei Henry vir aqui só para encontrá-lo. E ele também foi embora.

– Henry? – repetiu. Mas suas pálpebras estremeceram, ficando tensas e abandonando seu estado de relaxamento.

– Certamente, você deve lembrar. Ele veio há seis meses. E escreveu-me contando que havia encontrado você. Mas então nunca mais

tive notícias de Henry... nem suas. Foi por isso que viemos para cá. Fiquei tão preocupada que estivesse aqui sozinho, sem ninguém para cuidar de você.

— Eu estava estudando todos os dias, por nós. Por você. Nunca escrevi porque não havia nada para contar. Certamente, você não duvidava de que eu me dedicava a algo importante.

Tive vontade de beliscá-lo, de puxar seu cabelo até ele gritar de dor. Também tive vontade de encostar meus lábios nos seus e devorá-lo. De consumi-lo. Em vez disso, afastei o cabelo de sua testa e fiquei brincando com seus cachos sedosos.

— Eu sei. E tinha certeza de que você estaria enfiado em seus estudos e teria se esquecido do quanto eu queria, desesperadamente, ter notícias suas. Mas Henry abandonou você, deixou-o completamente sozinho. E isso não é do feitio dele. O estado em que você estava quando cheguei é prova de que eu tinha razão para estar preocupada. Henry não devia ter ido embora.

Victor abriu os olhos e observou-me com um ar astuto.

— Não nos despedimos em bons termos. Você sabe bem o porquê.

Fingi inocência e comentei:

— Juro que não.

— Você sabe por que Henry veio para cá?

— Para aprender línguas orientais, para que ele e o pai pudessem fazer negócios com os comerciantes do Extremo Oriente. Achei uma excelente ideia. Ele estava infeliz trabalhando com o pai, e isso lhe permitiria ter a liberdade de fazer algo que adorava ao mesmo tempo que continuava leal ao pai.

Os cílios de Victor baixaram de repente quando ele espremeu os olhos.

— Ao que parece, lealdade não é algo que Henry tem em alta conta.

— O que você quer dizer?

– Henry conseguiu descobrir meu endereço quando chegou. Não sei ao certo como me encontrou. Nem como você fez isso. – Ele ficou em silêncio, com um ar curioso.

– Mary Delgado.

– Quem?

A confusão genuína de Victor foi um bálsamo para meu espírito competitivo. A moça até podia se lembrar dele, mas não tinha nenhuma utilidade para Victor. Toda a minha simpatia inicial por ela voltou ao seu devido lugar quando fiquei sabendo que não tinha nada a temer no que tocava aos sentimentos de Victor por ela.

– A sobrinha do livreiro. Tinha um recibo da livraria do tio.

– Ah... Carlos. – Victor inclinou a cabeça, e uma lembrança da qual eu não tinha conhecimento passou pelo seu rosto como se fosse uma nuvem. – Será que também foi dessa forma que Henry conseguiu me encontrar? Foi inteligente de sua parte. Eu teria imaginado que ele descobriria algum caminho mais simples. Bateu à porta de minha casa todo sorrisos e energia. Fiquei aliviado ao vê-lo. Precisava de uma pausa na intensidade de meus estudos. Mas logo descobri que estava bastante mudado em relação à última vez que nos vimos. Afeito a longos silêncios, distraído. Depois de uma semana, não aguentei mais e exigi que Henry contasse-me qual era seu problema. Confessou que viera para cá com o objetivo de pedir minha permissão para concretizar um compromisso de noivado. Com você.

– Comigo? – perguntei, franzindo a testa, em uma expressão de surpresa fingida. – Mas por que ele lhe pediria isso? Sempre planejei casá-lo com Justine. Já me decidira a esse respeito.

– E Henry já se decidira mais ainda. Você pode, sem dúvida, imaginar qual foi minha resposta.

Victor me lançou um olhar penetrante. Pude ver sua ira, despertada apenas pela lembrança da ocasião. Pude, de fato, imaginar qual fora a sua reação.

Segurei sua mão e baixei os olhos, intimidada.

– Na verdade, Victor... não consigo imaginar sua reação. Já faz quase dois anos. Dezoito meses sem receber uma carta sequer. Eu temia... eu temia que, talvez, ao ter-me abandonado, você tivesse percebido que não havia mais lugar para mim em sua vida. E jamais conversamos sobre o nosso futuro. Não em termos claros. Não quero prendê-lo se você deseja ser livre, mas meu coração é, como sempre foi...

– Elizabeth – ele disse, com um tom firme, de censura. Então levantou meu queixo, fitou meus olhos e completou: – Você é minha. É minha desde o dia em que nos conhecemos. Você será minha para sempre. Minha ausência não deveria ter-lhe causado dúvidas a respeito da firmeza e da solidez de meu compromisso com você. Ele jamais se dissolverá.

Eu balancei a cabeça e, dessa vez, as lágrimas que encheram meus olhos traziam uma verdade líquida. O alívio tomou conta de mim. Eu estava em segurança, afinal. Teria um lugar ao lado de Victor, não importava quais eram os desejos de seu pai. Não importava se eu representasse um desperdício de recursos.

Ele tirou os dedos do meu queixo, esfregou os olhos e apertou a ponta do nariz.

– Não fui gentil nem bondoso com Henry. Sua tentativa de apossar-se de você reescreveu toda a nossa história, e não posso mais ver nenhuma de suas ações como amigável. Revelaram-se, em vez disso, uma longa e sutil campanha contra mim. – Victor ficou um instante em silêncio e continuou: – Quando ele me perguntou, indaguei se você correspondia aos sentimentos dele. Se correspondesse, eu deixaria meus próprios sentimentos de lado, é claro. – O modo como seu maxilar estremeceu denunciava que Victor estava mentindo, mas apreciei seu esforço para disfarçar. – Ele me disse que vocês dois não haviam conversado sobre isso.

Isso, pelos menos, Henry entendera. Se houvesse contado a verdade para Victor, aquela conversa seria bem diferente. A última carta que eu recebera de Henry era a única prova de nosso envolvimento. Seria queimada quando eu voltasse para Genebra.

— Pedi que ele me jurasse que jamais tentaria conquistar seu coração. Henry falou que não podia fazer tal promessa, já que o coração dele é seu. E que, se você decidisse entregar o seu a ele, não poderia rejeitá-lo. Tive certeza de que nossa amizade tinha morrido de verdade. E lhe disse isso, exigindo que saísse de minha presença e jamais obscurecesse meus aposentos novamente com suas mentiras traidoras. Henry falou que iria para a Inglaterra, para estudar e clarear os pensamentos, os próprios e os meus. E essa foi a última vez que o vi e tive notícias suas.

— Sinto muito. Eu sabia que Henry fora para a Inglaterra, mas não que viera para cá para...

Se soubesse, não teria feito nada diferente. Muito menos naquele momento, em que tinha Victor de volta. Henry fora um amigo e um alento em minha juventude. Mas eu seria profundamente infeliz tentando convencê-lo de que era feliz. Ele enxergava demais. Seria um fardo constante ser casada com Henry.

Victor se mexeu, e ajeitei seu travesseiro. Fechou os olhos novamente, e a pele ao redor deles estava tensa.

— Não é culpa sua, claro. Os homens sempre desejam o que não podem alcançar. O que é maior do que eles mesmos. O que é divino.

Dei risada, encostando a cabeça no seu peito.

— Senti tanto sua falta — falei.

Victor tirou meu chapéu e deixou o meu cabelo cair, solto, como ele mais gostava.

— E eu tenho andado perdido sem você. Conte-me, como você tem andado?

— Mal. Eu já teria perdido a cabeça, se não fosse Justine. Ela tem sido um grande alento durante sua ausência. Ajudou-me a curar a ferida da falta que sinto de você, até certo ponto. Fico tão feliz por termos acolhido Justine em casa.

— Humm... — Victor ficou mexendo em uma mecha de meu cabelo e completou: — Nunca pensei que ela seria uma boa companhia para você. Sempre me pareceu simplória.

— Você nunca conseguiu enxergar o valor de Justine.

— E você conseguiu, imediatamente. E não costuma ser assim com muitas pessoas.

— Justine é especial. Exatamente como eu lhe disse. — Respirei fundo, fechei os olhos e completei: — E você permitiu que eu salvasse a vida dela, assim como salvou a minha.

Justine, assim que a resgatei da própria mãe, ficou escondida dentro de meu quarto. Eu ordenei que esperasse até eu estar preparada. No barco, voltando da cidade, eu percebera a falha em meu plano de salvar sua vida.

As crianças já tinham uma preceptora.

Em meu pânico e meu nervosismo, só pensara em tirar Justine de lá. Não refletira sobre aonde eu a estava levando. E não tinha autoridade na mansão Frankenstein para determinar uma mudança na criadagem. Não tinha autoridade para nada.

Mas jamais permitiria que Justine voltasse para a casa da mãe. Simplesmente teria de providenciar para que uma vaga fosse aberta... imediatamente.

E, para isso, precisaria de um cúmplice.

— Victor?

Deitei na cama a seu lado e tirei seu cabelo castanho da testa, já fria. E sua cor estava saudável. A febre finalmente abaixara, enquanto eu estivera fora. Ele piscou e abriu os olhos, e fiquei aliviada de ver que seu olhar estava límpido e focado. Às vezes, durante suas febres, Victor era acometido de ataques e não reconhecia nem a mim, nem a família. Ficava tagarelando sobre coisas que não faziam sentido, como se vivesse uma outra vida, completamente diferente.

– Elizabeth... – respondeu. Sentou-se na cama, espichou-se em seguida e ficou olhando em volta do quarto, na penumbra por causa das cortinas fechadas, procurando o relógio encostado na parede. – Quanto tempo se passou?

– Alguns dias. Estou tão feliz por você ter melhorado!

– Em que dia estamos? Você sentiu minha falta? – perguntou, como se procurasse fatos para preencher as lacunas de sua memória.

– Quinta-feira e, sim, é claro que senti. Fiquei aqui a maior parte do tempo.

Victor balançou a cabeça. Então olhou para mim com mais atenção e falou:

– Você precisa de alguma coisa.

Senti uma ardência inesperada nos olhos. Por mais que eu acreditasse que minha vida interior estava escondida de Victor, ele me conhecia melhor do que qualquer um. Encostei a cabeça em seu ombro, virando o rosto para não revelar nada que eu não quisesse.

– Você se lembra de onde sua família me encontrou? – perguntei.

Victor levantou a mão e soltou meu cabelo, que estava preso debaixo do chapéu. As mechas caíram pelas minhas costas, e ele brincou com meus cachos.

– Claro que me lembro.

– Mas você nunca conheceu a mulher que cuidava de mim lá no lago Como.

– Não. Por quê? Você sente falta dela?

– Espero que tenha morrido. E espero que tenha sofrido tremendamente ao fazer a passagem desta vida.

• 143 •

Victor soltou uma risada baixa e surpresa, depois levantou meu queixo para olhar-me nos olhos.

– Então também espero. Por que você tocou nesse assunto?

– Você salvou a minha vida. E agora quero salvar a vida de alguém. – Contei a respeito de Justine para Victor, da cena que testemunhara, da minha intervenção precipitada. – Então, como você pode perceber, não posso permitir que ela volte para casa. Quero que a menina fique aqui, comigo. – Notei que havia cometido um erro e apressei-me para corrigi-lo. – Conosco. Para os meninos. – Segurei suas mãos e completei: – Quero salvar a vida da moça, assim como você salvou a minha.

Victor sacudiu a cabeça. Ficou claro que não entendia.

– Mas você é especial.

– Acho que Justine é especial.

Alguma coisa em sua expressão mudou, como se uma cortina fosse fechada por trás de seus olhos, escondendo Victor de mim. Ele se recostou. E eu insisti, desesperadamente.

– Ela não é de baixa estirpe. Sua família mora na cidade. É estudada e meiga. Já bem melhor do que eu era quando vim para cá!

– Mas seu pai era nobre.

Anos de desconfiança esfacelaram-se à minha volta, mas insinuei o que eu temia ser a verdade sobre minhas origens.

– Talvez. Ou talvez eu seja filha de uma mulher da vida, e minha guardiã tenha mentido.

Sorri para que minha afirmação passasse por brincadeira, mas fiquei esperando a reação de Victor.

Dizer aquilo em voz alta deu-me a sensação de tirar um fardo que eu carregava havia tanto tempo que esquecera o quanto era pesado até me livrar dele. Respirei fundo, e meus pulmões finalmente se encheram. Fiquei tonta de tanto ar.

Victor não sabia se eu estava brincando.

– Mas você disse que a nossa casa no lago Como parecia-lhe familiar – falou.

– Familiar como um sonho. Não como uma lembrança. É claro que eu devia ter sonhado com luz, conforto e felicidade enquanto vivia no inferno.

O silêncio de Victor foi interminável. Por fim, ele balançou a cabeça e disse:

– Isso não tem importância. Eu não estou nem aí para quem eram os seus pais. Jamais me importei. Talvez isso signifique algo para os meus pais, mas eles são parvos. Eu não sabia nem dava a mínima para o lugar de onde você viera naquele dia em que se tornou minha, no jardim. E também não me importo agora. – Então chegou mais perto, fixou os olhos em meu rosto, e toda a preocupação havia se esvaído de sua expressão. – Você começou a existir no dia em que nos conhecemos. Você é a minha Elizabeth, e isso é tudo o que importa.

Em seguida, chegou mais para a frente e encostou os lábios nos meus. Foi a primeira vez que nos beijamos.

Seus lábios eram macios e secos. Se os lábios de Justine pareceram uma borboleta quando tocaram minha bochecha – um momento de graça surpreendente –, os de Victor pareciam firmar um contrato entre nós dois. Uma promessa de que eu era sua, e de que ele me protegeria.

Retribuí seu beijo, entrelaçando os braços em volta de seu pescoço e puxando-o mais para perto, para assinar meu nome naquele contrato. Quando Victor soltou-me, suspirou, e franziu as sobrancelhas de novo.

– Muito bem. Salvaremos essa tal Justine. Mas não sei como encarregá-la de cuidar de Ernest e William pode ser considerado um gesto caridoso.

Dei risada e aninhei-me em Victor, encostando a cabeça em seu peito e abraçando-o o mais forte que pude.

Mas uma coisa era ter um parceiro. Ter um plano era outra, assaz diferente. Victor pediu licença para ir comer algo. Fiquei andando de um lado para o outro em seu quarto, tentando descobrir como fazer a família

Frankenstein dispensar Gerta, a preceptora, sem convencê-los de que a mulher fizera algo passível de processo judicial ou prisão. Eu não tinha nada contra ela. Gerta simplesmente estava me atrapalhando.

Resolvi forjar uma carta escrita por sua família – que morava a vários dias de distância –, dizendo que seu tio estava doente e precisava que ela voltasse para casa imediatamente. Como os meus, os pais de Gerta eram falecidos. Eu não sabia se ela era próxima dos parentes, mas torci para que fosse próxima o bastante para se sentir tentada a ir embora. Assim que fosse, eu apresentaria Justine como sua substituta temporária, depois mandaria uma carta para Gerta, dizendo que sua presença não era mais necessária. Uma carta escrita por Gerta seria forjada e enviada para o casal Frankenstein, contando que ela tinha encontrado um novo emprego e não voltaria mais.

O plano podia desmoronar em qualquer estágio, porém eu tinha confiança de que era a opção que causaria menos danos. Eu também incluiria, na carta de demissão de Gerta, uma carta com as melhores recomendações, para ajudá-la a encontrar emprego com outra família.

Eu acabara de sentar-me à escrivaninha de Victor, já segurando a pena e um pote de tinta, quando ele voltou.

– Já fiz! – disse.

– O quê?

– Gerta se foi. Minha mãe ficará desesperada por uma nova preceptora.

Levantei, em estado de choque. Quando Victor saiu do quarto, pensei que iria apenas comer. Ficara fora só por uma hora. O que poderia ter feito dentro de uma hora para se livrar de Gerta com tanta facilidade?

– Para onde ela foi?

– Para casa – falou, simplesmente.

– Ela não iria embora assim. Como você conseguiu fazer isso?

Victor ficou em silêncio e levantou um dos meus longos cachos, que ainda estavam soltos.

– Sublime – murmurou, enrolando meu cabelo para que refletisse a luz que atravessava a janela. – Por que será, pergunto-me, que consigo ver beleza nisso? O que o seu cabelo, um fenômeno natural, que não tem nenhum valor ou propósito inerente, possui para despertar em mim tanta felicidade?

– Você é tão estranho – respondi. Então segurei sua mão e virei-a para beijá-la. – Agora, conte-me. Como você conseguiu livrar-se de Gerta?

Ele encolheu os ombros e fixou os olhos em um ponto acima de minha cabeça. Percebi que sua camisa e seu colete estavam ligeiramente amassados e desalinhados. E não era do seu feitio estar nada além de imaculado quando estava bem de saúde. Ainda devia estar com algum resquício de febre.

– Pedi que Gerta fosse embora. Ela foi. Amanhã será um bom momento para sugerir à minha mãe que você conhece uma substituta adequada.

Victor, então, sentou-se em meu lugar, à escrivaninha, pegou um dos livros e voltou a estudar do ponto onde havia parado quando caíra doente.

O que quer que Victor tivesse feito, havia dado certo. Nunca mais ouvimos falar – nem falamos – de Gerta. Na manhã seguinte, eu disse para madame Frankenstein, a qual estava preocupada e desapontada, que conhecia uma preceptora substituta perfeita. Justine foi apresentada e contratada imediatamente e só podia agradecer a mim por sua nova vida.

Foi uma luta, no início, encontrar um equilíbrio. Eu precisava tomar cuidado para que Victor não ficasse com ciúmes de minha afeição por Justine. Por amar tão poucas pessoas na vida, Victor não estava inclinado a compartilhar-me. Mas, enquanto ele estava na escola, eu ficava livre para passar meu tempo com Justine.

Com frequência, fazia companhia para Justine no quarto das crianças, enquanto ela ensinava Ernest e mimava William. Eu interagia com os meninos como devia e fingia estar encantada em sua companhia, mas a adoração que Justine tinha por eles era sincera. Quando elogiava o desenvolvimento de

Ernest, falava sério. Quando dava risada e aplaudia a última gracinha de William, seus olhos brilhavam de orgulho.

Minha intenção havia sido fazer um favor a Justine – e, logo, a mim mesma –, mas podia ver que ela era o que eu deveria ser para aquela família: um anjo.

Justine era um anjo para mim também. A única pessoa naquela casa que, até certo ponto, não controlava meu destino. Como era criada, e eu, moradora, não podia fazer nada contra mim. Contudo, como eu não era uma Frankenstein, ela tinha liberdade para tratar-me como amiga querida, e não como patroa.

Talvez eu olhasse para ela com tanta alegria e tanta adulação quanto os jovens da família Frankenstein.

Eu amava Justine.

Assim como amava Henry.

Mas não amava ninguém como amava Victor, porque devia tudo a ele.

Quando a luz da tarde se tornou mais quente e longa, o médico me expulsou do quarto.

– Informe à dona de sua pensão que partirá amanhã pela manhã – ordenou Victor, enquanto eu prendia meu chapéu no lugar com o alfinete. Ainda precisava de mais um para substituir o que deixara no pulso do homem do necrotério.

– Onde ficaremos? Você teria uma indicação?

– Vocês precisam voltar para casa.

Cruzei os braços, obstinada.

– Não sem você. – Então fiquei em silêncio por um instante, arrependida de minha contundência. Essa jamais fora a maneira certa de conquistar a aquiescência de Victor. – Ou você ficará para continuar seus estudos? Quero permanecer, pelo menos, até você estar completamente recuperado.

– Seria uma perda de tempo. E não, não ficarei. Meu fracasso aqui foi completo. Preciso de um recomeço. Voltarei para casa assim que tiver resolvido algumas questões pessoais. Você deve ir antes, para que eu possa ficar lembrando da coisa boa que tenho à minha espera. Fará com que o tempo que for obrigado a permanecer aqui passe de modo mais tolerável. Não demorarei mais do que um mês.

– Um mês! – gritei.

Victor deu risada de minha infelicidade.

– O que é um mês para nós, que já compartilhamos uma vida? Mas estou falando muito sério. Ingolstadt não é lugar para você.

Soltei um suspiro. Eu tanto concordava quanto discordava. Não me divertira ali, exatamente – mas houve algo de revigorante no fato de estar sozinha, em busca de meu próprio futuro. Sem ter que responder a ninguém. Mesmo assim, faria o que Victor desejava. Já poderia voltar, sabendo que ele iria atrás de mim, trazendo minha segurança consigo.

– Justine está mesmo bem infeliz por aqui. Desesperada para voltar para casa.

Victor espremeu os olhos, que estremeceram, e disse:

– Você quis dizer voltar ao trabalho.

Sacudi a mão, disfarçando.

– Ela não considera um trabalho. Adora William, e tem sido tão boa para Ernest!

– E tem sido sua companhia mais querida.

Olhei para a saleta, onde Justine esperava. Ela fora tão boa, ao ter-me acompanhado! Sem Justine, eu jamais teria conseguido fazer aquela viagem. Eu a tinha enganado, afastando-a das coisas que amava. Por mais que quisesse ficar, para ter certeza de que Victor voltaria para casa, não poderia pedir que ela fizesse a mesma coisa. Se Victor queria que eu fosse embora, e Justine queria ir, eu não tinha justificativa para ficar. E não tinha ninguém para ajudar-me a fazer isso.

– Se você acha que é melhor, voltarei para casa, para alívio de Justine. Mas você precisa prometer que vai me escrever pelo menos uma carta e mandar notícias quando estiver a caminho.

Os olhos de Victor estavam sombrios e pesados com algo que – descobri para meu grande espanto – não conseguia mais interpretar. Aquilo me deixou em pânico. O que ele estava pensando? Será que estava aborrecido? Será que estava apenas cansado? De repente, Victor tornou-se um idioma que eu não sabia falar.

– Certamente, mandarei notícias. – Então sorriu e um pouco do aperto que eu sentia no peito passou. – Você saberá quando eu estiver a caminho, prometo.

– Cobrarei essa promessa.

Inclinei-me para dar um beijo na sua testa. Victor me pegou completamente desprevenida quando levantou a cabeça e encostou seus lábios nos meus. Uma faísca passou entre nós, e soltei um suspiro de surpresa, afastando-me. Aquilo fora parecido demais com o choque que eu levara em seu terrível laboratório.

Victor pareceu achar graça.

– Ora, Elizabeth... Esqueceu-se de como me beijar?

Levantei o queixo, olhando para ele com um ar imperioso, mas com um sorriso esboçado no rosto.

– É melhor você voltar para casa logo, para poder lembrar-me.

Sua risada saiu do quarto comigo, e meus passos ficaram mais leves por causa dela.

Justine ficou de pé, guardando na bolsa a peça de roupa de William que cerzia. Como conseguira trazê-la, eu não sabia.

– Como está Victor? – perguntou. Justine não fora vê-lo no quarto. Sugeri que fosse, mas ela enrubesceu só de pensar em ver o filho mais velho do patrão acamado. O que Justine não pensaria se soubesse a frequência com que eu me deitava ao lado dele, por mais inocente que isso fosse!

– Já retornou ao seu estado normal. E insiste que voltemos para casa imediatamente.

Justine fechou os olhos e baixou a cabeça, sorrindo e rezando em silêncio.

– Fico tão feliz com essa notícia!

– Com a notícia de que ele está restabelecido ou com a de que podemos voltar para casa?

– Com as duas! E com a de que só precisamos passar mais uma noite naquele pensionato horroroso.

Apertei os lábios, pensativa. Eu já me despedira de Victor. Tudo estava arranjado entre nós. Ele me amava. Eu garantira meu prêmio e protegera a reputação de Victor por meio de alguns cuidadosos atos de destruição. Meu futuro, mais uma vez, estava livre das ameaças da pobreza e do desamparo.

O Juiz Frankenstein poderia ir diretamente para o inferno.

Sorrindo, encaixei a mão de Justine em meu braço.

– Deveríamos partir hoje à noite. Assim que guardarmos nossas coisas. Não quero passar nem mais um instante nesta cidade também.

Justine deu-me um beijo na testa, depois tirou um alfinete do próprio chapéu e prendeu cuidadosamente o meu no lugar. Quando passamos pela porta, olhei para trás e pensei ter visto Victor voltando para o quarto. Será que ele viera despedir-se? Por que não nos chamara?

Talvez também ficasse envergonhado na frente de Justine, por estar vestindo apenas trajes de doente. Ele não gostava de conversar com os outros no geral, muito menos quando estava acamado. Ou será que fora o médico, e não Victor? Aquilo não me saiu da cabeça enquanto voltamos correndo para o pensionato. Eu ficaria muito mais tranquilizada se ele voltasse conosco.

Mas tinha de acreditar que Victor voltaria para casa como prometera. Que Victor não mentira para mim.

De volta ao nosso quarto no pensionato de Frau Gottschalk, fechei nosso baú com um gesto enfático.

– Ah! – exclamou Justine, desanimada. – E Mary? Foi tão boa conosco. Seria falta de educação irmos embora sem nos despedir.

Concordei. Seria falta de educação. E também o mais prudente a fazer, dado que ela tinha conhecimento de minhas atividades na cidade.

– Escreva pedindo desculpas. Diga que sou muito grata por tudo. Especialmente pela capa que me emprestou.

Passei os dedos pelas bordas do agasalho e fiquei surpresa ao perceber que já sentia falta de Mary.

Justine, sempre prestativa, sentou-se à escrivaninha arranhada e descascada e começou a escrever uma carta mais sincera e elegante do que eu jamais conseguiria compor. Em outras circunstâncias, eu poderia ser amiga de Mary, circunstâncias nas quais eu pudesse me dar ao luxo de ter amigos. Ela possuía o tio e a livraria. Não precisava de mim. E eu não precisava de seus olhos aguçados e perceptivos. Além disso, tinha Justine e Victor. Perdera Henry, mas isso só demonstrava que é *possível*, sim, ter amigos em excesso.

Logo antes do cair da noite – horário que nos poupava dos ardorosos cadeados de Frau Gottschalk (a qual ficou observando nossa partida com olhos desconfiados, depois de exigir mais uma moeda por termos usado a tinta novamente) –, eu e Justine acomodamo-nos em nossa carruagem.

– Para casa! – gritei, apontando para a frente. A carruagem sacolejou pelas ruas e saiu de Ingolstadt, voltando para a propriedade do lago, que não ameaçava mais me cuspir porta afora. Viajaríamos a noite inteira, para agradar Justine. Nas primeiras horas da manhã, quando o sol ainda não tinha se apoderado do céu, acordei com um susto, com o brilho forte de um relâmpago. Em um morro paralelo à estrada, pensei ter enxergado a silhueta que vira na rua. A silhueta presente em meus pesadelos. Que corria com uma velocidade desumana, em uma marcha que lembrava a de um homem, mas era terrivelmente diferente, de um modo inominável. Fechei os olhos, apavorada. Outro relâmpago obrigou-me a abri-los.

Não havia nada em nosso encalço.

Recostei-me novamente, fechei os olhos e apenas pensei em chegar à casa. À casa que, mais uma vez, era minha.

PARTE DOIS

ILUMINAI

O QUE DE

TREVAS

HÁ EM MIM

DOZE

A UM SÓ TEMPO
LIVRE E EM DÍVIDA

Enquanto eu e Justine éramos levadas de barco através do lago, com remadas pacientes e ritmadas, lembrei-me da primeira vez que estivera ali. De como estivera amedrontada. De como aquela casa parecera um predador, prestes a me devorar. Agora, quando olhava para ela, parecia infinitamente diminuída. Será que seus torreões não mais se erguiam como dentes, mas como lápides? Será que seus portões não mais balançavam para pegar-nos, mas para, exauridos, deixar-nos entrar?

Eu imaginara um retorno triunfante. Mas fiquei sentada passivamente, observando a casa chegar cada vez mais perto, enquanto alguém levava-me até ela. Foi então que percebi: apesar de toda a minha luta, de todas as minhas esperanças e meus medos, de toda a minha viagem, eu tinha-me esforçado para continuar no mesmo lugar.

O sol estava quase se pondo; o dia, quase indo embora. Eu não ansiava por estar em casa ou por minha cama, como esperara. Justine suspirava, feliz, apertando minha mão.

– Veja! William está no píer, esperando por nós!

Ela abanou com tanta força para seu pequeno pupilo que o barco sacudiu.

Também sorri e abanei. Mas meu aceno sequer produziu um leve ondular na superfície do lago.

Tudo estava diferente, entretanto. O Juiz Frankenstein – graças a Deus – não retornara da misteriosa viagem que possibilitara a nossa, o que tornava menos provável que conversasse com Justine e descobrisse a jornada ilícita. Não que ele tivesse o costume de conversar com Justine – nos mais de dois anos em que ela estava na casa, eu não conseguia me lembrar de uma única conversa entre ambos –, porém, ainda assim, era um alívio. Minha mentira a respeito de Henry ter sido descoberta já era mais do que suficiente. Eu não queria que Justine soubesse que eu a enganara para que me acompanhasse em uma viagem sem ter permissão expressa do patrão.

Já que o juiz não estava e que eu tinha a liberdade de saber que não seria expulsa dali, rondei pela casa com uma agressividade possessiva. Talvez certas pessoas, em minha posição, depois de finalmente alcançar certa estabilidade após tantos meses de preocupação, cairiam na cama ou passariam o tempo lendo, pintando ou simplesmente relaxando. Mas havia muito tempo a arte era para mim um fingimento, uma maneira de convencer a família Frankenstein de meu valor. Nesse momento, não havia ninguém a quem convencer. A arte não me trazia nenhuma alegria, e minhas telas continuaram em branco.

Fui de um cômodo ao outro, puxada por um fio invisível e insistente. Coisas conhecidas – minha cama com dossel, as janelas ornadas de chumbo e até minhas próprias pinturas – tinham uma camada de um incômodo mistério. Eu andava, como se estivesse sonhando, por uma versão simulada de vida, com certeza de que, se me virasse com a devida rapidez, encontraria a verdade por trás do sonho: uma parede derretida que revelaria os ossos da casa, gemendo e se partindo debaixo do peso de todos nós. Os fantasmas de Madame Frankenstein e de seu segundo filho, perdido tanto tempo antes, observando se eu cuidava bem de sua família, mesmo da cova. Os cadáveres descarnados de meus próprios pais, desconhecidos demais para serem algo além de cascas sem vida.

Mas, por mais cômodos que eu percorresse, por mais que eu girasse, certa de que alguém estava me observando, não havia nada digno de nota.

A casa era a mesma.

As pessoas dentro dela eram as mesmas.

Victor voltaria e seria o mesmo.

O que, então, mudara?

A mansão parecia apequenada e corriqueira sob meu olhar crítico recentemente adquirido. Findo o medo de perder essa saleta, vi que o sofá de veludo era completamente errado: suas dimensões, grandes demais para o espaço. Era uma mobília projetada para um cômodo mais imponente. Em vez de abrilhantar o lugar com seu requinte, enfatizava o quanto ele era claustrofóbico, o quanto o teto era baixo, o quanto a lareira era avantajada.

Para onde quer que eu olhasse, era a mesma coisa. Pinturas sem alma, grandes demais para as paredes onde estavam penduradas. Uma mesa de jantar posta para vinte pessoas que só acomodava quatro, sempre. Era um artifício de ostentação que escondia a verdade:

A casa estava morrendo.

Eu conseguia enxergar tudo: os cantos empoeirados, a pintura rachada e desbotada. As portas fora do prumo, que não fechavam direito ou fechavam tão bem que eu ficava com medo de permanecer trancada dentro de um cômodo, sem conseguir abri-las de novo. Metade das lareiras estava vedada. A outra metade aquecia os cômodos de um modo opressor e abafado ou pouco ajudava a cortar as inescapáveis correntes de ar. Qualquer cômodo que pudesse ostensivamente receber visitas estava repleto de móveis ornamentados em demasia, de madeira ornamentada com ouro e veludo. E qualquer recinto que não recebesse ninguém estava vazio ou era um cemitério de coisas quebradas e inúteis. O único cômodo que realmente tinha vida era o quarto das crianças. Eu passava cada vez mais tempo lá com Justine, Ernest e William. Apesar de ter-me esforçado ao máximo para evitar ter contato com os meninos durante todos aqueles anos – preferindo ser responsável apenas por Victor e não por mais de um Frankenstein – eles eram... encantadores, até. O amor efusivo que Justine nutria por eles devia estar me contagiando. Mas Ernest estava na idade de tentar falar como adulto; e William, na idade de tentar copiar Ernest. E era tão absurdamente simples e fácil de agradar a ambos...

– Na verdade – disse William, ao ver que Ernest arrumava suas coisas para ir à escola, numa manhã –, irei para a escola em breve também.

– Esse é um uso incorreto da expressão "na verdade" – falei. Você não estava corrigindo seu irmão nem duvidando de nenhuma informação, apenas constatando um fato.

Justine repreendeu-me.

– Cale-se! Se tiver a ousadia de corrigir o que ele diz mais uma vez, vou bani-la deste quarto! E William, você não irá logo para a escola. Eu ainda terei você só para mim por mais alguns anos.

William deu-lhe um beijo bem melado. Tive vontade de limpar meu próprio rosto só de ver. Eu e Ernest trocamos um olhar sugestivo de nojo e demos risada.

Victor nunca fora assim, nem mesmo quando criança. Os dois não eram nem um pouco parecidos com ele. Talvez porque tiveram Justine, e não a mim. Será que eu tinha mesmo ajudado Victor ou tornado-o ainda mais incomum? A loucura que vi nos seus estudos em Ingolstadt fazia-me questionar.

Mas ele tinha enlouquecido sem mim. Não comigo.

Esquecendo-me de minhas preocupações, ofereci-me para levar Ernest até o píer, para que fosse à escola. Fiquei tentada a remar até a cidade com ele e verificar se chegara alguma carta, mas isso era um indício de ansiedade. Não fazia tanto tempo assim. Eu poderia esperar.

Victor escreveria.

– Devo trazer uma flor para você? – gritou Ernest, enquanto o barco se afastava.

– Não! Traga-me uma equação. A mais bela equação que encontrar!

Ele deu risada, e eu sorri. Sem fingimento. Era muito fácil fazer aqueles meninos felizes. Eles lembravam-me de Henry, o que me deixava triste. Então voltei para dentro de casa, com a intenção de parar na cozinha e pegar alguma gostosura para William. Logo, eu estaria mimando aqueles meninos tanto quanto Justine. Fazia isso para me sentir melhor, mas funcionava.

Parei na entrada grandiosa e fiquei olhando para as enormes portas duplas que levavam à sala de jantar. Nelas, esculpido em madeira havia mais de um século, fulgurava o brasão da família Frankenstein. Quantas vezes eu não tinha passado os dedos naquelas linhas, desejando ter um lugar naquele escudo? Quantas vezes eu tinha me imaginado agachada debaixo do escudo, reivindicando a proteção do nome Frankenstein – um nome que nunca me fora dado?

Alguém bateu na porta da frente, e levei um susto. Não esperávamos ninguém. Na verdade, raramente recebíamos visita. Talvez fosse a carta!

A criada estava em outra ala da casa. Atravessei correndo a entrada até chegar à porta, meio que esperando encontrar o Juiz Frankenstein ali, fazendo cara feia por ter sido trancado do lado de fora da própria casa. Em vez disso, abri e encontrei Fredric Clerval, pai de Henry.

– Monsieur Clerval? – perguntei, dando um sorriso perplexo. – A que devemos a honra?

Ele fez que não me viu, procurando outra pessoa com os olhos. Henry tinha o rosto bem mais parecido com o da mãe. Os traços de seu pai eram sem graça e duros, com os olhos espremidos por causa de seu perpétuo olhar de desdém. Parecia um homem que fazia contas sem parar e nunca ficava completamente satisfeito com o resultado.

— Onde está o Juiz Frankenstein?

— Ausente, lamento informar. O senhor gostaria de tomar um chá?

— Não gostaria! — respondeu. Em seguida, respirou fundo, para acalmar-se. Mas então seus olhos sinistros encontraram-me, e sua expressão de reprovação tornou-se mais intensa. — Você tem notícias de meu filho?

A carta escondida no fundo da gaveta de minha penteadeira parecia pulsar em minha mente. Eu ainda precisava queimá-la!

— Não tenho, há cerca de seis meses, acho eu. A última vez que me escreveu, disse que estava indo para a Inglaterra aprofundar seus estudos.

Monsieur Clerval soltou uma lufada debochada de ar.

— Seus estudos! Foi é atrás de poetas! Se algum dia já existiu um desperdício mais inútil de tempo e inteligência, não sei. — Chegou mais perto e continuou: — Não pense que acho que você não tem culpa nenhuma nisso. Não tenho dúvidas de que parte disso foi plantado na mente do meu filho por influência sua. Amaldiçoo o dia em que a apresentei a Henry. Você e Victor não fizeram nada além de corrompê-lo, torná-lo infeliz com a vida que lhe foi dada.

Tive vontade de cambalear para trás, de concordar, de me desculpar. Em vez disso, levantei o queixo e as sobrancelhas, em uma expressão de surpresa e mágoa.

— Lamento, Monsieur Clerval. Temo não saber do que o senhor está falando. Sempre amamos Henry como um amigo querido e desejamos apenas seu bem.

– Ninguém nesta família quer o bem de ninguém, a não ser o próprio. – Ele atirou uma pilha de pergaminhos no chão, entre nós dois, e completou: – Certifique-se de que o Juiz Frankenstein receba esses papéis. E informe-o de que não vou mais postergar a cobrança de suas dívidas. Ele arruinou meu filho. Eu arruinarei seu patrimônio.

Ele se virou para ir embora, pisando firme... e deu de cara com o Juiz Frankenstein, que estava parado diante da porta. Eu deveria ter agido como anfitriã e o levado até alguma saleta. O Juiz Frankenstein olhou para mim, depois para os papéis que o pai de Henry jogara no chão. Um misto de fúria e medo, feio e roxo, tomou conta de seu rosto.

Fiz uma reverência respeitosa e fui correndo para o quarto das crianças, e minhas saias farfalharam com meus passos apressados.

– Venha! – falei, entrando pela porta. – Vamos dar uma caminhada!

Justine concordou, percebendo minha urgência. William, sempre disposto a sair, foi correndo à nossa frente. Ficamos perto da casa. Meu pescoço pinicava, com uma sensação de estar sendo observada. Virei para trás de súbito, mas as janelas responderam-me com imagens vazias da natureza. Se havia alguém nos observando, não estava ali.

O vento assoviava seu lamento entre as árvores, sacudindo-as. Em algum lugar à nossa direita, nas sombras projetadas pela manhã, um graveto partiu-se. Corri para alcançar William, agarrando sua mãozinha quente como se fosse uma âncora, tentando absorver um pouco de sua alegria enquanto o menino apontava para pedras e árvores interessantes nas quais queria subir.

– Elizabeth era especialista em subir em árvores – disse Justine, sorrindo.

Eu balancei a cabeça, distraída e distante. Meus pensamentos ainda estavam na entrada de casa, com as acusações de Monsieur Clerval.

Será que tínhamos arruinado Henry?

...

Henry fora embora havia apenas duas semanas quando recebi sua carta.

Dizer que eu estava esperando pacientemente seria cometer o mais terrível dos perjúrios contra mim mesma. Eu andava assombrando as janelas, olhando para o outro lado do lago como se pudesse trazer sua carta com a força do pensamento.

Minha vida como um todo dependia das atividades de Henry em Ingolstadt. Eu o odiava, e a Victor, e ao mundo inteiro por causa disso. Como é que meu futuro poderia depender completamente de dois rapazes, um que não se dava ao trabalho de pegar em caneta e papel, e outro que queria passar o resto da vida comigo sem saber quem realmente eu era?

Supunha que, como algum romance vagabundo que eu não teria permissão para ler – mas que roubaria do estoque secreto de Madame Frankenstein mesmo assim –, eu ficaria dividida entre meus dois amores, desperdiçando a vida por causa disso.

Na realidade, eu queria estraçalhar os dois.

Não era justo com eles. Mas nada em minha vida era justo, por isso eu não conseguia ter pena: nem de Victor, por ter que decidir se casaria comigo ou se me libertaria para casar com outro; nem de Henry, por ser usado como chicote para instigar Victor a agir de alguma forma.

Segurei a carta, fitando-a. Victor ou Henry. Já fora decidido à minha revelia. Apesar de ter pensado em abri-la assim que chegou, fui para a parte de trás da casa e entrei na floresta. À minha frente, erguiam-se as montanhas. Eu passara muitos dias felizes aos seus pés e até um dia perfeito nas planícies glaciais. Sua força silenciosa não me trazia nenhuma paz naquele momento. Fui para a parte mais fechada da floresta, afastando galhos e arbustos até encontrar um tronco de árvore oco.

Então, como se voltasse às minhas raízes de fera, encolhi-me dentro dele. Fiquei espiando o lado de fora, perguntando-me: será que consigo viver aqui? Será que consigo fazer um ninho, uma casa? Dormir profundamente durante o inverno? Rondar pelo mato à noite em busca de presas?

Esse era o tipo de fantasia que me sustentara antes da família Frankenstein. Mas, naquele momento, eu já sabia. Morreria de fome ou congelada. Não havia nenhuma casa para mim ali, na natureza selvagem, o lugar que eu mais amava. Teria de me contentar com o que conseguisse capturar por meus próprios meios.

Abri a carta.

A letra de Henry, normalmente espaçada, com arcos confiantes e floreios indulgentes, estava trêmula. As bordas do papel estavam manchadas — um pouco da tinta estava borrada, como se ele não houvesse esperado a folha secar antes de dobrá-la.

"Cara Elizabeth", foi o que li, e aí estava minha resposta. Nada de "minha querida Elizabeth", nada de "minha cara-metade", nada de "sonho de minha felicidade futura". Henry seria incapaz de escrever de modo tão objetivo, a menos que seu coração estivesse realmente partido.

"Conversei com Victor e expressei meu desejo de assumir um compromisso com você. Temo ter estragado nossa amizade de modo irreparável. Quando vi em vocês dois uma amizade de companheirismo ou o amor que há entre duas pessoas que foram criadas tão próximas, não consegui enxergar a profundeza da ligação que ele tem com você. Foi uma traição das mais imperdoáveis presumir que eu poderia um dia estar entre vocês. É uma tentativa de assalto para a qual ele não fechará os olhos. Nem deveria.

"Ao refletir sobre minha ligação com você, suspeitei que tenha nascido do ciúme. Sempre tive inveja de Victor. Queria ser ele. E, em vez de ser Victor, quis o que era dele. O que incluía você. Por favor, perdoe minha arrogância."

As próximas palavras estavam borradas e ilegíveis. Mas o último parágrafo continuava com "para a Inglaterra, acomodar meus pensamentos e minhas emoções. Não espero entrar em contato com você novamente. Será melhor para todos se eu deixar para trás minha falsa amizade para sempre e tentar me tornar alguém novo.

"*Perdoe-me,*

"*Henry Clerval*"

Até à assinatura de Henry faltavam floreios. Mal parecia ser sua, apesar de eu ter certeza de que era. Parecia que fora possuído por algo e, então, escrito aquela carta. Mas, talvez, fosse exatamente isso.

O Henry que eu conhecia sempre admirara Victor e observava-o com uma avidez quase ciumenta. Então fora tudo uma encenação? Será que Henry era um ator ainda melhor do que eu, que conseguiu convencer a mim, a melhor das mentirosas, de sua indefectível sinceridade?

Aquilo não me parecia certo. Imaginei que, talvez, Henry tivesse acreditado de verdade em seu próprio compromisso comigo e, quando foi confrontado por Victor, finalmente percebera a verdadeira motivação por trás de suas ações.

Às vezes, somos estranhos até para nós mesmos. Então, estava resolvido. Henry iria embora, e Victor ainda me queria. Mas onde, então, estava a carta de Victor para mim? Será que Victor queria-me ou simplesmente não queria que Henry ficasse comigo? Encolhi-me ainda mais dentro de minha toca temporária, mais oca do que a árvore e menos capaz de oferecer abrigo. Eu esperaria a carta de Victor chegar.

Não tinha outra escolha.

Justine surpreendeu-me olhando pela janela, para a paisagem noturna. Eu estava ali observando desde que Monsieur Clerval fora embora e nós finalmente tivemos coragem para entrar em casa. Se estava esperando alguma coisa ou com medo de que, se olhasse para outro lado, deixaria alguma ameaça vital passar despercebida, não sei dizer.

– Onde você está? – perguntou ela, depois pôs a mão suavemente no meu ombro.

Soltei um suspiro e respondi:

– No passado.

Ela me levou até o sofá e sentou-se comigo, tão perto que nossas pernas encostaram-se.

– Achei que ficaria feliz. Você fez o que se propôs a fazer!

Eu lhe dei o melhor sorriso que consegui. Logo, teria que jantar com o Juiz Frankenstein. Teria que voltar a fingir.

– Você tem razão. Temo que a viagem tenha sido mais exaustiva do que pensei. Ainda não me recuperei completamente.

– Ainda bem que jamais teremos que fazer isso de novo! Todas aquelas decisões. Fiquei o tempo inteiro com medo.

– Eu também – menti. – Suponho que, ao voltar para casa, sinto ainda mais a falta de Victor. E de Henry também. Lamento que ele tenha ido para Inglaterra sem a permissão do pai.

Justine não vira Monsieur Clerval, e eu não contara a respeito de sua visita nem dos papéis que ele deixara para o Juiz Frankenstein, apesar de isso tudo contribuir para meu desassossego. Não era de se espantar que o Juiz Frankenstein quisesse cortar-me de suas despesas. Aparentemente, ele tinha dívidas. E se eu tivesse garantido Victor, mas ele se revelasse um miserável?

Eu não achava que isso poderia acontecer. Uma riqueza como a da família restituía-se sozinha. E Victor era um gênio. Cuidaria de mim.

Justine estalou a língua, em uma demonstração de empatia.

– Os homens estão sempre fazendo coisas sem pensar em como suas ações afetarão os demais. O coração de uma mulher é que é grande o bastante para abrigar os sentimentos dos outros. Sentiremos falta de Henry, mas ficaremos bem.

– Eu imaginei que Henry faria parte de nossa vida para sempre. Como nosso amigo. Quiçá, até como seu marido.

Ou meu.

Não previ que ele nos deixaria para trás completamente. Se houvesse previsto, será que agiria de maneira diferente?

Justine deu risada e falou:

— Ah, eu jamais poderia casar-me com Henry!

Eu me virei para olhá-la e respondi:

— Então você não está chateada? Pensei que, talvez, você pudesse achar que perdeu uma oportunidade.

— Por Deus, não. Não quero casar nunca. Quero ficar aqui e criar meus queridos William e Ernest. E quero cuidar de seus filhos.

Meus filhos. Que ideia horrível.

— Mas então você nunca terá seus próprios filhos!

Justine balançou a cabeça, e seu rosto ficou enevoado de tristeza.

— Não quero tê-los.

— Certamente não existe ninguém mais capaz de ser uma mãe amorosa do que você.

— Minha mãe foi amorosa.

Franzi a testa e disse:

— Não estamos pensando na mesma mulher.

Justine estava com os olhos baixos, no chão, com o peso de suas lembranças.

— Ela era. Amorosa, gentil e boa. Para meus três irmãos mais novos. O que fiz para deixá-la com tanta raiva ao ponto de me tratar apenas com ódio e desprezo, nunca fiquei sabendo. Talvez houvesse algo de errado dentro dela. Ou talvez visse algo de errado dentro de mim que eu ainda não descobri.

Segurei seus braços e a virei de frente para mim. Então falei, com a voz decidida:

— Não há nada de errado com você, Justine. Nunca houve.

Eu sabia muito bem como era ser podre por dentro — esconder dentes afiados por trás de um sorriso sereno. Justine não escondia nada.

— Mas você vê? Como posso ter certeza de que não sofrerei da loucura de minha mãe? Como posso ter certeza de que não transformarei a vida de um filho meu em um inferno? – Ela tirou minhas mãos dos seus braços e recostou-se no sofá. – Sou tão feliz aqui com você! Não quero nada além do que já tenho e posso esperar, sendo razoável, para o futuro, agora que Victor voltará. Estou feliz de que tudo esteja resolvido.

Fiquei contente de ouvir isso, por ela. Mas algo recuou dentro de mim ao ouvir suas palavras, e percebi qual era o verdadeiro fantasma de meu retorno.

Eu estava sendo assombrada pelo futuro diferente do qual desistira. Segurara, por tanto tempo, o potencial de Henry, como se fosse uma carta escondida em minha manga. E perdera essa carta, assim como perdera Henry, sendo que planejara mantê-lo de qualquer modo, fosse ao meu lado ou ao lado de Justine. Como sempre, outros fizeram a escolha por mim.

– É tão bom estar em casa! – Justine suspirou, feliz, olhando para o fogo crepitante.

– Tão bom! – repeti, fechando os olhos e lembrando-me da emoção e da satisfação de outras chamas. Eu provara que minha astúcia e minha capacidade eram tudo aquilo que eu sempre esperei que fossem. E receberia minha recompensa.

Tremi com uma brisa súbita e imaginária.

Passei de fininho pela porta e sentei-me em meu lugar à mesa de jantar. O Juiz Frankenstein sequer levantou os olhos para mim.

– Tenho boas notícias – falei, quando a criada colocou o prato de sopa à minha frente. Os meninos já haviam comido. Ernest já tinha idade para comer conosco, mas preferia fazer isso com William e Justine. Eu também preferiria, mas nunca fora-me dada essa opção. Eu precisava manter minha posição naquela casa.

O Juiz Frankenstein não perguntou quais era as boas notícias que eu tinha, então continuei:

– Victor escreveu que voltará para casa dentro de um mês. Está ansioso para reencontrar-me. – Eu me permiti enrubescer de modo bastante feminino e abaixei a cabeça. –Para reencontrar todos nós.

– Bom – disse o Juiz Frankenstein. A força de sua voz me surpreendeu. Levantei os olhos e o vi olhando feio para mim por cima dos papéis, os quais reconheci como sendo aqueles que Monsieur Clerval deixara. O pai de Victor espichou os lábios por baixo do bigode, imitando um sorriso. – Isso é bom.

Controlei o impulso de fugir daquela expressão visivelmente falsa. Será que era assim que eu ficava quando fingia ser feliz? Não. Eu tinha muito mais prática do que ele. E seu sorriso tinha um quê de desespero. Era um olhar de artista de rua, esperançoso e entusiasmado na superfície, paciente e calculista por baixo.

Será que o juiz pensava que Victor suplicaria a Henry o perdão de nossas dívidas? Henry fugira do continente para ficar longe de nós. Com certeza, não nos faria esse tipo de favor. Ou talvez o Juiz Frankenstein acreditasse que o retorno de Victor permitiria que ele discutisse com o filho qual a melhor maneira de eliminar o único gasto supérfluo imediatamente dispensável da casa: eu.

Ele não fazia ideia de que eu já tinha ganhado essa briga. O retorno de Victor selaria para sempre meu destino, protegendo-me do mal advindo do Juiz Frankenstein. Retribuí seu sorriso, e passamos o resto da refeição em um silêncio infeliz. Companheiros de mentiras e fingimento, presos para sempre debaixo do mesmo teto.

Eu tinha realmente ganhado.

TREZE

TODO ESTE BEM
DO MAL ADVINDO

— Deveríamos fazer uma festa para comemorar o retorno de Victor!
— disse Justine, debruçada sobre William, ajudando-o a aprender as
primeiras letras. — Excelente! Se você fizer o "e" virado para o outro
lado, ficará perfeito! Você é tão inteligente!

Ernest, deitado em um sofá ali perto, lendo um livro sobre as vitórias
militares suíças, levantou os olhos. E fez biquinho com os lábios finos.

— Eu gostaria muito mais se fizessem uma festa para comemorar
quando ele resolver ir embora novamente.

— Ernest! — ralhou Justine. Passou tanta reprovação com uma
única palavra que o menino se encolheu todo, envergonhado.

— Passaram-se já dois anos. — falei. Tamborilei os dedos na cornija
da lareira fria e encostei-me nela. Então completei: — É claro que você
mal deve se lembrar dele!

Estávamos no início de maio, três semanas depois de voltarmos
de Ingolstadt. Em meu bolso, eu guardava uma breve carta de Victor,
dizendo que ele chegaria dentro de uma semana. Ele cumprira bem sua
palavra. Talvez, quando chegasse, eu me sentiria menos inquieta.

Pensei ter visto algo se movimentando do lado de fora da janela do quarto das crianças. Corri para olhar, mas eu havia me enganado. Eram só os restos mortais enegrecidos e retorcidos da árvore que fora destruída por um raio tanto tempo antes. Por que nunca a arrancaram, eu não entendia. Algo nela pareceu-me obsceno naquele momento. Era como deixar que um cadáver servisse de monumento.

— Você acha que Victor continua maior do que mim? — perguntou Ernest, levantando e jogando os ombros para trás.

— Do que *eu* — corrigi, sem pensar. — E sim.

Dei as costas para a janela e suas falsas ameaças. Desde a visita de Monsieur Clerval, eu era assombrada pela sensação de estar sendo observada. Talvez fosse o novo hábito do Juiz Frankenstein de surpreender-me em refeições que nunca costumava fazer comigo, ou o modo como ele parecia fitar-me sempre que eu levantava os olhos. Mas também tinha uma sensação de que, se eu simplesmente conseguisse virar-me com a rapidez necessária, poderia surpreender um rosto na janela, observando-me.

Nunca consegui.

— Acho que, provavelmente, você será mais alto, um dia — disse Justine.

Ficou evidente que eu magoara Ernest ao dizer a verdade.

— Que bom! — respondeu Ernest. — Sei que serei mais forte. E sei brigar. Victor nunca se deu ao trabalho de aprender isso.

— Você está planejando desafiá-lo para um duelo? — perguntei, dando risada.

Mas parei de rir quando vi Ernest esfregando o braço em que havia a cicatriz. Se aquela ação era consciente ou inconsciente, eu não sabia.

Ernest olhou para mim com uma atenção demasiada, de uma forma bem parecida com a que o pai tinha começado a olhar.

— Você tem passado muito tempo conosco. Nunca fazia isso.

– Talvez o tempo que ficamos longe tenha me ensinado a sentir falta de vocês. – Eu me fingi de vesga e mostrei a língua para Ernest, como se ele ainda fosse um menininho. – Ou talvez eu esteja apenas entediada.

– Deve estar entediada de verdade para passar seu tempo aqui – respondeu, tornando a atirar-se no sofá e abandonando a postura cuidadosa. – Mal posso esperar para ir embora desta casa. Desta casa ridícula, sem vizinhos nem nada para fazer. Vou atravessar aquele lago de barco e nunca mais voltar.

– Não diga isso – repreendeu Justine, com uma tristeza gentil.

Ernest soltou um suspiro, levantou-se novamente e atravessou o quarto até chegar ao lado dela. Então revelou o que ainda restava da sua infância, atirando-se no colo de Justine. Ela deu-lhe um abraço apertado e afagou seu cabelo. Ernest era muito novo quando a mãe morrera, mas tinha idade suficiente para lembrar-se dela. Eu ficava imaginando se o menino preferia Justine. Eu, com toda a certeza, preferia.

– Sempre voltarei para ver você – disse o menino. – Prometo. E escreverei toda semana.

– Você tem se esforçado tanto para desenvolver suas habilidades de escrita, então é o mínimo que pode fazer – provocou Justine, mas pude vê-la disfarçar uma tristeza misturada com pânico, só de pensar na partida definitiva do garoto. – Mas você não vai embora agora! O exército pode esperar até você crescer. Fique um pouco mais conosco, meu querido Ernest.

– Não serei soldado – declarou William, continuando a fazer uma marcha de "e" mal traçados no pergaminho. Justine era permissiva demais e o deixava usar papel e tinta bons para treinar.

– E o que você quer ser? – perguntou Justine, olhando para ele e soltando Ernest, que voltou para o sofá.

– Dragão.

– Está aí uma aspiração profundamente prática – comentei, seca. – Sua ambição há de levá-lo longe.

William bateu suas pestanas pesadas para mim, confuso, e perguntou:

– Quê?

– A prima Elizabeth quer dizer que você pode ser o que quiser – disse Justine, afagando os cachos do menino. Para ela, William deu aquele seu sorriso com covinhas.

Seria errado ter inveja de uma criança de 5 anos? Por ser o terceiro filho da família, William teria recursos financeiros, mas não sofreria pressão. Realmente poderia ser o que quisesse. Talvez pudesse até transformar-se em uma besta dos infernos soltando fogo pelas ventas. Os homens ricos sempre fazem o que querem, afinal.

Apesar de, pelo que ouvira dizer, se dependesse de Monsieur Clerval, nenhum dos Frankenstein seria rico.

– Quero sair para atirar – falei para Ernest, que me olhou com um ar surpreso.

– Mesmo?

– Sim. Eu gostaria de aprender. E acho que você já tem idade para ensinar-me.

– Eu também! – exclamou William.

Justine olhou feio para mim do outro lado do quarto, sacudindo a cabeça com veemência. Segurou William na altura da cintura e o levou de volta para a cadeira.

Mas Ernest permaneceu inabalável, e seu rosto se acendeu de expectativa.

– Eu vou e...

A criada bateu na porta, espiando para dentro do quarto, constrangida.

– Carta para a senhorita.

Cheguei mais perto, mas ela balançou a cabeça e corrigiu:

– Para a senhorita Justine.

Justine nunca recebia correspondência. Parecia estar tão surpresa quanto eu a respeito de quem poderia estar lhe escrevendo. Fiquei pensando se, talvez, pudesse ser Henry. Outra pontada de inveja atingiu meu coração, mas não dei importância. Eu quisera tanto Victor como Henry para mim. Perder um deles era inevitável. Poderia ficar feliz apenas ao ouvir que Henry estava bem, na Inglaterra.

Justine abriu a carta com um sorriso distraído, ainda prestando mais atenção nas letras desastrosas de William. Mas, à medida que lia, a cor foi-se esvaindo de seu rosto. Ela levantou os olhos, procurando-me. Corri para seu lado, e Justine perdeu o equilíbrio e desfaleceu, caindo inconsciente em meus braços.

– O que foi? – indagou Ernest, e o medo transformou sua voz em um lamento estridente.

Fiz sinal com a cabeça em direção ao sofá. Ernest ajudou-me a deitar Justine ali, confortavelmente. Então peguei a carta que caíra no chão. Li rapidamente seu conteúdo.

– Ah! A mãe dela morreu. Semana passada.

– Que Deus a tenha! – disse Ernest, triste, fazendo o sinal da cruz, imitando Justine.

"Se Deus for minimamente sensato, ele condenará a alma inútil dessa mulher pelo modo como ela tratou Justine", pensei.

Depois que Victor foi morar em Ingolstadt, e Henry passou a ficar ocupado, trabalhando para o pai, Justine era a minha única amiga. Ela encarava seu papel como preceptora dos meninos com a mesma seriedade com que Victor aplicava-se aos estudos. Eu podia até tê-la trazido para a família Frankenstein por um impulso de salvar sua vida, mas Justine revelou-se a melhor coisa que poderia existir para os irmãos mais novos. A morte da mãe entristecera os dois. Mas, na bela, inteligente e infinitamente amorosa Justine, ambos encontraram uma mãe muito mais maternal do que a de sangue tinha sido.

Um dia, pouco depois de Victor ter partido, o cozinheiro caiu doente. Já que não havia ninguém para ir à cidade buscar mantimentos, eu me ofereci, ávida, e insisti que Justine fosse comigo.

Ela retorceu as mãos e disse:

— E os meninos?

— Justine, você não saiu desta casa desde que chegou aqui! Certamente merece uma tarde de folga. A criada ficará de olho neles, e Ernest já tem idade para estar no comando por algumas horas. Não é mesmo, Ernest?

O menino levantou os olhos do tabuleiro de xadrez, com o qual brincava sozinho.

— Eu posso fazer isso por Justine! Você pode ir e... — Ele ficou em silêncio, franzindo todo o rosto em uma expressão pensativa, tentando dizer algo de que uma mulher poderia gostar. — Você pode ir e comprar fitas!

— Três fitas! — completou William. Acabara de completar 3 anos e estava obcecado com esse número.

Justine riu. Deu um beijo em Ernest, depois beijou e abraçou o pequeno William por muito mais tempo do que algumas horas de ausência exigiria. Então, finalmente, eu a tirei da casa e levei-a para o outro lado do lago.

Minha última ida a Genebra rendera-me Justine. Eu não tinha esperanças de ter uma ida igualmente afortunada daquela vez, mas era um alívio sair daquela casa. Victor acabara de escrever, contando que encontrara onde morar em Ingolstadt, falando dos professores e de seus aposentos. Eu imaginara o lugar com tantos detalhes que tinha sensação de estar lá realmente.

Mas não estava. Ainda estava naquela casa.

Genebra, pelo menos, servia de distração. Justine, prestativa, comprou três fitas vermelhas, para que pudesse mostrá-las a Ernest, provando que sua ideia fora boa, e contá-las com William. Também adquiriu doces para os meninos. Por que mereceriam ainda mais bondade vinda da mulher que passava todas as suas horas sendo boa com eles, eu não sabia.

Estávamos no meio do mercado, pegando os legumes, quando um demônio aos berros avançou em Justine, derrubando-a no chão.

– Monstro! – gritou o demônio, e percebi que era a mãe de Justine. – Você os matou!

Justine debatia-se debaixo da mãe, e as mãos da mulher arranhavam seu rosto e rasgavam suas roupas. Joguei minhas coisas no chão e arranquei-a de cima de Justine.

– Madame! – berrei. – Acalme-se!

O queixo da mãe de Justine estava coberto de baba, e ela continuou gritando as acusações mais profanas.

– Você se vendeu às bruxas! O diabo tomou posse de você no dia em que nasceu! Eu sabia! Eu podia sentir! Dei meu melhor para arrancá-lo de você a tapas, mas você venceu! Você venceu, criatura perversa! Que o diabo lhe carregue!

Justine estava sentada no chão, chorando.

– O que foi que fiz?

– Nada! – respondi.

– Você os matou! – gritou a mãe dela. – Meus preciosos filhinhos, minhas amadas crianças. Você os matou!

Ela tentou passar por mim de novo, e mal consegui agarrá-la. Àquela altura, a mulher criara tamanha confusão que diversos homens correram para perto de nós e ajudaram-me a segurá-la. Ela corcoveava e contorcia-se, atirando o corpo para todos os lados, até que, finalmente, desfaleceu.

– Meus filhinhos! – gritava a mãe de Justine. – Você os matou. Estão todos mortos, e a culpa é sua. Você nos abandonou. Você foi embora, e eles morreram. Deus está vendo, Justine. Deus está vendo que você traiu o sangue do seu sangue e se tornou a rameira de um homem rico para criar os filhos dos outros. Deus está vendo! Sua alma está condenada ao inferno! O inferno deixou sua marca em você no dia em que você veio ao mundo!

· 177 ·

Um guarda aproximara-se do tumulto e ordenou que os homens levassem a mãe de Justine para a prefeitura, onde poderiam decidir o que fariam com ela.

— Lamento, mademoiselle — disse, cumprimentando-me com um aceno de cabeça. Ajudei Justine a se levantar.

— Do que ela estava falando? — perguntou Justine, tremendo, grudada em mim.

— Nada. Ela está louca.

Eu queria tirar Justine dali, levá-la de volta para casa. Jamais deveria tê-la trazido comigo. Não era de se espantar que não quisesse sair daquele lado do lago e de nosso isolamento.

— Pobre mulher — explicou o guarda. — Seus três filhos pegaram a febre e morreram semana passada. Não sabemos como lidar com ela.

Ele inclinou a cabeça de novo e foi atrás dos homens que levavam a mãe de Justine embora dali.

— Birgitta e Heidi e Marten... — sussurrou Justine. Ela caiu encostada em mim e tive de segurá-la. — Não podem estar mortos. Não podem. Quando fui embora, os três eram saudáveis. Se soubesse, jamais teria... poderia tê-los ajudado. Poderia ter ficado e ajudado. Ah, ela tem razão. Sou a criatura mais perversa e egoísta que há. Valorizei mais meu próprio conforto do que minha família. Minha mãe sempre soube, sempre enxergou, e...

— Não — interrompi. Puxei Justine mais para perto, apertando-a contra mim, e falei com a voz dura e determinada. Eu não a consolaria, não com aquela linha de pensamento. Seria eternamente contra aquele argumento. — Sua mãe é um monstro. Se você tivesse ficado na sua casa, ela teria batido em você até lhe matar. Você teria morrido com os seus irmãos. E não posso imaginar um mundo sem você. Você não foi perversa por querer ir embora. Foi a graça de Deus, protegendo-a, para que não nos abandonasse.

Justine soluçava, com o rosto encostado no meu ombro. Eu a virei para o lado do cais e fomos cambaleando juntas até o barco que estava à nossa *espera, e as três lindas fitas vermelhas ficaram para trás, na rua, parecendo três regatos de sangue escarlate.*

A condição de órfã de Justine pesava sobre mim, enquanto lembrava de seu passado e refletia sobre seu futuro. Incluso na carta que informava a morte de sua mãe, havia um bilhete explicando o atraso na entrega. A mãe pedira expressamente que Justine não fosse avisada *antes* do funeral. Fora seu desejo no leito de morte desprezar Justine e negar-lhe até a oportunidade de guardar o luto. Imagine só, enlutar-se por uma mulher que não merecia tal homenagem!

Insisti que Justine tirasse os dois dias seguintes de folga – para passá-los na cama, passeando pelo campo, sozinha com seus próprios pensamentos. Eu sabia que ela precisava de um tempo para curar a derradeira ferida que sua mãe infligira-lhe.

Infelizmente, William sobrou para mim. Ernest tinha idade suficiente para cuidar-se sozinho, mas estava inquieto com a ausência de Justine, e por isso ficava à minha volta como um carrapato, incômodo e inútil, porém inofensivo.

O primeiro dia transcorreu com William escalando pela casa toda, entrando em tudo. Implorou para ver meu quarto, onde nunca tivera permissão de entrar, depois começou a perguntar se podia ficar com todas as coisas brilhantes que via. Aquela criança era uma verdadeira gralha. Para tirá-lo dali, concordei em emprestar-lhe meu medalhão de ouro, que continha um retrato em miniatura de sua mãe. Nunca gostei da joia, certamente não pedira para ficar com ela. Era cara demais para entregar aos cuidados de um menino de 5 anos, mas eu daria muito mais para ter nem que fossem dez minutos de descanso de suas exigências constantes. Victor chegaria dentro de poucos dias, só que isso não ajudava em nada nesse meio-tempo. Eu até poderia ficar encantada pelas crianças em doses mínimas. Ser responsável por elas era extenuante. E não conseguia imaginar Victor disposto a assumir o controle.

No segundo dia, sem ter como entreter William, sugeri que Ernest fosse caminhar conosco. Uma caminhada bem, bem longa que, em um mundo ideal, terminaria com William ficando exausto ao ponto da letargia, pelo resto da noite. Para minha surpresa, quando estávamos terminando nossos preparativos – com o piquenique empacotado e as botas amarradas –, o Juiz Frankenstein apareceu.

– Está uma tarde adorável – declarou, sério, como se julgar o clima fizesse parte de sua autoridade. Eu estava feliz pelo tempo não ter sido condenado por ele.

– Sim. Levarei os meninos para tomar um ar e exercitar-se enquanto Justine descansa.

– Que bondade a sua. – Ele entreabriu os lábios, e seu bigode levantou como uma cortina, revelando seus dentes. Dentes que, pouco acostumados a ficar sob os holofotes, eram manchados por anos de vinho e chá, mas suspeitei que as quantidades do primeiro eram maiores. – Irei acompanhá-los. Será agradável sairmos juntos. Em família.

Ele pronunciou a última palavra com tanto peso que pareceu um martelo.

Desconfiada, mas com uma alegria cautelosa, dei-lhe meu melhor sorriso. Um sorriso que merecia ser aplaudido de pé e receber bis, ao contrário do seu.

– Será adorável – falei.

Sendo assim, minha caminhada levou-me a andar pela floresta com os três integrantes da família Frankenstein que jamais tiveram utilidade para mim. E... não foi horrível. O Juiz Frankenstein ficou em silêncio a maior parte do tempo, exceto para comentar as qualidades desta ou daquela árvore, a natureza imponente de tal rocha ou a inutilidade de alguma flor.

Ernest, com plena consciência da presença do pai, esforçava-se para caminhar com o máximo de decoro e maturidade. Mas nem ele conseguiu resistir ao quente feitiço daquele glorioso dia de primavera. Não demorou para sair correndo atrás de William, emitindo risadinhas estridentes e exigindo brincadeiras mais vigorosas.

Fiquei rindo e observando os meninos. Havia algo de bom nas crianças, afinal. Havia uma felicidade profundamente revigorante em observar uma criatura como William descobrir o mundo. Ele era cheio de curiosidade e alegria. Não possuía nenhum traço de medo ou ansiedade. Me perguntei se eu já fora assim. Pensei que não.

Madame Frankenstein teria orgulho de ver como cuidei bem de sua família. Ernest e William cresceram em segurança. Victor fora tirado de suas dificuldades. Eu até encontrara uma mãe substituta muito mais adequada à tarefa de criar William e Ernest do que jamais seria.

Eu poderia ter orgulho e sentir satisfação daquela vida. Eu *teria* orgulho e satisfação daquela vida. Estava determinada a fazer isso. Deixei que o sol claro e as risadas ainda mais claras me aquecessem. Eu finalmente poderia livrar-me de toda a tensão e de todo o medo que eu usava como se fossem um xale.

Encontramos uma bela pradaria no ponto em que a floresta abria caminho para a fazenda mais perto de nossa casa e montamos o piquenique. Depois de comer, peguei um livro, e o Juiz Frankenstein deitou-se na grama e fechou os olhos para tirar um cochilo. Era uma posição chocante de tão vulnerável e casual para ele.

E era irritante. Se aquele homem não estivesse ali, eu poderia ter feito a mesma coisa. Mas não podia dar-me ao luxo de relaxar em público. Pelo menos, levara um livro. Mandei os meninos afastarem-se, dando ordens de encontrar-nos novamente antes que o sol ficasse muito baixo.

Quando a tarde foi-se transformando em noite, e eu me preocupava com o que faria para entreter William no dia seguinte, Ernest voltou.

Estava suado e ofegante, com uma expressão esperançosa que tornou-se preocupada quando passou os olhos por nosso pequeno acampamento.

– William não está aqui? – perguntou.

Fechei o livro e me levantei, alarmada. O Juiz Frankenstein, que acordara há alguns minutos, também se levantou.

– De que você está falando? William estava com você – ele disse.

Ernest sacudiu a cabeça e respondeu:

– Estávamos brincando de esconde-esconde. Era a vez de William esconder-se. Contei até cinquenta, como ele me pediu. Procurei, procurei, olhei por tudo, mas não consegui encontrá-lo! Eu tinha esperança de que estivesse aqui, pregando uma peça em mim.

Soltei um suspiro exasperado. Se demorássemos muito, ficaria escuro antes de chegarmos em casa. Nuvens pesadas acumulavam-se no horizonte, prometendo uma tremenda tempestade. Toda a graça reluzente do dia havia-se perdido. Eu estava cansada, brava e dolorida por ter-me sentado tanto tempo no chão.

– William! A brincadeira acabou! – Meu tom era muito irritado. O menino não seria atraído desse jeito. Com Ernest e o Juiz Frankenstein ao meu lado, mudei de tática. Vasculhamos as árvores e procuramos. – William! William! Meu bolso está cheio de balas, para a primeira pessoa que me encontrar!

Ernest adotou uma tática parecida. O Juiz Frankenstein simplesmente gritava o nome do menino. O que, supus, era tudo o que poderíamos exigir de um homem que jamais fizera nada para cuidar dos próprios filhos.

Ernest tornou a verificar nosso acampamento, enquanto eu e o Juiz Frankenstein íamos aumentando o perímetro em volta da área onde William fora visto pela última vez. Minha voz foi-se tornando cada vez mais rouca, e decidi que William seria obrigado a ficar sentado no salão de jogos durante todo o dia seguinte, sem nada para brincar.

O sol já estava na altura do horizonte, e as nuvens chuvosas tomavam conta de tudo rapidamente quando ouvi um grito de agonia e terror vindo de trás de mim.

Corri na direção do som, afastando as garras das árvores e dos galhos que atrapalhavam meu caminho. Quando cheguei à pradaria onde nosso piquenique fora abandonado, vi Ernest ajoelhado no chão, com a cabeça baixa. À sua frente, deitado no cobertor, estava o pequeno William, em um sono profundo.

Não sabia como o menino chegara ali antes de nós e conseguira pegar no sono, mas...

Por que Ernest fizera aquele ruído? Por que não havia simplesmente chamado por nós?

Por que William estava tão quieto?

Fui cambaleando. "Ele está dormindo", sussurrei para mim mesma, como se fosse um encantamento, torcendo para ser verdade. "Ele está dormindo".

Havia machucados escuros em volta de seu pescoço, parecendo uma gola, e sua expressão era tranquila.

Caí de joelhos ao lado de Ernest. Ele se atirou em mim, e soluços animalescos escaparam de sua garganta. Eu não conseguia chorar, nem me mexer, nem fazer nada a não ser fitar o pequeno William. Que estava dormindo e jamais acordaria.

QUATORZE

HAVERIA ALGO
AINDA POR SOFRER?

Não sei dizer como fui tirada do lado de William nem como voltei para casa. Assim que retornei à segurança do meu quarto – porque a morte é, e sempre foi, uma ocupação para os homens –, fui deixada em paz com minha perplexa dor. Ernest – que só tinha 11 anos, mas de súbito tornara-se um homem – e o Juiz Frankenstein juntaram-se aos homens da região para procurar o assassino de William na floresta.

Quem poderia ter feito tal coisa? Por que motivo?

Ou o assassino encontrara William depois de ele ter voltado para encontrar-nos, antes que o achássemos, e matara o menino ali...

Ou, um pouco pior, se é que existe pior ou melhor no inferno...

Alguém estrangulou William e *então o colocou em cima do cobertor para que o encontrássemos.*

Eu não conseguia tirar da cabeça seu pescoço machucado, os ferimentos escuros como nanquim que marcavam sua despedida deste mundo. "Fim", estava escrito com impressões digitais em seu corpo impoluto. Mas por quê? Por que matar uma criança? Eu estava naquela pradaria, assim como o Juiz Frankenstein, adormecido e vulnerável. Por que William?

Levei a mão à garganta, e o pavor afundou suas garras terríveis em minha alma.

O colar.

A criança estava usando um colar de ouro que eu, em minha impaciência para distraí-lo e aquietá-lo, dera-lhe.

Eu teria fingido questionar se isso era motivo suficiente para alguém matar uma criança, mas já sabia a resposta. Minha guardiã no lago Como certamente teria me matado se pudesse lucrar alguma coisa. Eu não tinha dúvidas. E, em algum lugar daquela floresta, havia alguém igualmente insensível, igualmente indiferente ao valor da vida quando comparado ao valor de um pouco de ouro.

Senti um gosto ácido em minha garganta. Eu conhecia uma pessoa exatamente assim. Apunhalara seu pulso com o alfinete de meu chapéu.

Enquanto corri da saleta até o celeiro, voltaram juntas à minha mente todas as vezes que me senti sendo observada desde que retornara. Dois homens estavam de guarda, pingando por causa da chuva torrencial. Tentaram impedir minha entrada, mas eu os empurrei e entrei correndo.

O Juiz Frankenstein virou-se, assim como o policial e vários homens que eu não conhecia. Eles se movimentaram para impedir que eu visse o corpo cuidadosamente posicionado de William. Como se eu já não o tivesse visto. Como se eu fosse capaz de "desvê-lo".

– Eu o matei! – gritei, e a culpa mais parecia uma grande pedra moendo meu pescoço. Aquela criança, cuja vida jamais me interessara, mas cujo cuidado fora-me encarregado por sua mãe em seu leito de morte... aquela criança estaria melhor se jamais tivesse me conhecido.

– Qual é o propósito disso, Elizabeth? – perguntou o Juiz Frankenstein, segurando meus ombros e sacudindo-me. – Você estava comigo o tempo todo.

Tive vontade de dar-lhe um tapa.

– Um colar! William usava um colar. Um medalhão de ouro que se abria e continha um retrato de sua mãe. Eu permiti que ele o usasse. É minha culpa.

Os homens viraram-se e, tão respeitosamente quanto possível, procuraram a joia no corpo minúsculo.

– Não está aqui – disse um deles.

O policial balançou a cabeça, com um ar fúnebre.

– Mandarei avisar para procurarem onde o corpo do menino foi encontrado, apenas para ter certeza de que o colar não caiu. E alertaremos todos os comerciantes da região para ficarem de olho, caso alguém tente vendê-lo.

O Juiz Frankenstein tirou-me do celeiro e levou-me de volta para casa.

– Você não pode culpar-se – declarou, com uma voz vazia e sem nenhuma força.

– Posso, sim.

Nem me importei de estar discordando do juiz. Eu não podia contar-lhe toda a verdade, por mais que o peso de minha culpa ameaçasse me arrastar para o chão encharcado. Porque eu tinha certeza de que era obra do demônio do necrotério. De alguma maneira, ele me seguira até ali. Motivado por ganância ou vingança, matara aquela criança inocente e roubara o medalhão de ouro.

Mas eu não podia contar! Estava trancafiada no mais maldito silêncio! Se eu lhes desse uma descrição do homem, teria de dizer por que acreditava que era o assassino. O Juiz Frankenstein não tinha conhecimento de minha viagem para Ingolstadt. Mas eu admitiria, se esse fosse o único problema capaz de cair sobre a minha própria cabeça.

Era com Victor que eu estava preocupada. Como sempre. Porque, se eu os levasse até aquele homem vil do necrotério, descobririam por que eu o conhecia. Ligariam os pontos até chegarem a Victor. E todo o meu esforço para proteger sua reputação seria desfeito. Sua loucura, revelada. Seu futuro brilhante, abortado com a mesma crueldade empregada na curta vida de William. E, se ele fosse internado em um manicômio, meu futuro também seria abortado.

Eu apenas podia rezar para que encontrassem o homem e matassem-no antes que ele pudesse falar alguma coisa.

O Juiz Frankenstein interrompeu meus pensamentos.

– Você não matou o menino.

– Eu praticamente pendurei um alvo em seu pescoço. O senhor bem conhece a ganância dos homens.

Ele suspirou e baixou a cabeça. Eu nunca o vira como um velho, mas se tornara abatido com a idade, o que ficava visível em cada movimento, como se aquela noite tivesse lhe roubado vinte anos de vida. O juiz acompanhou-me até meu quarto, depois deu um tapinha em minha mão e falou:

– Escreverei para Victor. Você não precisa recontar esse horror para ele. Seque-se e tente dormir.

Ele saiu correndo. Tentou fechar a porta de meu quarto sem fazer ruído, porém ela ficou torta. A madeira gemeu e arranhou o batente até finalmente se fechar. E então percebi que minha punição estava apenas começando. Porque eu ainda não contara para Justine que William – sua preciosa responsabilidade, a quem ela amava mais do que a própria mãe amara – falecera. Eu mal conseguia pensar, mas a possibilidade de Justine descobrir que dormira tranquilamente enquanto seu querido William fora morto era terrível demais. Ela precisava saber.

Mal consegui recuperar o fôlego e fui até a ala da criadagem. Ninguém respondeu quando bati à porta do seu quarto. Eu a abri e vi que sua cama estava feita: ninguém dormira nela. Entretanto, já era noite e estava chovendo. Onde estaria Justine?

Foi egoísmo de minha parte, mas fiquei aliviada. Eu tentara tomar uma atitude correta, mas a deixaria ter uma última noite de paz, uma última noite de felicidade. Fui cambaleando até a outra ala da casa e passei reto pelo meu quarto, escolhendo o de Victor. Subi em sua cama, e o bem-vindo esquecimento proporcionado pelo sono apossou-se de mim, afastando-me dos novos horrores de minha vida.

Estava deitada, sem conseguir mexer-me. Um olho estava fechado, apertado contra a terra. O outro vagueava loucamente, mas só conseguia ver o céu entre as folhas vermelhas e brilhantes. Dei um grito estranho, alto, que não conseguiu se transformar em palavras. Eu não conseguia falar, não conseguia mexer-me, não conseguia ver nada além daquele céu indiferente e das folhas morrendo.

E então, outro ruído.

Um som de algo sendo rasgado, estraçalhado. Um terrível raspar de metal contra algo resistente. Um som intermitente de serra, no mesmo compasso da respiração pesada de alguma outra criatura. Em seguida, o deslizar molhado de coisas escorregando e caindo no chão.

Foi então que percebi:

Aqueles ruídos estavam saindo de mim.

Eu ainda não conseguia mexer-me, não conseguia gritar, não conseguia fazer nada além de ficar deitada ali, congelada, ouvindo minha própria dissecação.

Eu acordava, banhada em suor, com o coração acelerado e a voz calada. Estava com medo demais para abrir a boca, apavorada demais, achando que só conseguiria produzir o mesmo grito de morte do cervo.

Naquelas noites, eu ia tateando pelo corredor e entrava escondida no quarto de Victor. Ele ia para o lado, sonolento, esticando o braço para que eu me aninhasse. Eu passava a mão por minha barriga, subia pelas costelas. Ainda estava viva. Estava bem. Victor estava ali para me proteger.

Quando dormia ao seu lado, nunca tinha pesadelos.

O sol quase chegara ao zênite quando recobrei a consciência, com um choque. Coloquei a mão sobre a boca, para calar o estranho grito que dela saía.

Passei a mão por minha barriga, subi desesperada pelas costelas.

Eu estava bem.

Eu estava bem.

Tentei aquietar minha respiração, mas os acontecimentos do dia anterior caíram sobre mim, transmutando o pavor e a apreensão do meu pesadelo noturno no pavor e na apreensão de minha realidade.

Com os olhos remelentos e anestesiada pela dor, desci até a sala de jantar. Ainda estava usando o vestido do dia anterior, e minhas meias, de algum modo, ficaram perdidas na cama de Victor. Eu jamais entrara na sala de jantar descalça. O chão era gelado e duro, áspero por causa da poeira e da terra por varrer.

O Juiz Frankenstein estava sentado à mesa, com a comida intocada à sua frente e a cabeça entre as mãos. Sentei-me do outro lado, em meu lugar.

Ele levantou os olhos, surpreso.

– Elizabeth...

– O senhor sabe onde está Justine? – Eu mal conseguia suportar estar ali. Muito menos quando tinha que terminar minha mais terrível tarefa. – Eu ainda não lhe contei. Preciso contar. Ela não estava em seu quarto ontem à noite.

O juiz franziu a testa. A criada entrou e perguntou se eu queria comer. Eu não conseguia imaginar-me querendo algo para meu corpo, nunca mais.

– Vá ao quarto de Justine – ordenou o Juiz Frankenstein. – Veja se ela já voltou.

A criada fez uma reverência e saiu. Tive vontade de perguntar ao Juiz Frankenstein se havia alguma notícia. Se haviam encontrado o homem do necrotério. Mas tinha certeza de que, se algo houvesse acontecido, ele já teria falado. Não estaria sentado ali, sozinho à mesa.

– Esta maldita menina fica ouvindo tudo – disse ele, franzindo a testa para a porta por onde a criada saíra. – Eu deveria dispensá-la. Sabe-se lá que histórias conta quando vai para a cidade. Nesse meio-tempo, meu filho... meu menino... – Seus ombros tremiam, e ele voltou a colocar a cabeça entre as mãos.

Apesar de considerá-lo um inimigo há muito tempo, vi naquele momento só um homem que perdera muito ao longo dos anos. Já enterrara a criança que nascera entre Victor e Ernest, além da própria esposa. Agora teria que fazer mais uma adição ao jazigo da família, quando, sem dúvida, esperava que sua lápide fosse a próxima.

– Juiz Frankenstein, eu...

– Chame-me de tio – interrompeu, levantando o rosto e secando os olhos. – Por favor. Restou-me tão pouco. Todas as minhas esperanças agora recaem sobre você.

– Tio – falei, e aquela palavra me pareceu estranha e falsa ao sair de minha boca –, posso...

– Santo Deus! – a criada disse ao entrar correndo, ofegante, com os olhos arregalados, em uma perversa combinação de pânico e exaltação. – Deus misericordioso que estais no céu, descobri o assassino!

O Juiz Frankenstein franziu a testa de novo, mas a criada não se afastou. O pai de Victor levantou e saiu da sala atrás dela. Eu os acompanhei, e meu coração também estava acelerado. Será que o homem do necrotério retornara atrás de mais prêmios? Contudo, quando a moça parou à porta do quarto de Justine, congelei, de pânico e pavor.

· 190 ·

Será que matara Justine? Será que estava lá dentro com ela naquele momento?

— Olhe! — disse a criada, entrando apressada no quarto.

Justine, com a bainha da saia coberta de lama e ainda vestindo o casaco, estava esparramada na cama. Murchei de alívio, mas também de confusão, em razão do estado em que ela estava e do motivo pelo qual a criada levara-nos até ali. Pus a mão na testa de Justine. Ela tinha uma leve febre, e seu cabelo estava molhado.

— Veja! — disse a criada, apontando, triunfante.

Ao lado de Justine, na cama, estava uma prova de culpa feita de ouro reluzente.

Meu colar.

— Como o senhor pode acreditar nisso? É um absurdo!

Eu estava segurando o braço de Justine, em um cabo de guerra com o policial. Ele olhava fixamente para o chão.

— Por favor, *mademoiselle*, ela precisa ser levada.

Justine chorava.

— Não entendo, Elizabeth. O que está acontecendo? O que estão falando do meu querido William?

— Você matou meu irmão! — exclamou Ernest, com as costas viradas para a outra parede, olhando horrorizado, cheio de ódio, para a mulher que mais o amava neste mundo. — Você o matou! — Então começou a soluçar e fungar. — Por que você fez isso?

Justine tentou ir cambaleando até ele, balançando tanto que quase caiu. O policial aproveitou-se de sua falta de equilíbrio e puxou-a para longe de mim. Outro policial que eu não conhecia pulou entre nós duas.

— Ela não fez tal coisa! — gritei, tentando tirar o homem de minha frente.

Enquanto minha passagem estava impedida, o outro guarda correu pelo corredor com Justine.

— Ela não sabe dizer qual era o seu paradeiro — falou.

— Ela não está bem! Mal consegue ficar em pé! — argumentei. Então me soltei e fui correndo atrás deles. — Isso é um absurdo! Ela amava o menino!

— William — soluçou Justine, perdendo as forças e caindo no chão. Seu braço estava torcido, porque o policial não o soltara. Um terceiro — de onde saíam todos aqueles homens? Onde estavam quando William corria perigo? Por que agora parecia haver dúzias deles, como se Justine fosse o perigo? — segurou o outro braço de Justine, e os dois continuaram a arrastá-la.

Alguém segurou meu braço, e eu me virei com a outra mão levantada, pronta para atacar.

Era Ernest. Segurei o soco. Ele ainda estava chorando, e vi uma semelhança com Victor em sua expressão tomada pela ira.

— Ela roubou o colar! É uma evidência!

— Isso não é evidência nenhuma, sua criança burra. — Eu me encolhi ao ver a mágoa que se estampou no seu rosto. Fiquei de joelhos e olhei para o menino. Era uma criança, mas, de alguma maneira, eu tinha a sensação de que, se ele acreditasse em Justine, seria uma prova da sua inocência. E eu sabia o quanto ela ficaria magoada se soubesse que Ernest acreditara naquela terrível e falsa acusação. — Justine sabe que eu lhe daria o medalhão, caso pedisse! Não tem motivo para roubar! Ela mora aqui. Poderia ter roubado qualquer coisa quando quisesse.

— Então por que o colar estava com ela?

— Talvez a criada estivesse tentando incriminá-la — disparei. Os homens pararam no corredor. Fiquei em pé para persegui-los e só parei, de súbito, quando um deles entrou na minha frente.

— Por quê? — perguntou o Juiz Frankenstein. — Que motivo a criada teria para fazer isso? Ela amava Justine, assim como todos nós. E ficou

· 192 ·

aqui à tarde, com o cozinheiro. Nenhum dos dois têm motivos para temer uma acusação ou necessidade de procurar alguém para pôr a culpa.

Ernest levantou em um pulo, repetindo como um papagaio o que o policial, que já montava a acusação contra Justine, dissera.

— E por que Justine passaria a noite em um celeiro de fazenda a menos de um quilômetro do local onde William foi assassinado?

— Ela estava doente, em luto pela mãe! Quem há de dizer que é capaz de agir racionalmente quando precisa encarar uma morte na família? Nenhum de vocês é!

Ernest virou as costas para mim, tremendo de raiva.

— Você está defendendo uma *assassina*. Ela matou meu irmão. Também poderia ter me matado.

— Ernest! — gritou Justine. Ele saiu correndo da sala. Os soluços de Justine se intensificaram. — Ernest, por favor! Ele está tão chateado. Onde está William? William precisa de mim. Elizabeth. Por favor. Onde está William? Eu cuido de William enquanto você ajuda Ernest. Por favor, traga William para mim. Ele está bem, sei que está. Tem que estar.

Sacudi a cabeça e cobri a boca para não chorar.

— Elizabeth — Seus olhos estavam loucos e febris. — Por favor. Ajude-me. Diga-me onde está William. Diga por que estão falando... diga que não é verdade.

Só consegui ficar olhando para ela. Vi o instante em que a verdade finalmente atravessou seu delírio. O momento em que Justine finalmente entendeu que William estava além dos seus cuidados, para sempre. A luz de seus olhos, tão frenética, morreu. Ela baixou a cabeça e caiu no chão de mármore.

— Deixem-me ajudá-la! — gritei. O Juiz Frankenstein segurou meu cotovelo com firmeza, e só pude observar os homens levantarem Justine e carregarem-na porta afora. — Deixem-me ajudá-la! Ela é inocente!

Virei-me para meu captor, olhando feio para ele enquanto as lágrimas arrefeciam em meu rosto.

– O senhor sabe que ela é inocente.

O Juiz Frankenstein sacudiu a cabeça.

– Existem evidências tanto a favor quanto contra ela. Precisamos acreditar que o júri dará um veredito justo e íntegro. É tudo o que podemos fazer. Se Justine for inocente, descobrirão. E, se não for... – Ele levantou a mão livre e abaixou em seguida. Poderia ter sido um encolher de ombros, mas parecia o movimento da terrível alavanca que libera o alçapão do cadafalso. – Então eles e Deus garantirão que seja punida.

Empurrei meu braço para a frente e depois para trás, soltando-me do juiz. Saí de casa correndo, mas era tarde demais. Já haviam colocado Justine dentro de um barco e estavam fora de meu alcance. Eu precisava chegar até ela. Corri pelo píer, mas o único barco que restara estava ocupado por um homem que, às vezes, contratávamos para levar-nos.

– Sinto muito – disse, parecendo estar mesmo sentido. – Disseram para não levar a senhorita neste momento.

Soltei um grito animalesco, que o deixou chocado. Depois corri em direção às árvores. Eu sabia qual seria a vontade de Justine. Ela gostaria que eu fosse ficar com Ernest, que cuidasse dele.

E por que eu me importaria com aquele menino? Ele acreditara que Justine era culpada, com evidências mínimas! Como pôde? Como eles puderam?!

As árvores enroscaram-se em mim; seus galhos pareciam garras. Meu vestido não parava de ficar preso, e meu cabelo acabou soltando-se. Corri até chegar ao salgueiro oco onde lera a última carta enviada por Henry. Será que as coisas seriam diferentes se eu não tivesse sido o motivo da partida de Henry? Será que as coisas seriam diferentes se eu não tivesse, de modo egoísta, ido para Ingolstadt atrás de Victor para garantir minha própria estabilidade?

· 194 ·

Aninhei-me dentro da árvore, ardendo de ódio, de culpa e de segredos. O Juiz Frankenstein dissera que a verdade apareceria. Mas como seria possível, já que eu me esforçara tanto para escondê-la?

Acordei assustada. Fui me libertando da árvore, empurrando o corpo contra seus limites. Como pegara no sono? A noite – porque o dia passara por mim sem que eu tivesse consciência dele – era faminta e perversa, e outra tempestade punia a terra por termos fracassado em proteger os inocentes.

Os raios iluminaram meu caminho; a chuva chicoteou meu rosto. Corri na direção de onde acreditava ficar a casa; todo o meu senso de localização estava atortoado, em minha desorientação. Tropecei e caí. Minhas mãos e meus joelhos bateram no chão. Baixei a cabeça. Eu fizera aquilo tudo abater-se sobre nós. Então pegara no sono enquanto minha querida Justine estava em uma cela! Tinha que encontrá-la. Não podia mais ajudar William, mas podia ajudar Justine. Tinha que consertar aquilo de alguma maneira. Porque uma verdade continuava sendo a mesma: se eu não fizesse isso, ninguém mais faria.

Os raios brilhavam. Os trovões ribombavam. Levantei a cabeça.

– Maldito! – gritei para o céu. – Maldito seja por ficar observando sem nunca ajudar! Eu vos amaldiçoo! Eu vos amaldiçoo por ter criado o homem só para permitir que ele destrua os mais inocentes de nós, tantas e tantas vezes!

Um movimento chamou minha atenção e me virei de repente, certa de que era o Juiz Frankenstein e de que ele me ouvira blasfemar. Levantei o queixo, com um ar desafiador.

Mas aquela silhueta mais negra do que a noite não era de meu patrono. Eu me atirei contra ela. Era o homem do necrotério. Eu mesma o mataria, guardando os segredos de Victor, vingando William e libertando Justine.

Algum instinto animalesco freou minhas intenções violentas, e congelei.

Não era aquela doninha em forma de homem que eu conhecera em Ingolstadt.

Morri de medo que um novo um raio reluzisse e revelasse quem era a pessoa que me observava do meio das árvores. Que tinha pelo menos dois metros de altura, uma criatura gigantesca, que não era natural. O medo fez minha fúria esvair-se.

– O que é você? – indaguei.

Eu já vira aquilo antes. Seria uma manifestação da minha culpa? Minha própria perversidade, formulada pela minha mente e projetada na realidade? *Seria* o homem do necrotério, que inchara até chegar àquelas proporções demoníacas por causa do mal que havia nele?

Então, um brilho do mais puro branco revelou o monstro. Aquilo não era uma criatura inventada pelos meus pensamentos. Também não era uma criatura inventada por Deus. Nem meus pensamentos nem Deus poderiam conceber tamanha perversão da humanidade.

Soltei um grito e voltei a correr. Meu pé ficou preso em uma raiz, e tropecei, batendo a cabeça em uma pedra.

A escuridão apoderou-se de mim.

QUINZE

ÓDIO E AMOR
PARA MIM ANÁLOGOS

Sorri quando acordei, arrancada das profundezas de meu sono pelos aromas que me são os mais tranquilizadores do mundo: tinta, couro de encadernação e poeira de pergaminho.

– Victor? – perguntei, já me sentando.

Foi um engano. A dor atravessou-me. Meu estômago revirava-se, e congelei, temendo que, se tentasse fazer mais algum movimento, criaria uma nova inundação de agonia.

Por que minha cabeça doía tanto? O que tinha...

William.

Justine.

E o monstro.

– Victor? – sussurrei.

– Estou aqui.

Ouvi um tomo pesado fechar-se. Então me obriguei a abrir os olhos e vi Victor debruçado por cima de mim, com a expressão enrugada de preocupação e as sobrancelhas unidas.

– Continuamos reencontrando-nos desse modo, acamados. Acretido ser melhor acabarmos com essa tradição agora.

– Quando foi que você...

– Há duas noites. Já tivemos essa conversa. – Ele segurou meu pulso para sentir os sinais vitais, depois pousou a mão no meu rosto. – Três vezes.

Levantei a mão para tocar minha testa, mas Victor pegou-a e segurou-a.

– Você tem um machucado grande e um pequeno corte que, por sorte, consegui costurar eu mesmo. Será fácil escondê-lo debaixo de seu cabelo. O que lhe possuiu para correr pela floresta em meio a uma tempestade?

– Justine.

Tentei sentar-me novamente. Victor suspirou, exasperado, mas amontoou travesseiros atrás de mim e ajudou-me a levantar. Depois de permanecer parada tempo suficiente para a dor baixar a um nível suportável de novo, insisti: – Ernest acha que ela é a culpada, e seu pai não quer intervir! Mas agora você está aqui – falei, fechando os olhos, aliviada.

Victor estava ali. Resolveria aquela situação.

– As evidências são deveras esmagadoras.

Mas eu conseguia perceber, pelo seu tom de voz, que ele não acreditava na culpa de Justine.

– São completamente circunstanciais! Ela passou a noite em um celeiro para proteger-se da tempestade.

– E o colar?

Levantei os olhos para Victor, sem sorrir.

– Você sabe tão bem quanto eu como é fácil posicionar um objeto em um lugar conveniente para incriminar uma pessoa inocente.

Em vez de ficar ofendido, Victor me deu um sorriso arrependido.

– Aquilo foi uma brincadeira. Éramos crianças. E quem poderia desejar o mal de Justine? Você mesma disse que ela é um anjo na face da Terra. Será que tem algum inimigo?

– Não! Nenhum. A única pessoa que a queria mal era sua própria mãe, uma harpia perversa em forma de mulher, que morreu semana passada.

– Bem, isso certamente a coloca acima de qualquer suspeita.

– Victor! – disparei.

Ele me pareceu levemente envergonhado.

– Lamento. Sei que é um momento terrível. Mas não posso negar que estou feliz por reencontrar você. Mesmo nessas circunstâncias.

Soltei um suspiro e fechei os olhos novamente. Em seguida, aproximei sua mão de meus lábios e beijei-a.

– Há... algo que não lhe contei.

– O quê?

– Em Ingolstadt. Fui a alguns endereços que encontrei em seu... – Controlei-me. Fingira que não vira nada no laboratório de Victor. Torci para que ele estivesse tão delirante naquele momento ao ponto de acreditar em minha próxima mentira. – Encontrei um papel em cima de sua escrivaninha. Havia o endereço de um necrotério. O homem que estava lá...

– Deus do céu, você foi até lá? – Victor finalmente parecia horrorizado. – E por que fez isso?

– Ele era terrível! E disse que você lhe devia dinheiro. Tentou agarrar-me. Eu apunhalei seu pulso com meu alfinete de chapéu. É possível que o tal homem tenha me seguido até aqui, visto o colar de ouro no pescoço de William e...

Victor interrompeu-me:

– Esse homem ainda estava em Ingolstadt quando fui embora de lá.

– Como você pode ter certeza?

Victor debruçou-se sobre mim e abriu minhas pálpebras para examinar meus olhos.

– Suas pupilas estão voltando ao normal. Isso é bom. Sei que o homem estava lá porque era uma das dívidas que precisava resolver. Eu lhe contei isso quando você foi embora. Logo, não estava aqui e não devo nada a ele.

Fiquei em dúvida entre sentir-me aliviada, por não ter atraído o assassino até ali, e aborrecida, por não conseguir apontar nenhum suspeito além de Justine.

Victor pôs um dedo no meu queixo e abaixou minha cabeça, para poder olhar a ferida.

– Agora, conte-me o que aconteceu na floresta. Por que você estava lá? O que causou sua queda?

Soltei um suspiro e arrependi-me por estar acordada.

– Fugi porque estava aborrecida com o seu pai e com Ernest, por não terem defendido Justine. E porque não queria comentar que suspeitava do homem do necrotério antes de conversar com você a respeito.

– Fico feliz que tenha esperado. Isso só teria atrapalhado a investigação.

Fiz que sim com a cabeça e, no mesmo instante, lamentei ter realizado esse movimento. Faíscas dançaram no meu campo de visão, fazendo-me lembrar do raio.

– Não era minha intenção permanecer lá fora. Mas peguei no sono e, quando acordei, a tempestade caía com toda a força. Corri para casa, então vi alguém. Alguma... alguma coisa.

A mão de Victor estremeceu. Abri os olhos e vi que ele me fitava intensamente, de olhos arregalados.

– O que foi que viu?

– Você pensará que estou louca.

– Eu conheço a loucura, Elizabeth. Não vejo nenhum traço dela em você. Conte-me.

– Vi um monstro. Parecia um homem, em forma, mas não um homem criado por Deus. Parecia um boneco de barro feito por uma criança, desproporcional, grande demais, pouco natural tanto em sua forma quanto em seus movimentos. Não consigo defini-lo de outro modo que não seja "errado". E acredito que essa não foi a primeira vez que o vi.

– Um monstro – repetiu Victor. – Ele falava devagar, as palavras perfeitamente ritmadas como o *tique-taque* de um relógio. – Você bateu a cabeça *deveras* forte.

Fiz uma careta e argumentei:

– Depois que o vi! E agora tenho certeza de que vi essa coisa observando-me em Ingolstadt, e então novamente, a caminho de casa.

– E você não disse nada?

– Pensei que tivesse sido um sonho.

Se o homem do necrotério jamais estivera ali, então eu sentira outra presença, alguma outra insistente sensação de estar sendo observada, desde Ingolstadt.

– Não faz mais sentido continuar sendo um sonho? Um resultado de seu ferimento e extremo aborrecimento? Quiçá inspirado por algo que você tenha visto... uma imagem? Ou um pesadelo? – Victor falava com cuidado. Escondia algo de mim. Eu podia perceber no modo como olhava para todos os lados, menos para meus olhos.

– Não sou eu que tenho o costume de ter febres delirantes! Nunca sonhei com nada parecido. Como poderia sequer ter conjecturado tamanha...

Interrompi o que eu estava dizendo. Não tivera tempo de juntar uma coisa com a outra. Mas, depois que pude me distanciar do pânico e do terror absolutos de ficar diante daquela criatura, percebi que vira, sim, algo parecido.

Um desenho.

No caderno de Victor.

Saberia ele que eu vira suas anotações? Seria por isso que sugeria que o resultado de minha cabeça ferida fora inspirado por uma imagem?

Ou haveria algum outro motivo para ser tão evasivo?

– Quando você estava doente, quando eu o encontrei – falei, hesitante, tentando separar o que queria revelar e o que queria esconder –, você disse que "funcionou". Que seu experimento funcionou. O que era?

O rosto de Victor se contorceu de raiva por um instante. Encolhi-me toda, e ele me deu as costas, pegou um livro e o colocou sobre a escrivaninha em seguida. Quando, finalmente, começou a falar, sua voz era tão calculada e calma que pude ouvir nela cada hora que eu havia passado ensinando-lhe a controlar-se.

– Não tem importância. O que quer que tenha dito, estava delirando. Nada que fiz em Ingolstadt foi bem-sucedido.

Não quis insistir. Não quis arriscar que Victor tivesse um de seus ataques logo depois de voltar para mim. Mas não podia deixar aquilo passar, muito menos quando Justine estava sob ameaça.

– Você tem certeza? Às vezes, em suas febres, esquece coisas. Coisas que acontecem logo antes de você ficar acamado. É possível que...

Victor voltou a largar o livro, com um suspiro.

– Quero que você descanse. Acredito quando diz que Justine é inocente. Investigarei tudo isso e não sairei dos tribunais até que ela seja libertada. O julgamento começou hoje pela manhã. Agora que você acordou, voltarei a cuidar disso.

– Hoje pela manhã! – falei. Tentei me levantar, mas minha cabeça girava. Eu não conseguia ficar em pé, pois parecia que o quarto rodopiava. Victor levou-me de volta para a cama com gentileza, porém também com firmeza.

– Você não está em condições de comparecer. Pode ficar ainda pior.

— Mas preciso testemunhar a favor de Justine.

Victor sentou-se à escrivaninha e tirou dela uma pena, molhando-a em seguida em meu tinteiro.

— Conte-me o que você quer dizer, e eu apresentarei como evidência de bom caráter.

Seria melhor que eu estivesse lá pessoalmente. Conseguia imaginar-me testemunhando: meu cabelo dourado como uma auréola em volta de minha cabeça. Usaria roupas brancas. Choraria e sorriria exatamente nos momentos certos. Ninguém seria capaz de duvidar de mim.

Entretanto, se eu fosse no estado em que me encontrava, pareceria ensandecida. Victor tinha razão. Eu não podia ajudar Justine desse jeito. Então, abri meu coração na carta. Justine era a amiga mais bondosa, a pessoa mais honesta. Amara William como se fosse seu próprio filho desde o momento em que o conhecera. Nunca uma preceptora preocupara-se tanto com seus pupilos nem tivera tanto prazer em educá-los. Depois da morte de Madame Frankenstein, Justine ocupara seu lugar e tornara-se, para William, a mais bondosa substituta que se poderia imaginar.

— Ah, Victor — eu disse, e minha tristeza competia com a dor. — Ainda nem falamos de William. Lamento.

Ele terminou a carta, depois secou cuidadosamente a pena e colocou-a sobre a escrivaninha.

— Lamento muito que ele esteja morto. É um desperdício, perdê-lo tão jovem. Mas mais parece que aconteceu com outra pessoa. Eu mal o conhecia — disse Victor e depois virou-se, examinando meu rosto em busca de minha reação ou de alguma pista de como a sua deveria ser. — Isso é errado?

Eu o guiara tanto em como reagir às coisas, como modelar suas expressões, como sentir empatia. Mas não tinha nada para oferecer-lhe naquele momento.

— Não existe maneira errada de sentir-se depois de algo tão violento e terrível — falei.

◆ 203 ◆

É claro que Justine tinha desfalecido. Era algo devastador, um sentimento tão forte e grande que parecia... irreal, de certo modo.

– A morte toca cada pessoa de uma forma diferente – completei.

Fechei os olhos. Minha cabeça já doía tanto que eu ansiava por pegar no sono de novo. Victor devia ter razão. Talvez uma combinação da tempestade, do meu aborrecimento e da pancada que levara na cabeça tivessem arrancado seu sinistro desenho de minha memória e o posicionado, com um tamanho aterrorizante, em meus pensamentos. Eu fora, afinal de contas, atormentada por pesadelos a vida inteira.

Só que jamais enxergara tais pesadelos enquanto estava acordada.

– A morte jamais terá permissão para tocar em você – falou.

Victor passou os dedos pelos meus cabelos, espalhados no travesseiro, depois saiu do quarto.

A maioria das noites, quando as crianças à minha volta – com seus joelhos esfolados, seus dentes que me mordiam e seus pés gelados – já haviam adormecido, eu saía da choupana e ia, pé ante pé, até a beira do lago Como.

Fizera uma toca para mim ali, em uma depressão do terreno, debaixo das raízes suspensas de uma árvore gigantesca. Quando entrava nela e encolhia-me, ninguém era capaz de encontrar-me. É claro que ninguém jamais tentou. Se eu tivesse permanecido ali sem jamais ter saído, minha viagem deste mundo para o outro passaria despercebida.

Algumas noites, quando, mesmo em meu coração de criança, eu sabia que aquilo que me fora pedido para aguentar era demais, eu ficava em pé na beira do lago e levantava o rosto na direção das estrelas.

Nada nunca me respondeu. Mesmo em meio às rastejantes criaturas noturnas do lago, eu estava sozinha.

Até conhecer Victor.

...

Na manhã seguinte, acordei cedo, pronta para ir ao julgamento. Victor voltara com um parecer ambíguo. As evidências permaneciam circunstanciais, mas a opinião pública estava contra Justine. Testemunhos da loucura violenta de sua mãe foram dados. Era um histórico familiar que apresentava Justine de modo desfavorável, competindo com meu testemunho a respeito de seu caráter.

– Qual é a opinião de seu pai? – perguntei para Victor.

– Ele insiste que a lei fará justiça. Acho que está abalado sobremaneira pela morte de William e pela potencial traição de Justine para comprometer-se com um dos lados.

Eu não estava abalada sobremaneira. Podia apresentar-me diante de todos eles – do juiz, do júri, dos malditos moradores da cidade –, obrigando-os a enxergar que Justine era incapaz de cometer tal ato. Se, ao menos, tivesse um suspeito para apresentar-lhes além de meu monstro de pesadelo. Gostaria que ele fosse real, que eu encontrasse alguma evidência de sua existência.

Que dias mais sombrios e sinistros, aqueles em que minhas esperanças dependiam da existência de um monstro!

Abri a porta de meu quarto e encontrei Victor, com a mão levantada, prestes a bater.

– Estou pronta – falei.

Minha cabeça ainda doía violentamente, mas eu conseguia andar sem perder o equilíbrio. Meu aspecto pálido apenas enalteceria o rosado de minhas bochechas e o azul de meus olhos. Eu seria a testemunha perfeita.

– Leve-me para o julgamento.

O semblante de Victor estava pesado; seus olhos, pesarosos.

– Acabou.

– Por quê? Não podem ter tomado uma decisão ainda!

– Não precisaram tomar. Justine confessou.

Fui cambaleando para trás.

– O quê?

– Ontem à noite. Confessou o assassinato. Será enforcada amanhã.

– Não! Não pode ser. Ela não é culpada. *Sei* que não é.

Victor balançou a cabeça. O tom e a intensidade de minha voz aumentavam, mas os seus permaneciam calmos e firmes.

– Eu acredito em você. Mas não há nada que possamos fazer agora.

– Podemos falar com ela! Obrigá-la a retratar-se!

– Já conversei com meu pai. A corte não aceitará uma retratação a essa altura. Quando alguém faz uma confissão, ela é admitida como prova irrefutável.

Um lamento rasgou meu peito, e atirei-me nos braços de Victor. Eu só imaginara ter de lutar para limpar o nome de Justine. Não *isso*.

– Não posso perdê-la. Por que confessou? Preciso vê-la. Agora.

Victor saiu de comigo e ajudou-me a entrar no barco. A travessia do lago foi uma agonia: minha dor de cabeça aumentava a cada movimento, a cada onda. Enquanto corríamos por Genebra, tive certeza de que cada janela continha o rosto de alguém que queria ver Justine pagar por um crime que ela jamais cometeria. Tive vontade de atirar pedras em todos os vidros. Arrancar os vasos de flores coloridas. Queria queimar a cidade inteira até não sobrar mais nada. Como puderam ser incapazes de enxergar inocência?

E como Justine pôde ter se declarado culpada?

Quando, finalmente, chegamos à sua cela, eu a encontrei em um estado lastimável. Usava os trajes pretos do luto. Seu cabelo castanho, sempre tão bem preso, estava caído na altura dos ombros, todo emaranhado. Justine estava encolhida em cima de uma cama de palha, com os calcanhares e pulsos algemados, presos a longas correntes.

– Justine! – gritei.

Ela se levantou imediatamente e atirou-se aos meus pés. Caí de joelhos no frio chão de pedra e puxei-a para perto de mim. Afaguei seu cabelo, e meus dedos ficaram presos nos nós.

– Por que, Justine? Por que você confessou?

– Lamento. Sei como isso deve tê-la ferido, e sou eu quem lamenta mais do que todos. Mas precisei.

– *Por quê?*

– O interrogador... permanecia aqui sempre que eu não estava na corte, fazendo ameaças, gritando, berrando as mesmas coisas que minha mãe dizia. E não havia ninguém aqui para defender-me. Comecei, em meu desespero, a temer que minha mãe sempre tivera razão. Que eu era uma moça demoníaca, que eu era maldita. O interrogador disse que, se eu não admitisse meu crime, seria excomungada, que o inferno se apossaria de minha alma para sempre! Falou que minha única esperança era fazer o bem em nome de Deus. Então confessei. E foi uma mentira, o único pecado que pesa sobre mim. Para evitar a danação eterna, cometi o único crime de minha vida. Ah, Elizabeth... Elizabeth, lamento.

Justine começou a chorar, e eu a abracei.

– Victor – falei, levantando os olhos para ele. – Certamente essa confissão não pode ser admitida.

Ele nos dera as costas para que tivéssemos privacidade. E não se desvirou, mas falou baixo:

– Lamento. Não há nada que possa ser feito.

– Eu irei contra eles, então! Farei tudo o que for necessário! Não permitirei que você seja enforcada. Está ouvindo, Justine?

Ela se acalmou um pouco e levantou o rosto. Estava marcado pelas lágrimas, mas seus olhos estavam límpidos e lúcidos.

– Não tenho medo de morrer. Não quero viver em um mundo onde demônios podem levar uma inocência tão bela e perfeita sem serem punidos. Acho que prefiro assim... ir ao encontro do meu querido e doce William, para que ele não fique sozinho.

Sua resignação absurda inflamou minha alma. Justine fora tão convencida da própria perversidade por sua mãe cruel e depravada que permitira que um homem a induzisse a confessar uma falsa culpa, simplesmente em nome do bem de uma alma invisível!

Eu perderia minha querida Justine *a troco de nada*. Perderia a única pessoa que procurei salvar durante uma vida inteira tentando garantir, de modo egoísta, minha própria salvação. A única pessoa que eu amava porque me fazia feliz, não porque minha segurança dependia dela. E Justine morreria porque eu decidira ajudá-la naquele dia, nas ruas de Genebra.

— Não posso viver neste mundo de infortúnio — falei, e as palavras saíram duras da minha garganta.

— Não! — Justine segurou meu rosto entre suas mãos, e o ferro gelado de suas algemas roçou meu maxilar. — Minha querida Elizabeth. Minha amada. Minha única amiga. Viva e seja feliz. Preste honras a mim dessa maneira. Lembre-se de mim tendo a vida que eu sonhei para você, a vida que você merece.

Eu não merecia nada disso.

— Precisamos ir embora — disse Victor, fazendo sinal com a cabeça para o guarda.

— Não — urrei.

— Vá. — Justine se afastou de mim, sorrindo. Um raio de luz vindo da janela a iluminou por trás, fazendo-a parecer o anjo que eu sempre soube que ela era. — Não estou com medo. Por favor, não apareça amanhã. Não quero que você veja. Prometa.

— Prometo impedir que isso aconteça. Refrearei essa punição.

Justine tremia.

— Por favor, é tudo o que lhe peço. Por favor, prometa que não estará ao pé da forca.

— Não assistirei a isso.

Eu não queria dizer aquelas palavras, não conseguia dizê-las. Se concordasse com Justine, estaria concordando que aquilo aconteceria. E isso eu jamais poderia fazer. Mas a dor e a necessidade estavam tão estampadas em seu rosto que eu não podia negar-lhe aquilo.

— Prometo — sussurrei.

— Obrigada. Você me salvou.

Ela sorriu, e continuei olhando para trás enquanto o guarda escoltava Victor e eu para fora dali. Finalmente, viramos no corredor, e meu anjo saiu de meu campo de visão.

O juiz não quis receber-me.

O Juiz Frankenstein não quis intervir.

Minha agitação era tanta que, na manhã seguinte, a família Frankenstein mandou levar os dois barcos para o outro lado do lago, para que eu não pudesse ir até a cidade e tomar alguma atitude "da qual poderia me arrepender". Victor tentou ficar em casa, mas gritei para que fosse, já que não podia salvá-la. Já que não podiam salvá-la, deviam testemunhar aquilo.

Eu estava sozinha.

Andei até a beira do lago e caí de joelhos. Em seguida, levantei o rosto para o céu e gritei. Gritos de raiva, de desespero e de uma solidão intolerável.

Em algum lugar ali perto, uma criatura respondeu às minhas preces. Eu não estava sozinha. O outro grito continha um entendimento vindo do fundo da alma, que me deixou quase sem ar.

Eu me encolhi e chorei até perder os sentidos.

DEZESSEIS

ENTÃO, ADEUS, ESPERANÇA

A LOUCURA DO LUTO roubou-me uma semana. Eu não queria ver nem falar com ninguém. Odiava todos por estarem vivos enquanto Justine havia morrido. Por serem homens e por serem incapazes de salvar a vida dela.

A morte de William fora uma tragédia.

A morte de Justine fora uma farsa.

Quando finalmente saí do quarto com força suficiente para, pelo menos, fingir que não odiava todo mundo naquela casa, encontrei Ernest fazendo as malas.

– Aonde você vai? – perguntei, apesar de não me importar com a resposta.

– Para uma escola em Paris. Papai acha melhor eu ficar longe por um tempo.

Seus lábios tremeram, e ele lutava para parecer corajoso. Tinha perdido tanto em sua curta vida: a mãe, o irmão mais novo e, então, a preceptora que amava e em quem confiava. Queria poder consolá-lo insistindo mais uma vez na inocência de Justine. Mas isso teria ajudado?

O menino poderia ter um ataque de raiva em razão da suposta traição cometida por alguém em quem confiava, ou um ataque de desespero, por ter sido traído pelo mundo inteiro, que fora incapaz de protegê-la, sendo inocente.

Era mais fácil ter raiva do que se desesperar.

– Onde está Victor?

– Não sei e não me importo – disparou Ernest, com os olhos cheios de lágrimas.

Se eu fosse como Justine, teria corrido até ele. Abraçado e consolado o menino como uma mãe faria.

Se eu fosse como Justine, também estaria morta?

Afastei-me, deixando que Ernest encontrasse seu próprio caminho para atravessar aquele luto. Certamente, ou não seria capaz de guiá-lo, já que meu próprio luto seguia meus passos, ameaçando erguer-se e estrangular-me.

Encontrei Victor em seu quarto. Estava andando de um lado para o outro, resmungando sozinho. Antes de perceber que eu estava ali, abriu, fechou e atirou diversos livros. Estava agitado, com os olhos vermelhos acentuados por suas olheiras.

– Victor? – chamei.

Ele se virou, dando um pulo, como se esperasse um ataque.

– Elizabeth. – Victor respirou fundo, fechou os olhos e tentou livrar-se de um pouco da tensão que eu ainda conseguia ver em todo o seu corpo. Tremeu, sacudindo as mãos. Então abriu os olhos e olhou para mim de verdade. – Lamento.

Não conversávamos desde a execução de Justine.

– Eu sei. – E eu realmente sabia. Victor fora o único que permanecera firme ao meu lado, acreditando na inocência de Justine, apesar de mal conhecê-la. – Você viria comigo visitar o túmulo de Justine hoje?

Ele se encolheu todo e respondeu:

– Não existe túmulo algum.

– Quê?

– Eu ofereci dinheiro, mas ela morreu como uma assassina condenada. Não quiseram enterrá-la em solo sagrado.

Meu coração partiu-se novamente. Eu sabia o que uma coisa daquelas significaria para Justine. Ela vivera em um constante esforço para ser correta aos olhos de Deus. Até morrera por causa disso.

– O que fizeram com o corpo?

– Foi cremado. Não quiseram entregar-me as cinzas.

Fechei os olhos e balancei a cabeça, atirando essa injustiça no mar de horrores em que já estava me afogando.

– Estive pensando... – disse Victor. Depois passou a mão no cabelo. Não parava de olhar para a janela, procurando algo do lado de fora ou querendo, ele mesmo, estar lá. – Mas não consigo pensar aqui, dentro desta casa. Farei um passeio pelas montanhas. Talvez fique fora um ou dois dias. Por favor, não se preocupe. Espero que, preso no majestoso abraço das montanhas, encontre alguma clareza.

Queria que Victor estivesse ali para me consolar, mas não sabia ser consolada. Então balancei a cabeça e saí de sua frente. Ele carregava uma pasta de couro.

E não tinha cheiro de tinta e papel.

Naquela tarde, perambulei por fora da casa, olhando feio para ela. Eu oferecera aquele lugar a Justine, como se fosse um refúgio. Eu a traíra.

Eu a traíra.

Um punhado de violetas crescia debaixo da janela do quarto de Victor. Justine sempre adorara violetas. Pisei em cima das outras plantas para alcançá-las. Se era para arrancá-las ou admirá-las, eu ainda não decidira. Mas parei quando algo chamou a minha atenção. Debaixo da janela do quarto, havia pegadas. Como estava usando botas, deslizei um dos pés para dentro daquela depressão na lama.

A pegada, facilmente, possuía o dobro do tamanho de meu pé: era maior do que qualquer pé que eu já vira. Não havia nenhuma marca de sapatos ou botas, tampouco de dedos. Eu poderia pensar que algo fora jogado ali, mas a localização era a mesma, exatamente, como se alguém houvesse parado debaixo da janela de Victor, olhando para dentro, como eu fazia.

Eram pegadas, mas grandes demais. Muito além de grandes demais.

Monstruosas.

Voltei correndo para dentro de casa. O Juiz Frankenstein andava a esmo pelo primeiro andar. Com a camisa para fora da calça e o cabelo arrepiado na nuca.

– Por acaso você viu minha pistola? – perguntou. – Eu queria sair para atirar e não consigo encontrá-la em lugar algum.

Victor. A pasta que levava quando saiu de casa.

Uma ansiedade crescente apertou-me com a intensidade de um torniquete. Eu *não* imaginara o monstro que vira na floresta. E Victor também o vira. Não disse nada... não podia dizer! Contudo, se o monstro estivera ali...

William.

Era por isso que Victor tinha tanta certeza da inocência de Justine! Eu o odiava e tinha pena dele na mesma medida. Eu escondera minhas próprias suspeitas para evitar revelar segredos. E *minhas* suspeitas recaíam sobre um homem de verdade. Quem poderia apresentar-se diante de um juiz e de um júri e alegar que um monstro assassinara a criança? É claro que Victor não poderia dizer a verdade. Mesmo conhecendo sua genialidade, eu também pensara que ele estivesse louco ao ver suas anotações. Ateara fogo a um prédio para impedir que o mundo o julgasse mal.

• 213 •

E, se eu me sentia culpada, mal podia imaginar como ele se sentia. Porque, se eu tivesse razão, se houvesse realmente um monstro, sabia qual era a sua origem. Por que ele quis encontrar-nos. Por que fizera mal a nós, dentre tanta gente que há no mundo.

Ele me seguira aquele tempo todo? Lembrei da coisa que rolou pelo duto quando incendiei o prédio. Da porta aberta. Eu quase matara a coisa naquele momento. Estava certa disso. Quem dera tivesse conseguido!

Como ele pôde encontrar-me no pensionato, isso eu não conseguia...

O cartão! Eu fizera cartões com o endereço do pensionato. Um deles caíra perto da porta do laboratório de Victor e, na pressa, não o havia pegado. Poderia uma besta saber ler, quando tantos homens não sabem? Se pudesse, eu atraíra o monstro diretamente para mim.

E, então, ele havia me seguido até a mansão Frankenstein.

Ainda que Victor o tivesse criado, fora eu quem o trouxera para nossa casa. E Victor saíra, sozinho, em direção às montanhas. Levando uma pistola. Estava tentando resolver isso, proteger todos nós. Mas eu vira o monstro. Victor não conseguiria derrotá-lo.

Eu estava prestes a perder meu Victor também. Era mais do que podia aguentar. Peguei uma capa – a de Mary, mais uma lembrança de Ingolstadt e de toda a tragédia que se abatera sobre nossas cabeças –, escolhi a faca mais afiada que havia na cozinha e saí correndo pela trilha que levava às montanhas.

Não parei para questionar. Sabia que poderia estar enganada. Até rezava para estar. Torcia para encontrar Victor sozinho nas montanhas. Torcia para que meu machucado na cabeça estivesse me levando a conclusões absurdas e até risíveis. Torcia para que, em meu desejo de vingança, estivesse inventando um monstro, enquanto tudo era apenas obra de um homem desconhecido.

Eu não me importava. Não correria esse risco.

O monstro – se realmente existisse – nunca mais roubaria outra pessoa amada de mim.

Fazia um frio inclemente, apesar do sol de verão. Quanto mais subíamos pelas montanhas, mais perto ficávamos de suas planícies glaciais. Grandes camadas de gelo estendiam-se por quilômetros e quilômetros. Ancestrais e tão compactadas que as rachaduras eram do mais escuro azul. O terreno era traiçoeiro e escorregadio, capaz de matar montanhistas desavisados. Victor e eu éramos proibidos de nos aventurarmos tão longe quando éramos crianças.

Mas não éramos mais crianças. Eu estava prestes a fazer 15 anos, e Victor e Henry tinham quase 17. Justine, que estava conosco havia um mês, completara 17 no dia anterior. Apesar de ela ter tentado esconder seu aniversário, eu não quis saber de passar a semana toda fazendo o que sempre fazíamos. Depois de muito implorar à Madame Frankenstein, tive permissão para realizar um passeio especial de um dia pelas geleiras.

Acordamos antes de amanhecer, organizando uma excursão de quatro amigos. Henry e Justine davam-se bem. Apesar de Justine ser calada e tímida, o desembaraço de Henry e sua conversa alegre fizeram-na relaxar, até chegar a um ponto em que os dois gargalhavam.

Observei a dinâmica entre Justine e Henry com atenção, sempre de olho no futuro. Victor caminhava rápido e sem parar, como se aquele passeio fosse algo a ser completado, e não aproveitado. Eu ria dele, pegava na sua mão e saltitava alegremente ao seu lado até ele sacudir a cabeça, exasperado. Mas consegui arrancar-lhe um sorriso e ele relaxou.

A caminhada pelos vales até as geleiras levou toda a manhã e uma parte da tarde. Paramos com frequência para admirar as belas cascatas, para mordiscar a comida que levávamos ou para descansar. O dia estava tão lindo quanto qualquer outro que eu vivera. O azul do céu, o azul-escuro das geleiras, o tamanho imponente das montanhas e a dimensão de sua majestade também me permitiam sair um pouco de minha constante preocupação e simplesmente ser. Pela primeira vez, compreendi verdadeiramente o significado da palavra "sublime".

Apesar de termos de voltar para casa ao cair da noite, acabamos nos demorando, porque todos detestavam a ideia de abandonar a alegria e a liberdade de nossa pequena excursão.

Foi um erro. A luz esvaiu-se mais rápido do que prevíramos. E, ao vê-la ir embora, tivemos certeza de que não poderíamos percorrer a traiçoeira planície glacial no escuro.

– Ali! – disse Justine, apontando.

Uma silhueta escura destacava-se na brancura da planície. Fomos até ela, escorregando e deslizando. Deveríamos ficar com medo, mas não conseguimos ficar. Eu me sentia segura com Victor, Henry e Justine. Tinha certeza de que ficaríamos bem.

A silhueta revelou-se um antigo casebre, e não conseguimos adivinhar seu propósito. Mas, lá dentro, havia uma pilha de lenha empoeirada e um fogão amassado. Encantados com a nossa súbita sorte – "divina providência", como definiu Justine – acomodamo-nos ali para passar a noite.

Ninguém dormiu. Sentamos, encostando os ombros uns nos outros e esticando as pernas no chão, quase tocando a outra parede. Justine ficou à minha esquerda, Victor à direita e Henry depois dele. Eu estava com as três pessoas que mais amava.

As únicas três pessoas que amava, se fosse para ser sincera.

A noite foi fria e longa e, mesmo assim, de certa forma, a mais clara e quente que já vivi. Pela manhã, descemos aos trancos e barrancos pela montanha, com fome e zonzos por não termos dormido, rindo de nossa desventura. Fora um dia sem medo, um dia sem estudos. Um dia sem fingimento. Eu levava aquele dia no meu coração, muito bem guardado, onde ninguém mais poderia tocar.

À medida que a tarde foi passando vagarosamente, fui ficando desesperada para alcançar Victor na montanha. Odiava o fato de estar lá em cima sozinha, em uma missão tão sombria e apavorante. Todas as minhas lembranças felizes do dia em que passeamos foram substituídas pelo frio, pelo pavor e por uma ardente raiva.

Passaram-se horas, e não encontrei uma pegada sequer. Estava prestes a voltar quando ao longe, na geleira, vi uma silhueta movimentando-se mais rápido do que seria possível naquele terreno mortal. Escondi-me atrás de uma enorme rocha incrustada no gelo. Meu coração batia acelerado. Eu estava dividida entre gritar e dar risada. Foi difícil conter minhas emoções delirantes.

Era o monstro.

Não havia outra explicação. E, apesar de minha alma gelar só de pensar na existência de tal criatura, aquilo também significava que eu não sofrera de alucinações e que Justine era, sem sombra de dúvida, inocente. Pois eu não questionava que aquela coisa, aquela criação profana, houvesse matado William.

Apertei a faca — então todo o meu hesitante triunfo por ter razão despedaçou-se ao meu redor, como o gelo que cai pela calha de uma casa. Se o monstro conseguia movimentar-se daquela forma ali — e era tão alto e poderoso quanto eu vira — o que eu poderia fazer com aquela faca de cozinha?

O zelo que eu tivera ao proteger Victor não fora acompanhado de bom senso em igual medida. Eu deveria ter contado a seu pai. Deveria ter alertado a cidade, reunido uma milícia, com espadas e tochas. Até um ancinho seria uma arma melhor do que minha pobre faquinha.

Olhei ao redor e observei o monstro aproximar-se e então parar. Apesar da velocidade de seus movimentos, havia algo de desajeitado e inepto nele. Seus pés não se dobravam como deveriam. Corria apoiado nas plantas dos pés, como um animal. Suas rótulas eram muito altas;

o fêmur, muito curto. Os braços também não se movimentavam naturalmente com o restante do corpo e permaneciam parados dos lados enquanto as pernas faziam todo o esforço.

Tremi só de pensar na aparência do monstro de perto, à luz do dia — o que o ver em toda a sua verdade poderia revelar. Como Victor pôde ter criado tal coisa? Quão fundo devia ter mergulhado em sua própria mente torturada para sequer tê-lo concebido?

Como se fosse invocado por meus pensamentos, Victor aproximou-se do monstro. Este permaneceu parado, esperando por ele, deixando que cruzasse o gelo com dificuldade. Tive vontade de pular de meu esconderijo. De gritar para Victor atirar daquela distância. Mas ele era mais sensato do que eu. Pistolas funcionam apenas à queima-roupa; precisão e poder foram trocados por conveniência e discrição.

Tremi, esperando que o monstro atacasse. Imaginando como poderia ajudar se a criatura fizesse isso.

Só que permaneceu parada enquanto Victor caminhava até ela. Ele gritou, e o vento tornou suas palavras ininteligíveis. Eu conseguia enxergá-lo gritando, enfurecido com o monstro. Por que simplesmente não atirava?

Mas... o que uma bala poderia fazer contra o corpanzil maciço daquela coisa? Mesmo que ficasse ferido, Victor não seria páreo para ele. Não era mais inteligente do que eu, que pegara uma faca. Aparentemente, Victor chegara ao mesmo veredito inútil. Parou de gritar e mudou de posição, virando de costas para o monstro. Sem dúvida, não era capaz de suportar a visão.

Depois de passar diversos minutos desse modo — Victor parecia movimentar-se de vez em quando, balançando ou sacudindo a cabeça como se os dois estivessem conversando —, os ombros de Victor encolheram-se. Ele esfregou o rosto, passou a mão nos cachos castanhos. Depois apontou para longe, para a montanha, e baixou a cabeça.

O monstro... foi embora.

A coisa virou-se e saiu a galope, subindo pela planície congelada, vencendo em poucos minutos uma distância que eu levaria uma hora para percorrer.

Com os ombros ainda encolhidos, Victor começou a empreender a longa e vagarosa caminhada em direção à casa. O que eu acabara de testemunhar? O que havia ocorrido entre o homem e o monstro? O que quer que fosse, tive certeza de que Victor não ganhara.

Não tentei chegar ao pé da montanha antes de Victor. Certa de que ele não iria ao meu quarto naquela noite, deixei que tivesse bastante vantagem e depois desci. Meu corpo todo tremia, de frio e exaustão. Mas meu cérebro ardia de perguntas. Pela manhã, confrontaria Victor.

Conheceria a verdade.

Durante toda a nossa vida, eu jamais pressionara Victor para contar-me uma história até o fim. Permitira que mantivesse sua dignidade, permitira que se abrigasse na dádiva de minha graça. Mas, dessa vez, não poderia fazer isso. Muito menos depois do que vira. Para protegê-lo, precisava conhecer toda a verdade.

Qualquer que fosse o poder que o monstro exercesse sobre ele, eu descobriria para poder derrotá-lo e libertar Victor.

E então eu mataria a criatura.

Caí na cama logo antes de amanhecer, com o maior cansaço físico que já sentira na vida. Quando acordei, à tarde, vesti-me toda de branco. Era meu uniforme. Meu figurino, como Elizabeth de Victor. Queria lembrá-lo de quem eu era – de que era sua, de que sempre fora sua, e que ele podia confiar a mim qualquer segredo terrível do qual estivesse tentando proteger-me.

Quando desci para a sala de jantar, encontrei apenas o Juiz Frankenstein.

– Onde está Victor? – perguntei.

Ele levantou os olhos de seus papéis. Reconheci algumas das folhas de Monsieur Clerval. O Juiz Frankenstein escondeu-as debaixo de um caderno envolto em couro.

– Victor pediu-me que lhe entregasse isto – ele falou.

E então me estendeu uma carta lacrada com cera, escrita com a letra espremida e eficiente de Victor. Abri a carta e sentei-me na cadeira, magoada e em choque.

Victor fora embora.

PARTE TRÊS

LONGA E ÁRDUA

É A TRILHA

QUE DO INFERNO

À LUZ LEVA

DEZESSETE

EM QUE DIREÇÃO
DEVO VOAR

Desci do navio. A travessia até a Escócia pela costa da Inglaterra fora dura e bravia como a noite à nossa volta. O vento tentava arrancar meu véu negro, como se exigisse que eu revelasse quem eu era e quais eram as minhas intenções.

Eu o prendi no lugar com mais firmeza.

– Madame? Seu baú chegou. Deseja que eu chame uma carruagem? – perguntou um carregador baixinho e corcunda.

– Sim, obrigada.

Fiquei esperando, com as mãos postas em frente ao meu vestido negro, em um gesto de decoro. Uma carruagem aproximou-se, sacolejando. Meu baú foi carregado, e acomodei-me na parte de trás do veículo.

– Qual o destino, madame? – indagou o carregador, fechando a portinhola.

– Inverness – respondi.

– Tão longe? A madame não gostaria de passar a noite aqui e partir pela manhã?

– Não gosto de ser questionada.

Minha voz foi tão fria quanto a primavera escocesa.

O carregador, devidamente castigado, balançou a cabeça e passou minhas instruções para o cocheiro. Eu estava a caminho. E fora muito mais fácil do que eu imaginara.

Minha querida Elizabeth,

Lamento muito a ter abandonado tão pouco tempo depois de nos reencontrarmos. Não faria isso em nenhuma outra circunstância, mas há uma complicação de meu passado que exige ser resolvida.

Irei para a Inglaterra e lá estudarei. Também espero encontrar Henry. Se Henry ainda for recuperável, farei tudo o que estiver ao meu alcance para recuperá-lo de volta para você. Eu o odeio. Sempre odiarei. Mas, talvez, tenha cometido um erro ao bani-lo de nossas vidas.

Quando, finalmente, resolver essa minha questão, voltarei para você. Espero que de modo triunfante, sob todos os aspectos. E, então, nossa vida juntos poderá realmente ter início, como sempre deveria ter acontecido.

Com toda a afeição de minh'alma,
Victor Frankenstein

– Menino tolo – resmunguei, encostando a cabeça na dura madeira da parte de trás da carruagem.

Peguei meu caderno e guardei a carta dentro dele. Ao lado dessa, estavam as demais cartas que chegaram antes que eu partisse. E eu tomara nota de tudo de que eu sabia e suspeitava.

Victor havia, com certa combinação de genialidade e loucura, criado um monstro com pedaços de cadáveres.

Tal monstro me seguira até a casa, em busca de vingança.

Matara William.

Incriminara Justine.

De alguma forma, ameaçara Victor. Tanto que ele fugira imediatamente.

Eu só podia presumir que eu havia sido o objeto de tal ameaça. O monstro tivera diversas oportunidades de me matar ou de criar alguma armadilha que levasse à minha destruição. E, ainda assim, apesar de eu até ter ficado frente a frente com ele, na floresta, jamais encostara em mim. Isso significava que era capaz de atingir níveis mais elevados de pensamento. De planejamento. De sutis tramas de vingança.

E, claramente, ainda queria algo de Victor. E haveria melhor maneira de convencê-lo a fazer o que queria demonstrando sua capacidade de destruir quem quer que fosse, a qualquer momento, depois ameaçando fazer isso comigo se Victor não atendesse às suas exigências terríveis?

Ah, nobre Victor!

Ah, parvo Victor.

Fugir para esse lugar para afastar o monstro de mim. Ficaria, mais uma vez, sozinho e sem ninguém para cuidar dele, sujeito não apenas aos monstros dentro de sua cabeça mas também ao monstro que estava à sua caça! Pensou que estava me protegendo, mas era ele quem precisava de proteção.

A carruagem passou pelos prédios encardidos das docas, que mal paravam em pé. Pessoas movimentavam-se na escuridão. Algumas, de modo furtivo, deixando transparecer seu medo. Outras, de modo agressivo, rondando à noite como se fossem predadores. Outras ainda a esmo, anônimas e vulneráveis no escuro. Um monstro poderia estar andando entre elas e jamais saberiam. Assim como eu poderia me vestir de viúva e, de súbito, ficar livre para me movimentar de modo invisível pela sociedade.

Foi necessário mais do que isso, é claro. Vendi todos os presentes que a família Frankenstein já me havia dado e também algumas coisas que, provavelmente, não tinha o direito de vender. Quando o Juiz Frankestein se deu conta de que eu estava aprontando alguma coisa, eu já estava bem longe.

Para qual tipo de ira eu voltaria, não sabia. Tampouco me importava. O Juiz não era responsabilidade minha. Victor era a única pessoa amada que me restara. Eu não permitiria que o monstro ficasse com ele.

No baú, levava minhas economias, meu próprio conjunto de pistolas e minhas roupas de viúva. Sabia que o monstro temia o fogo – fugira do prédio em chamas. Eu encontraria Victor e, então, projetaríamos uma armadilha para queimar aquela coisa infernal e apagá-la da face da Terra.

Reli a próxima carta, mesmo sabendo-a de cor àquela altura.

Minha querida Elizabeth,

Londres é uma cidade tétrica, e odeio suas construções saturadas de fumaça e suas calçadas saturadas de dejetos. Henry esteve aqui, mas já foi em direção ao norte: mudou-se para Glasgow. Provavelmente, para perambular pelas highlands, declamando poesia e chorando. Eu expressaria o quanto acho tudo isso sem sentindo. Mas, sem dúvida, você, que tão bem conhece meu coração, pode adivinhar e emular o que eu escreveria. Economizarei a tinta.

*Meu próprio problema ainda é um grande
fardo que carrego. Achei Londres populosa demais,
pululante demais de vidas malditas para conseguir
concentrar-me aqui. Irei para a Escócia atrás de
Henry e lá, espero, poderei ficar livre de minhas
responsabilidades – tanto as minhas quanto as
que tenho para com ele –, alcançando resultados
satisfatórios.*

*Com toda a afeição de minh'alma,
Victor Frankenstein*

Só paramos para dar de beber aos cavalos. O grosseiro cocheiro – em um inglês que eu mal conseguia entender, apesar de meu extenso conhecimento da língua – ficou insistindo que não tinha o costume de levar mulheres por aí no meio da noite. Então lhe prometi uma compensação generosa. O que, visivelmente, melhorou seu humor.

Avançamos deveras rápido. O interior do país, iluminado pelo luar, era repeto de montes suaves. Senti falta da segurança das montanhas, aquela definição firme e acidentada do horizonte. Ali, os montes se espalhavam até ficarem encobertos pela escuridão – ou pela distância. Eu me sentia exposta e desprotegida. Talvez isso explicasse a agressividade militar por parte daquele minúsculo país insular: como não conseguiam sentir os limites de seu território, estavam sempre tentando se expandir.

Eu perdera tanto tempo nos preparativos para sair à caça de Victor! A maior parte de minha viagem até ali – percorrendo rios e atravessando o continente até encontrar um navio que me levasse ao litoral da Escócia – levara uma quinzena. Uma quinzena que passei agonizando, à espera, esmiuçando as anotações de meu diário, revendo o que sabia e o que suspeitava saber. Sem nunca escrever o que eu mais temia, como se traduzi-lo no papel tivesse o poder de torná-lo verdade.

A última carta que recebi – e eu torcia para que nenhuma houvesse chegado desde que eu fora embora – guiou meu roteiro.

Minha querida Elizabeth,

Escrevo para lhe dar más notícias. Encontrei Henry em Inverness. Mal pude reconhecê-lo.

Não poderemos reconciliar-nos nesta vida. Virei-lhe as costas para sempre. Lamento muito. Eu poderia, talvez, ter-me esforçado mais, por você. Aluguei um casebre nas redondezas para poder terminar meus próprios estudos.

Aqui é frio e escuro, com um vento eterno e maldito. Mas, por você, eu enfrentaria qualquer coisa. Sinto como se você estivesse comigo, ao meu lado. O tempo que passo aqui é a mais pura agonia. Sou assombrado pelos fracassos do passado, que sussurram no meu ouvido à noite e atormentam meus sonhos. Não fracassarei novamente. Sempre protegerei você.

Com toda a afeição de minh'alma,
Victor Frankenstein

Cheguei a Inverness logo antes do amanhecer, cedo demais para me aventurar a sair. Um quarto individual aconchegante me foi garantido ao acordar um raivoso dono de hospedaria, e fiquei sentada perto da lareira, aliviada por estar entre quatro paredes de pedra, mas, ainda assim, sentindo os movimentos das carruagens e barcos.

As chamas iluminavam as palavras de Victor enquanto, mais uma vez, eu examinava as três cartas que chegaram às minhas mãos antes de minha partida. Eu já havia demorado tanto! Torci para estar no lugar certo. E torci para não perder a coragem. Encontraria Victor no dia seguinte. Temia e esperava – em igual medida – que fazer isso significasse também encontrar o monstro.

DEZOITO

SEUS FUNESTOS ELEMENTOS
PARA CRIAR OUTROS MUNDOS

CHEGUEI A PENSAR EM também procurar Henry, mas ele não estava sob a ameaça do monstro. Era um dos benefícios de ter-se afastado de nós: a criatura não tinha motivos para procurá-lo, nenhum propósito para transformá-lo em alvo. Eu desejava, do fundo do coração, que algum dia Henry voltasse a reconciliar-se conosco. Mas, por enquanto, estava a salvo, e isso era o suficiente para mim. E também, felizmente, não sabia da morte de Justine. Invejava-o por isso.

Será que invejava mesmo? Será que preferia saber que ela se fora da face da Terra ou ter a falsa crença de que Justine estava bem?

Pensei que preferia acreditar que Justine estava bem a saber da verdade. Mas não podia dar-me a esse luxo.

Sendo assim, minha primeira parada foi na agência de correio local. Era uma encantadora construção de pedra à sombra do castelo de Inverness. Se estivesse ali em férias, teria ficado encantada com a paisagem e reservado a manhã para passear e explorar o lugar. As construções ali eram, quase todas, de pedra escura com telhados de palha. Em vez dos jardins cuidadosamente cultivados de Genebra, os quintais abrigavam um alvoroço de trepadeiras.

Mas eu não estava em férias e sequer pousei os olhos no castelo. O carteiro já estava acordado, organizando suas entregas, quando entrei.

– Pois não... – disse. Então ficou em silêncio um instante, espiando para tentar enxergar através de meu véu e adivinhar minha idade. Sem conseguir, completou: – ... madame?

– Recebi uma carta de meu primo, Victor Frankenstein, onde consta Inverness como seu endereço mais recente. Temo ter notícias terríveis, da espécie que é melhor transmitir pessoalmente. O senhor poderia dizer-me onde encontrá-lo?

Ele coçou a cabeça, levantando o quepe.

– Bem, isso é *mesmo* estranho. Estava, ainda agora, reunindo toda as cartas do senhor Frankenstein para entregar.

Meu coração e meu humor sobressaltaram-se. Victor estava ali, então!

– Se o senhor passar o endereço, eu mesma posso entregá-las – respondi, procurando parecer simpática e enérgica ao mesmo tempo. Até estiquei a mão e fiquei esperando.

– Isso será um pequeno desafio. – O carteiro deu-me um sorriso, mostrando os dentes separados. – O senhor Frankenstein mudou-se para as ilhas Orkney, que ficam a um dia de distância, indo a cavalo, se a senhora tiver um bom cavalo, e a quase o mesmo tempo de barco.

Meu corpo oscilou, e o cansaço da viagem abateu-se sobre mim depois dessa cruel e insultante onda de esperança.

O bondoso carteiro devia ter percebido meu aborrecimento.

– Mas, como eu estava dizendo, já ia enviá-las. De barco. Meu irmão tem questões para resolver perto das ilhas e irá entregá-las em meio a suas tarefas. Estou certo de que ele pode ser convencido a levar uma passageira junto com as encomendas.

– Ah, muito obrigada! – Juntei as mãos e baixei a cabeça, em sinal de agradecimento. – Vim de tão longe, carregando um peso tão terrível, e temia que cada minuto fora em vão.

O homem deu um tapinha em meu ombro, que interpretei como gentileza paternal. Eu jamais recebera algo do tipo, e o gesto encheu-me da mais estranha tristeza pelo que nunca tivera.

— Pronto, pronto. Vamos levá-la ao meu primo antes do cair da noite. Posso pedir para George ir direto para as ilhas e entregar o restante da correspondência na volta.

Cheia de emoções que não podia definir, pus meus braços ao redor de seu pescoço.

— Muito obrigada, senhor. É bem possível que tenha salvado uma vida.

Então soltei-o e vi que o carteiro enrubescera e tentava endireitar o quepe.

— Bem, buscarei George e embarcarei a senhora.

Preparei uma mala leve, deixando o restante de minhas coisas na hospedaria de Inverness, pagando para garantir que fossem guardadas em segurança. George, um homem robusto com um rosto marcado por décadas de sol e gentileza, era uma companhia agradável e silenciosa, que me deixou ficar sozinha com meus pensamentos. Estes, contudo, eram companheiros lúgubres, ansiosos e inquietantes, mas o movimento suave do barco pela costa, o vento gelado e um ocasional borrifo de sal vindo do mar fizeram muito para acalmar-me.

As Orkney, contou George, eram um grupo isolado de ilhas que se sobressaíam na costa nordeste da Escócia. A nova morada de Victor ficava na mais inabitada delas, onde havia apenas dois ou três casebres.

— As Orkney são para pessoas que não gostam de ver ninguém – explicou George. Passado um instante de silêncio, completou: – Ou não gostam de ser vistas.

Olhei para as cartas endereçadas a Victor com avidez. Quem mais poderia ter escrito para ele? Será que seu pai o avisara de minha viagem? Eu não contara ao Juiz Frankenstein aonde iria, mas é claro que o homem poderia adivinhar.

George flagrou-me olhando para a pilha de cartas quando fizemos nosso almoço simples, composto de queijo e pão. Virou-se para proa e disse:

– Olharei nesta direção por bastante tempo, madame. Não vou perceber se a senhora, por exemplo, abrir as cartas de seu primo em busca de notícias de casa. Meu irmão não aprovaria, então não posso dizer que também aprovo. Mas não posso dizer nada a respeito de algo que não vi.

– Obrigada – respondi, com lágrimas nos olhos por causa do sol, do vento e da bondade que encontrei em lugar tão inesperado.

Havia muitas cartas. Duas delas, para minha surpresa, eram do pai de Henry Clerval.

Victor,

Você não respondeu às minhas cartas. Culpo você pelo fato de meu filho ter abandonado a família e seus deveres. Seu pai disse que você foi para a Inglaterra convencer Henry a voltar para casa. Já que ele abandonou as responsabilidades dele por sua causa, o ônus de trazê-lo de volta é seu. Não pense que certa amizade do passado pode compelir-me a perdoar as dívidas de seu pai. Tirarei leite das pedras da mansão Frankenstein se necessário for.

Encontre Henry e mande-o de volta para casa. Talvez, assim, eu possa encontrar algum perdão dentro de mim.

Fredric Clerval

Victor,

*Vi sua última carta. Você é um mentiroso e
um espírito maligno. Contratei um detetive para
encontrar tanto você como meu filho. Se meu
filho tiver se arruinado por ter se associado a
você, tomarei tudo o que sua família já possuiu e
encontrarei também um modo de fazer você pagar
na justiça por ter corrompido meu filho. Você
descobrirá que minha ira é capaz de alcançá-lo até
nos pântanos da Escócia.*

Fredric Clerval

Nunca conheci o pai de Henry muito bem, mas me encolhi toda
só de pensar no tipo de informação que o detetive poderia levantar.
Isso não acabaria bem para o pobre Henry. Se Monsieur Clerval era
tão duro com Victor, duvido que dispensaria alguma gentileza ao filho.

Outra carta era do Juiz Frankenstein. Abri-a, sobressaltada.

Meu filho,

*Não sei o que deu em você para partir
em meio a tantos problemas. Foi uma atitude
equivocada. Ainda assim, você precisa saber que
Elizabeth foi embora. Para onde, não sei. Ela partiu
sem avisar ninguém.*

*Precisamos que ela volte. Não posso perdê-la.
Não depois de tudo o que aconteceu. Por favor, volte
para casa e ajude-me a encontrá-la.*

Seu pai,
Alphonse Frankenstein

Soltei a carta, chocada. Eu esperava acusações, condenações. Em vez disso, só encontrei desespero para que eu voltasse. Senti a primeira pontada de culpa em relação ao homem que permitira que eu fizesse parte de sua família. Ele perdera tanto, e eu fora tão ingrata: sequer contara aonde ia.

Decidi fazer as pazes com ele quando voltasse. E que isso seria feito com Victor, em segurança, ao meu lado. Era a atitude mais bondosa que eu poderia ter para com o Juiz Frankenstein.

A segunda carta era mais recente, com carimbo de Londres, o que me espantou.

Victor,

Fredric Clerval pôs certa ideia de vingança na cabeça. Não posso dissuadi-lo de procurar você. Temo as armadilhas que ele possa criar para você em solo estrangeiro, onde não tenho nenhuma influência. Segui Clerval até aqui e empenharei-me para encontrar você antes que ele o faça.

Se você vir aquele débil de seu filho, diga-lhe que escreva uma carta para o maldito pai.

Alphonse Frankenstein

O Juiz Frankenstein e o pai de Henry! Os dois na Inglaterra, talvez chegando perto da Escócia nesse momento. Eu não sabia se isso tornava as coisas mais fáceis ou mais difíceis para mim. Torci para que não me afetasse de modo algum. Nenhum dos dois tinha noção das forças de vida e morte contra as quais Victor andava se digladiando. Eu era a única que podia ajudá-lo.

Já chegara o crepúsculo quando George manobrou o barco na costa acidentada da minúscula ilha onde Victor fizera sua morada. Havia outro barco ali, mas parecia que não era usado havia muito tempo.

– Não quero voltar no escuro – disse George. – O mar torna-se traiçoeiro. A senhora ficará bem?

Balancei a cabeça, desejando que ele pudesse ver meu sorriso caloroso por baixo do véu, mas preferi manter o anonimato.

– Ficarei. E posso levar as cartas para que o senhor não se atrase. Muito obrigada pela gentileza que me fez hoje, George. Tenho com você uma dívida eterna.

Ele baixou a cabeça e cumprimentou-me levantando o quepe.

– Espero que tudo corra bem para a senhora.

– Também espero.

Se Victor não estivesse ali, eu teria que enfrentar uma noite longa e incerta na fria e inóspita ilha. Virei-me para o íngreme e acidentado maciço de rochas negras. Havia uma trilha que mal era visível, conduzindo até um platô estreito. Segui-a, pisando com cuidado, sob a luz que já desaparecia. A primeira casinhola que vi – apesar de "casinhola" ser uma palavra generosa para algo que mais parecia um galinheiro – estava vazia e, assim como o barco atracado, não possuía evidência alguma de ter sido habitada recentemente.

A segunda também estava no escuro. Espiei pelas janelas. Havia um berço perto da lareira gelada, nenhum livro, pena, ou nada que me fizesse pensar que era de Victor.

Continuei caminhando. A ilha não era grande, mas eu poderia estar enganada em minhas conclusões. Talvez a primeira casinhola *tivesse sido* de Victor. Ou eu viera para o lugar errado e havia perdido Victor novamente.

Assim que tive certeza de que passaria o resto da vida à procura de Victor, passei por um afloramento de rochas manchadas de líquens e vi uma terceira casinhola. O espaço interior era apertado, mas havia uma construção maior, de madeira, contígua à parede dos fundos. Apesar de tudo estar inclinado por causa de décadas de vento inclemente, pareciam bastante robustas.

Ali também não havia nenhuma luz acesa, mas segui em frente, apressada, com mais esperança. A casinhola estava localizada no ponto mais alto da ilha, e o vento chicoteava-me com uma força perversa. Assoviava entre as pedras, entoando uma canção de pesar e solidão. Quase perdi o véu e, quando me virei para pegá-lo, vi no horizonte dois barcos solitários parados longe da praia – a única companhia que eu teria naquela noite.

Preparei-me para ficar decepcionada e abri a porta da casinhola. Lá dentro, encontrei um espaço escassamente mobiliado: um fogão, um catre, uma mesa com uma cadeira. Em cima da mesa, havia um diário. Meu coração batia tão alto que eu conseguia ouvir o sangue pulsando em minhas veias. Andei pelo chão de ardósia e olhei para baixo. O último resquício de luz do dia revelou a letra de Victor.

Eu o encontrara.

Soltei um suspiro trêmulo de alívio e decidi sentar-me e esperar. Suas coisas estavam ali. Em algum momento, Victor voltaria. E, quando voltasse, eu lhe diria que descobrira a verdade e que queria que ele estivesse ao meu lado. Nós lutaríamos contra aquele monstro juntos, como deveríamos ter feito desde o início.

Mas fiquei me perguntando: o que Victor estava fazendo ali? Será que esperava atrair o monstro para um local tão isolado? Para mantê-lo longe de mim ou para destruí-lo?

A construção externa poderia conter qualquer coisa. Ou poderia estar vazia. Mas eu suspeitava, com uma excitação crescente, que abrigasse uma armadilha para o monstro ou algum outro meio de destruí-lo. Esse deveria ser o estudo que Victor mencionara.

Peguei o lampião que havia em cima da mesa e acendi. Quando voltei para o lado de fora, para o vento estridente, a chama quase se apagou, apesar de estar protegida por uma cúpula de vidro. Abri a porta da construção externa e fui imediatamente atacada por um cheiro de produtos químicos estranhos que tanto reconheci como pelos quais senti repulsa.

Era outro laboratório, percebi, uma fração de segundo depois de ver o que havia em cima de uma mesa de metal, no centro da construção.

Ou melhor, *quem* havia em cima de uma mesa de metal no centro da construção.

DEZENOVE

SE ACASO DEUS CRIASSE
UM NOVA EVA

JUSTINE ESTAVA DEITADA COMO se dormisse, mas havia algo de terrível na imobilidade de seu rosto. Verdadeiramente relaxado, perdera a forma de sua vida, de sua alegria, de sua alma.

Era Justine e não era.

Era apenas um corpo.

Mas era *seu* corpo.

Tive vontade de sair correndo daquele lugar. Mas não podia correr de Justine, muito menos quando ela precisava de mim. Porque ela ainda precisava de mim.

Como Victor pôde fazer aquilo? Como pôde violá-la tão completamente? Justine jazia debaixo de um lençol curto, com a cabeça e os ombros expostos e os pés descalços. Morri de vontade de cobri-los, para que não sentisse frio, mas não tive coragem de tocar aquela... coisa. Aquela coisa que fora minha amada Justine.

Fora um impulso tolo protegê-la do frio, de qualquer modo, e saber que isso não importaria fez eu me sentir ainda pior. O que Victor fizera para preservar seu corpo daquela maneira eu não sabia, mas havia pontos de cima a baixo de seus braços, atravessando seus ombros, descendo por seu peito, por baixo do lençol. A grande concentração de trabalho fora feita imediatamente acima e abaixo de seu pescoço. Em sua garganta, não havia nenhuma evidência da corda que encurtara sua trágica vida. Fiquei imaginando qual seria a aparência do restante de seu corpo, que estava coberto pelo lençol, então senti ânsia de vômito e virei-me para não ter de olhar o que Victor fizera com Justine.

Como ela fora parar ali? Com que propósito? A explicação foi-se acercando de mim, subindo pela minha espinha até aninhar-se, como uma doença, em meu cérebro.

O monstro não incriminara Justine apenas para punir Victor.

Ele incriminara Justine para conseguir seu corpo.

Devia ser a respeito disso que o monstro conversara com Victor nas montanhas! Exigiu que Victor criasse uma companheira tão terrível quanto ele. Mas por que Victor concordaria com isso? Ele sabia que criara algo abominável. Eu não tinha dúvidas disso, pelo pouco que me contara quando estava doente e delirando. Então por que estaria disposto a fazer algo tão desprezível por aquela criatura?

Foi então que percebi: o monstro já matara. Mataria de novo. Sem dúvida, havia observado por tempo suficiente para aprender como manipular Victor. O monstro ameaçara fazer-me mal. Não era de espantar-se que Victor fora tão longe para conduzir seus experimentos diabólicos! Precisava afastar o monstro de mim.

Custáramos a vida a Justine, então custamos a seu corpo sua merecida paz na morte.

Uma raiva selvagem consumiu-me. Levantei o lampião acima da cabeça para queimar aquele sacrilégio feito ao seu corpo. Mas, ao ver a luz refletida em seu cabelo castanho, ainda brilhante e belo, mesmo na morte, parei.

Sentei-me no chão gélido, em um ponto onde a beirada da mesa impedia-me de ver Justine, a não ser por um de seus cachos, que estava caído para o lado. O que Justine gostaria que eu fizesse?

Ela gostaria de estar viva. Gostaria de estar com William. Eu não poderia dar-lhe nada disso. Eu só lhe dera morte. E mesmo isso era um estado amaldiçoado e ameaçado, graças a mim.

Justine merecia coisa melhor. Não comparecera ao enterro da mãe ou dos irmãos. Negaram-lhe a chance de lamentar suas perdas. E negaram-lhe um enterro cristão para seu corpo. Ela merecia um, o mais digno que eu conseguisse oferecer-lhe. Não queria que seus restos mortais permanecessem para sempre naquela maldita ilha.

E *não* permitiria que o monstro ficasse com ela, de uma forma ou de outra. Eu não me importava se ele ameaçasse minha vida, nem sequer se me matasse. Victor não concordaria, mas minha segurança não valia aquele que era o mais alto dos custos.

Justine descansaria em paz, na paz em que merecia ter vivido.

Tracei o mais vago dos planos. Havia um barco atracado na praia. Eu o roubaria. Depois de ter cuidado de Justine, voltaria para Victor.

Enrolei Justine no lençol, cobrindo seu rosto. Eu não era forte o suficiente para carregá-la, por mais que ansiasse por embalá-la, como uma criança. Havia um carrinho de mão no canto do laboratório improvisado. Tirei os produtos químicos e as ferramentas que havia lá dentro, levei-o até a mesa e coloquei o corpo ali.

Não foi uma tarefa fácil empurrar o carrinho por aquela trilha íngreme e acidentada. Ele quase virou diversas vezes, e fiquei com medo de infligir ainda mais violência e desrespeito ao corpo de Justine ao sacolejá-lo sobre as pedras. Mas consegui transportar minha carga preciosa em segurança até as docas, onde o barco isolado permanecia parado na água.

Coloquei o corpo de Justine ali dentro, prestando atenção em sua cabeça. Prestando atenção ao fato de que tal cuidado com seus sentimentos de nada adiantava, mas sem importar-me com isso. Pus a capa que usava sobre seu corpo, cobrindo-a completamente. Titubeei antes de desamarrar o barco. Algo chamou a minha atenção lá na ilha. O corpo de Justine estava a salvo. Mas, enquanto existisse um laboratório, o monstro poderia descobrir uma maneira de obrigar Victor a atender suas vontades. E Victor seria arrastado pelo mais hediondo dos caminhos. Eu ainda não conseguia perdoá-lo pelo que fizera a Justine, mas podia impedi-lo de cometer mais crimes contra a natureza e a bondade.

O vento soprava em minhas costas, como se pedisse para eu andar depressa. Sussurrava "perigo" em meus ouvidos, arrancava meu véu, enroscava-se em meu cabelo para me impelir adiante. Não precisaria ter me apressado dessa forma. Uma vez decidida, não permitiria que aquele laboratório continuasse a existir por nada neste mundo.

Eu não queria entrar lá de novo. Mas, sem o corpo de Justine, parecia apenas o consultório de um farmacêutico ou cirurgião. Se eu não soubesse dos propósitos infernais aos quais serviam aqueles instrumentos, que terrores sacrílegos aqueles produtos químicos libertavam no mundo, eu não teria a menor curiosidade.

Levantei o frasco de vidro mais próximo, decidida a derramar seu conteúdo sobre a mesa de metal, para que aquela plataforma maligna queimasse de algum modo. Foi então que ouvi passos arranhando a trilha rochosa.

Vindo em direção à casa.

Eu fora ali para resgatar Victor. Mas, depois de ver o que ele andara fazendo – o que ele teria feito, se eu não tivesse descoberto e impedido –, não tinha condições de encará-lo. Minha repulsa e raiva ficariam estampadas em meu rosto. Sabendo o que eu sabia a respeito de sua motivação e do óbvio desgosto que nutria pelo fruto de seu trabalho, talvez pudesse perdoá-lo algum dia. Victor havia feito tudo por amor e desejo de me proteger.

Mas a que custo!

Eu até conseguia imaginá-lo abrindo Justine cuidadosamente. Enchendo suas veias com alguma substância que tomaria o lugar do sangue que provocara cada enrubescer de suas adoráveis bochechas. Abrindo o peito dela para ver o coração que batera com tanto amor e devoção, tornado uma coisa morta até que Victor estivesse preparado para obrigá-lo, violentamente, a voltar à vida.

O que voltaria? Fiquei imaginando... Certamente, a alma de Justine havia muito tempo fugira daquele plano mortal. Livre da crueldade que a separara de seu corpo, fora-se juntar a seu amado William, para cuidar dele na morte assim como fizera em vida. Seria aquela Justine ressuscitada uma sombra? Com sua mente e seu coração, mas sem nada de bom ou encantador para animá-los?

Talvez fosse por isso que monstro não tivera pudor de matar uma criança. Victor podia criar vida, sim. Mas não podia dar a ela uma alma, uma moralidade mais elevada, aquilo que nos separa dos animais. Era por isso que seu experimento tanto tivera sucesso quanto fracassara de um modo tão completo e devastador.

Reduzi a luz do lampião, torcendo para que Victor não desse por sua falta. Eu não queria confrontá-lo até ter organizado minhas emoções. Do contrário, como poderia guiar com cuidado as suas? Espiei pelo vidro grosso e distorcido de uma pequena janela e vi que ele carregava sua própria lanterna. Torci para que não entrasse ali. Minhas esperanças foram atendidas, porque Victor entrou na casinhola. Como possuía uma parede em comum com a construção externa, eu podia ouvir os ruídos abafados de um corpo acomodando-se.

Então ouvi passos diferentes. Muito mais altos, em um ritmo sincopado que nenhuma caminhada humana teria.

Eu poderia ter afugentado meus medos de forma racional: estávamos tão longe! Como o monstro poderia ter chegado ali? Mas a desolação e a rispidez daquela ilha pareciam, por si sós, ter me alertado de que eu apenas encontraria coisas profanas ali. Eu sabia que o monstro estava entre nós. Abaixei-me e pressionei o ouvido contra a parede. Se o monstro viesse primeiro verificar o progresso de sua companheira, eu seria descoberta. Tremi de alívio quando vi a porta da casinhola abrir-se novamente. Foi egoísmo de minha parte querer que o monstro atacasse Victor, mas eu corria um perigo muito maior.

— Demônio abominável. — A voz de Victor atravessou a parede. — Por que estás aqui?

O monstro respondeu, com um tom tão grave que não pude entender suas palavras.

— Jamais criarei outro como ti, igual em deformidade. Some de minha vista para sempre.

Então se seguiu uma conversa que, por causa de alguma mudança de posição, não consegui entender. Victor estava enfurecido, e a voz deturpada e torturada do monstro era impossível de decifrar. Fiquei imaginando que ele gritava e rosnava, grunhindo seus desejos e obrigando Victor a procurar algum significado neles.

Por fim, Victor gritou:

— Basta, demônio! Não empesteie o ar com tua imundície. Não quero ter mais relação alguma contigo. Não sou covarde para dobrar-me às tuas ameaças. Deixa-me em paz. Nada pode dissuadir-me de minha decisão.

Meu coração estava em festa. Apesar de eu ter roubado Justine, era evidente que Victor já estava arrependido de ter se disposto a atender ao pedido da criatura. Não teria trazido Justine de volta à vida, mesmo sem minha intervenção.

E, naquele momento, entendi, em parte, qual fora a primeira motivação de Victor. Porque, assim que tive certeza de que Justine não seria trazida de volta à vida... perguntei se *poderia* ser.

Se eu tivesse certeza de que a teria de volta – mesmo sem alma, só com seu coração e sua mente – será que pediria para Victor fazer isso?

Era mais tentador do que eu gostaria de admitir. Eu, que lutara tanto, que amara tão pouco durante a vida, poderia ficar tentada a desrespeitar as próprias leis de Deus. Poderia pensar em brincar com uma força criadora que, obviamente, dobrara-se à destruição. Como devia ter sido ainda pior para Victor, que tivera a habilidade de realmente conceder o sopro da vida... Como devia ter sido mais difícil para ele resistir à tentação de desafiar as fronteiras naturais de nossa mortal existência...

Mas nós dois sabíamos qual era o preço a pagar, por mais que eu fingisse que não sabia. Eu já tomara a decisão. Se confessasse para Victor o que vira, ele teria de explicar o que fizera ao corpo de Justine e o que ainda poderia fazer. Eu não queria tocar naquele assunto.

Jamais.

Victor poderia guardar seu segredo. Eu permitiria, para que pudesse perdoá-lo e voltar a amá-lo.

A porta da casinhola escancarou-se. Assim que essa barreira foi destruída, pude finalmente entender o que o monstro dizia. Para meu grande choque, sua voz, apesar de ser mais grave do que a de qualquer homem, era acompanhada por um discurso tão eloquente quanto qualquer outro que eu já ouvira.

– Tuas horas passarão em terror e agonia! Logo cairá a peça que arrancará de ti teus objetivos, para sempre. Tu me roubaste tudo salvo a vingança; vingança, doravante mais cara que a luz ou a comida! Posso morrer, mas primeiro tu, meu tirano torturador, irás amaldiçoar o sol que banha tua forma, que tanto esconde. Eu, o monstro, que agora desaparece de vista, enquanto tu andas livremente! Cuidado com o que fazes, Victor, que observarei com a paciência de uma serpente.

– Saia! – disse Victor, frio e eterno como o vento que castigava a ilha. – Tua mera presença ofende-me.

– Irei. Mas lembra, estarei contigo em tua noite de núpcias.

Tremi, tomada pelo horror. Aquilo provava que eu continuava a ser o alvo do monstro. Victor ainda não estava livre de suas exigências nem jamais estaria.

Mas, enquanto possuísse algo que o monstro desejava, Victor estaria a salvo. Certa disso, fui descendo, escorregando pela parede. Victor estava a salvo. Eu poderia estar vivendo sob uma lâmina invisível que pairava, sempre pronta a cortar minha alma de meu corpo, mas enquanto a vida em mim soprasse, eu teria o mesmo objetivo que o monstro: vingança.

Fiquei sentada por um tempo, examinando o laboratório. Com Victor ali na casinhola, eu não podia destruí-lo. E não estava preparada para enfrentá-lo. Ele ainda acreditava que eu era um anjo, ainda pensava que me protegera ao esconder-me tudo aquilo. Eu não sabia como Victor reagiria se assim não fosse. Sem dúvida, estava à beira do colapso, o que poderia acionar uma ira cega ou uma febre delirante.

Eu só podia torcer para que Victor suspeitasse que o monstro roubara o corpo de Justine depois que se recusou a voltar a exercer suas artes sombrias sobre ela. Victor precisava acreditar que eu ignorarava suas ações. Será que eu conseguiria apagar tudo o que fizera e vira?

Assim que decidi voltar, pé ante pé, para a doca, houve novamente um aproximar de passos. Fiquei sem ar, esperando a volta do monstro. Mas não. Havia diversos pares de passos. Alguém bateu com força na porta da casinhola.

– Qual é o propósito disto? – perguntou Victor.

– O senhor está sendo preso por sua ligação com o desaparecimento de Henry Clerval. E queremos interrogá-lo a respeito de diversas mortes misteriosas ocorridas na região.

– Isso é um ultraje! Não posso ser culpado pelas ações daquele tolo. E, certamente, não posso ser preso por elas!

Rezei para que Victor não tivesse um ataque. Se perdesse o controle, só provaria que as suspeitas dos policiais eram corretas. Tive vontade de correr e contar a verdade: que Henry Clerval estava de coração partido, não desaparecido, e que quaisquer mortes suspeitas eram, sem dúvida, obra do espírito maligno, que tentava de todas as formas semear seu caos assassino e transformar a vida de Victor em um inferno.

Mas como eu poderia apresentar minha defesa sem parecer louca?

– Diga onde está meu filho! – exigiu uma voz. Do pai de Henry. Então ele havia encontrado Victor... Houve uns ruídos de briga e uma pancada metálica, mas nada que parecesse uma luta.

– Olhem dentro daquela construção – sugeriu um dos homens.

Congelei e corri para trás da porta em seguida. Que abria para dentro, servindo de escudo perfeito para mim. Uma silhueta escura espiou lá dentro. Tudo o que encontrou foi uma mesa vazia e o lampião do qual eu, graças a Deus, reduzira a luz.

A silhueta foi para trás e fechou a porta.

– Nada lá dentro.

– Nada? – exclamou Victor, levantando a voz.

Tremi, com medo do que poderia acontecer a seguir. Mas ele começou a rir. O som tinha uma certa ousadia preocupante, amarga e uivante como a noite. Pelo menos, parecia que Victor não estava brigando com eles.

Atirei-me contra a parede, aliviada. Se tivessem aparecido apenas uma hora antes, teriam encontrado o corpo de Justine! Sem dúvida, teriam pensado mal de Victor. Eu não o salvara do monstro. Mas o salvara de si mesmo e do julgamento errado do mundo. Apesar de Victor não ser completamente inocente – criara, sim, o monstro que fizera tudo aquilo –, não era um assassino. Seus únicos crimes eram o orgulho e ambição, ter ultrapassado as fronteiras que Deus estabeleceu para o mundo. E como pode-se punir esses crimes? O monstro, certamente, já o punia o suficiente.

Os passos partiram, levando o riso de Victor com eles.

Avaliei minhas opções, sofrendo para decidir qual seria meu próximo passo. Deveria correr atrás deles? Defender a inocência de Victor?

Então *eu* dei risada. O monstro, em sua maligna onda de violência, criara o mais seguro dos refúgios imagináveis para seu criador. Não poderia alcançar Victor numa cela, na prisão. Eu sabia, pelas cartas que lera, que o pai de Victor já estava na Escócia. Encontraria o filho facilmente e garantiria sua liberdade. Depois disso, os dois voltariam para casa juntos, evitando, mais uma vez, o mal do monstro, o qual parecia detestar ser visto por qualquer um que não fosse Victor.

Eu não destruíra o monstro nem resgatara Victor diretamente. Mas minha viagem não fora em vão.

Depois de dar aos homens tempo suficiente para desatracar seu barco e sair de vista, voltei para minha própria carga triste. Praticamente arrastei-me trilha abaixo, às escondidas, olhando para trás de medo que o monstro ainda estivesse na ilha e atacasse de surpresa. Mas ninguém se aproximou de mim. Eu estava sozinha.

Fui remando até o continente no escuro, feliz pelo destino finalmente mostrar respeito por Justine, acalmando o vento e brincando com as águas tranquilas. No povoado mais próximo que vi, cheguei perto da margem. O campanário de uma igreja chamou minha atenção. Carregar o corpo de Justine até lá foi uma tarefa que durou uma hora de agonia. E depois passei mais algumas horas cavando a cova com uma pá roubada. Mas a terra estava macia e molhada, por causa da chuva recente. Eu não podia cavar no meio do cemitério, apenas no limite mais próximo, debaixo dos ramos chorosos de uma árvore. Cemitérios nunca foram fonte de horror para mim – apesar de, naquele momento, saber que a morte não era um estado tão permanente quanto eu imaginava –, e saboreei a pacífica tarefa de honrar os restos mortais de minha melhor amiga.

Abracei seu corpo e dei-lhe um último beijo na testa. Foi a única bondade em meio a todo aquele horror: pude despedir-me dignamente de minha amada e leal Justine. Então a coloquei na cova e deixei que a terra se apossasse dela.

Era muito menos do que Justine merecia, mas o máximo que eu podia oferecer-lhe. Colhi um punhado de cardos. Seu rosa vibrante era a cor favorita de Justine. Coloquei-os sobre a terra recém-remexida.

A manhã nasceu tão brilhante, límpida e terrível quanto o gelo glacial. E, com ela, meu caminho:

O monstro prometera executar sua vingança na noite de núpcias de Victor. Isso significava que eu saberia o horário e o local exatos para esperá-lo. Então poderia pôr fim à sua odiosa e lamentável existência de uma vez por todas.

Eu estaria preparada.

VINTE

CARNE DE MINHA CARNE,
OSSO DE MEU OSSO

Cara Elizabeth,

*Você não pode imaginar meu alívio – e o
de Victor – ao ouvir que você está, mais uma vez,
sã e salva em nosso lar, em Genebra. Não entendo
por que você foi embora, mas não exijo explicações.
Minha alegria com seu retorno basta para
apaziguar todas as ofensas.*

*Você, provavelmente, deve ter ficado deveras
surpresa ao voltar para casa e encontrar minha
carta, relatando que estou na Inglaterra. As
circunstâncias exigiram que eu viesse para cá
defender Victor de acusações infundadas de ter
cometido delitos, levadas a cabo por Fredric Clerval.*

*Lamento, por você e por Victor, que Henry
tenha-se revelado tamanha decepção, mas
ressinto-me dele por criar tanta confusão para nós.*

Imagino que, talvez, esse fosse seu plano desde o início, como uma vingança invejosa por Victor ter uma mente superior. Aquela família esteve contra a nossa todo esse tempo!

Com a liberdade de Victor já assegurada, estamos, neste exato momento, voltando para Genebra, para reencontrarmo-nos com você. Ernest permanece em Paris, na escola, o que é melhor neste meio-tempo. Vamos deixá-lo crescer e aprender em paz, livre do espírito de luto do qual, de maneira natural e inescapável, nossa casa está imbuída neste momento.

Mas minha esperança – há muito acalentada por minha falecida esposa – é que você e Victor logo tragam a felicidade de volta, comemorando o mais abençoado dos acontecimentos.

Sou grato por sua discrição ao abordar o tema da união marital com Victor. Você sempre foi atenciosa, oferecendo a meu filho a liberdade, caso Victor a visse mais como companheira do que como futura esposa. Mas garanto que nada lhe é mais caro do que a ideia de passar o resto de sua vida com você. Victor disse-me repetidas vezes que está determinado a garantir que vocês dois jamais se separem.

Sendo assim, providenciaremos o casamento o mais rápido possível, quando voltarmos. Espero ansiosamente pelo dia em que você entrará legalmente em nossa família, como minha filha. Viajaremos com a máxima pressa que Deus e os elementos concedam. Pode esperar-nos dentro de duas semanas.

*Victor compartilha de minha alegria, apesar
de uma febre remanescente, em virtude de seu breve
confinamento, impedi-lo de escrever para você. Ele
manda seu amor e devoção, e eu envio os mais ternos
sentimentos de meu coração, de pai para filha.*

*Com todos os demais sentimentos
nobre e amorosamente enviados,
Alphonse Frankenstein*

Pousei a carta do Juiz Frankenstein sobre a mesa. Minha súplica – redigida com cuidado e delicadeza – para Victor voltar e casar-se comigo fora bem-sucedida.

E, desse modo, a data de minha vingança seria estabelecida.

Eu sabia que deveria lamentar o fato de ansiar pelo meu casamento não como um momento abençoado, quando seria unida para sempre com a família que me protegeu e criou, mas como um dia de um sangrento acerto de contas, em que eu faria aquele monstro amaldiçoado pagar pelo que havia roubado de nós.

Não lamentei.

Talvez em outra vida, em outras circunstâncias, saber que estava prestes a casar-me com Victor faria com que eu me sentisse aliviada, por meu lugar no mundo estar, finalmente, assegurado, com toda a proteção legal que o sobrenome Frankenstein tinha a oferecer. Nunca mais eu temeria ser abandonada, nem que tudo o que me deram poderia ser-me tirado.

Certamente, poucos meses antes, receber palavras tão estranhamente amáveis vindas do Juiz Frankenstein seria motivo para comemoração e alegria. Talvez, se assim ele tivesse expressado-se *sempre*, durante todos os anos que passamos sob o mesmo teto, eu não teria ido atrás de Victor e trazido um monstro de volta comigo.

Mas eu suspeitava que fora esse mesmo monstro e sua devastadora maldade que operaram essa mudança no Juiz Frankenstein. Será que, se ele não tivesse perdido tanto, ficaria preocupado em apegar-se a uma órfã sem família e sem fortuna? Perder o que mais amava devia ter partido seu coração ao ponto de eu, finalmente, poder entrar nele.

Que fosse! Eu não duvidava de que Victor queria casar-se comigo. Eu sempre fora a única moça no mundo com a qual ele se importava. Se fosse casar-se com alguém, seria comigo. Mas eu temera, sim, que o Juiz Frankenstein rejeitasse nossa união. Fiquei feliz em obter sua aprovação oficial e saber que os dois compartilhavam do meu desejo de apressar tudo.

Nunca fora do tipo que imaginava casamento ou o que significava tornar-me esposa, a não ser como um compromisso de proteção. Tentei, naquele momento, idealizar algo simples. Belo. Contudo, em minha imaginação, Justine estava ao meu lado, e Henry, ao lado de Victor.

Eu perdera tal ideal. E por isso continuaria lutando, pouco importando-me com o casamento em si. Era a noite de núpcias que eu precisava planejar. Sem nenhuma mulher na casa para ajudar-me além da criada – com a qual eu não tinha relacionamento algum –, fiquei livre para organizar o mais simples e utilitário dos casamentos já planejados na longa história da família Frankenstein. Marquei com o padre para casar-nos na capela mais perto da beira do lago que circunda Genebra. E não convidei ninguém.

Minha única extravagância foi uma nota que enviei a todas as publicações regionais que pude encontrar, anunciando a futura união de Victor Frankenstein e Elizabeth Lavenza.

A armadilha estava pronta. E eu seria tanto a isca como o veneno.

...

Assim que minhas providências foram tomadas, eu não tinha mais nada a fazer além de esperar. Era agoniante. Eu sabia que Victor e seu pai estavam a caminho de casa, vagarosa e firmemente. E sabia que, em algum lugar, o monstro fazia a mesma coisa. Eu estava em meio a uma grande teia de aranha. Se eu acabaria como aranha ou mosca, ainda não estava determinado. Eu só sabia que os fios que me mantinham ali foram tramados desde minha infância, nas margens do lago Como.

Estávamos, todos nós, presos àquele balé terrível e mortal, até que morrêssemos ou triunfássemos.

Alguns dias antes do dia esperado para a chegada de Victor e de seu pai, recebi outra carta. Mas não fora enviada por eles.

Era de Mary, a livreira de Ingolstadt. E estava endereçada a "Elizabeth e Justine". Mais uma pessoa que vivia em uma bela fantasia na qual Justine ainda estava viva. Não tive forças sequer para abri-la. Não podia demorar-me com palavras que presumiam que Justine estava entre nós, que presumiam que o mundo era bom e justo como deveria.

E não conseguia pensar em Justine sem lembrar dos pontos, dos ferimentos suturados de seu pescoço para que, novamente, pudesse levar ar de sua boca morta para seus pulmões mortos.

Apesar de estar longe no tempo e no espaço da descoberta do corpo de Justine, eu não estava nem um pouco mais perto de perdoar Victor. Eu queria, em vez disso, entender. Ele ainda tentava manter seu monstro escondido de mim. Quanta vergonha e quanto horror daquilo que suas próprias mãos trouxeram ao mundo ele deveria ter!

Entretanto, ao ajudar a destruir o monstro, eu não poderia mais fingir ignorância, e ele não poderia mais negar a verdade. Quando aquilo estivesse morto, Victor não teria mais nada a esconder de mim; poderíamos falar francamente. Com a morte do monstro, também morreriam quaisquer segredos que houvesse entre Victor e eu. Teríamos apenas um ao outro, uma verdade terrível demais para que outras pessoas acreditassem, unindo-nos em um compromisso mais perpétuo do que qualquer padre poderia fazer.

Eu ansiava pela liberdade que tanto esperara.

Ser livre do monstro.

Ser livre dos segredos.

Ser livre do medo de não ter nada.

Quando finalmente chegaram em casa, fui encontrá-los no píer. Victor estava magro e abatido, mas seus olhos ardiam com o brilho de sempre. Desembarcou e pediu minha mão oficialmente. Aceitei, com prazer.

A cerimônia terminou quase logo depois de começar. Eu estava vestida de branco, como Victor sempre preferira. Victor usou um terno que chegara de última hora, porque estava sendo ajustado ao seu corpo, que não parava de emagrecer. Ele roçou os lábios nos meus depois que nos tornamos marido e mulher. Eu não parava de olhar para a porta, esperando que o monstro obscurecesse a entrada e irrompesse rugindo para separar-nos.

A porta continuou absolutamente fechada.

Eu e Victor caminhamos à luz do sol matinal até o barco que nos levaria de volta para casa. Apesar de eu duvidar que o monstro fosse aparecer em plena luz do dia, cada músculo de meu corpo estava tenso, esperando ser atacado.

Foi só quando estávamos em segurança dentro do barco, no meio do lago, que relaxei o suficiente para perceber o que havia ao meu redor. Eu não saberia dizer quais foram nossos votos na capela nem se eu dera um único sorriso. Eu poderia ter lamentado, por ter certeza de que Victor merecia coisa melhor. Mas estávamos naquela situação infeliz por causa de seu monstro.

Ainda assim, eu sorria enquanto ele remava em nosso próprio barco, atravessando o lago e voltando para casa, onde o Juiz Frankenstein e um punhado de pessoas que eu não conhecia fariam uma recepção em nossa homenagem. Victor não retribuiu meu sorriso, e não consegui segurar o meu por muito tempo.

— Você não me parece feliz, Victor.

Cheguei a pensar em chamá-lo de "marido", mas aquilo me parecia tão irreal quanto aquela casa sem Justine e sem William. Aquela empreitada toda era um pesadelo do qual eu ansiava por acordar. Eu desejava ardentemente encontrar Justine e Henry rindo no barco conosco, comemorando. Voltar para casa e deixar que William e Ernest comessem bolo demais. Deleitar-me por ser esposa de alguém, por ser da família Frankenstein.

Em vez disso, fui levada lentamente de barco até uma casa desprovida de pessoas que eu amava, para esperar a visita de um demônio.

Victor, que estava fitando um ponto fixo no horizonte, levantou os olhos, preocupado.

— Não encontrarei sossego até proclamar vitória, enfim, sobre um problema que me aflige e me causou muita agonia. Outra vez fui arrancado de meu progresso por homens estúpidos.

Desejei que ele pudesse falar francamente. Victor sabia que eu vira um monstro, apesar de ter fingido que fora resultado de um ferimento e de uma mente febril. Mas, se eu insistisse, seria mais provável que ele se fechasse completamente e não dissesse mais nada. E, se eu revelasse que sabia que o ataque do monstro seria iminente, Victor poderia tomar providências para trancar-me em algum lugar, para garantir minha segurança. Eu não podia permitir que isso acontecesse.

— Espero que logo possamos deixar essa maldita situação para trás permanentemente — falei.

Sua expressão melhorou, e ele deu risada.

— Essa é exatamente minha intenção. Assim que tudo isso for resolvido, poderemos viver como merecemos.

Então voltou ao seu silêncio pesado, e não ousei perturbá-lo novamente. Victor estava mais perto da ira do que de qualquer outra coisa, à beira de um ataque, sem dúvida, temendo o mesmo confronto pelo qual eu ansiava.

Fiquei observando a casa aproximar-se. Apesar de o dia estar ensolarado ao ponto de brilhar, fui tomada por uma lúgubre premonição. E se o monstro já estivesse dentro da casa? E se eu não estivesse preparada para enfrentá-lo? Não sabia se, algum dia, estaria preparada. Passara tanto tempo esperando por aquele confronto! Naquele momento, em que estava prestes a acontecer, percebi que me arrependia por ter dado os passos que me levaram até ali. Cada remada levava-nos para mais perto de nossa destruição.

– O que foi? – perguntou Victor. – Você parece amedrontada.

Sentei-me ao seu lado e aninhei-me em seu peito enquanto ele remava. O ritmo regular das batidas de seu coração era tranquilizante.

– Quero mantê-lo seguro.

Pude ouvir sua irritação.

– Bobagem. *Eu* é que devo mantê-la segura. – Todo aborrecimento esvaiu-se de sua voz, que se tornou tão fria e firme quanto as montanhas que nos cercavam. – E manterei. Prometo.

Dentro de casa, apesar de ter-me preparado para um ataque, encontrei apenas o Juiz Frankenstein e diversos homens que eu não conhecia. Estavam na sala de jantar. Rosas creme, com as bordas já amarronzadas, murchavam no centro da mesa, cercadas por comidas que já suavam com a condensação. Ninguém comia nada. Por que tivemos que convidar desconhecidos para nossa festa de casamento, eu não fazia ideia. Mas nunca entendi o juiz. Queria que todos fossem embora para que eu pudesse refugiar-me em meu quarto e organizar meus suprimentos. Estocara óleo e fósforos, assim como galhos compridos, que transformara em tochas. Meu plano era escondê-las pela casa toda para que, quando o monstro atacasse de surpresa, tivéssemos uma arma à mão.

— Aqui está ela! — exclamou o pai de Victor. — Elizabeth Lavenza, criada como minha própria filha por todos esses alegres anos, que agora une-se à família Frankenstein pelo casamento.

Os homens olharam para mim como se estivessem examinando-me, depois balançaram a cabeça, aparentemente satisfeitos. Um cavalheiro robusto de cabelo branco e olhos negros falou:

— Já contabilizamos os recursos para que Victor tenha acesso a eles a qualquer momento. Por favor, escreva com antecedência se desejar fazer alguma retirada. Mas a propriedade no lago Como já está sob o nome Lavenza, à disposição.

— Gostaria que os recursos fossem disponibilizados imediatamente — disse o Juiz Frankenstein, ficando em silêncio em seguida. — Para a nova vida do casal, é claro.

— Sim — disse o corpulento cavalheiro. — É claro. — Seus olhos espremeram-se, pensativos. — Porém, em cumprimento dos direitos à herança acordados pelo tribunal, os recursos permanecerão sob o nome Lavenza e poderão ser transmitidos apenas para herdeiros de Elizabeth. Se não houver herdeiros, a fortuna Lavenza será repatriada pela coroa austríaca.

Eu olhei para os homens, confusa. Estava preparada para o ataque de um monstro. Não estava preparada para receber uma notícia estranha como essa, qualquer que fosse.

O Juiz Frankenstein balançou a cabeça, mas seu maxilar estremeceu de irritação.

— Tenho um relatório detalhado do dinheiro que temos gastado para criá-la. Tenho certeza de que está dentro dos limites acordados para entrar com um pedido de compensação financeira.

– De que eles estão falando, Juiz Frankenstein? – perguntei.

– *Pai* – corrigiu ele, dando um sorriso possessivo.

– O senhor pode enviar sua lista por escrito, e seu pedido será avaliado. – O cavalheiro que falava pôs o chapéu sobre a cabeça e completou: – Ou pode resolvê-lo de forma privada, agora que ela é sua filha. Recomendo a segunda opção. Levará menos tempo.

O homem sacudiu a cabeça, e todos foram embora. Uma mosca voejava, vagarosa: era a única que aproveitava o parco festim sobre a mesa. Não havia na sala nenhuma corrente de ar ou brisa, apesar dos tetos altos e da parede com janelas enfileiradas que se abriam para o verde da floresta. Eu queria estar lá fora. O vidro não era uma boa proteção dos elementos – era uma barreira. Uma jaula, projetada para permitir uma vista da liberdade e da beleza, sem jamais poder tocá-la.

Estaria o monstro logo ali fora, observando-nos? Será que ansiava por estar dentro de casa, jubilando-se com sua vingança sangrenta, enquanto eu queria estar lá fora?

– Você alcançou o direito à sua herança – disse o Juiz Frankenstein, pegando uma taça de vinho e brindando a nós. – Poderia recebê-la ao completar 21 anos ou na ocasião de seu casamento.

Sentei à mesa, estarrecida. Deveria estar fazendo preparativos para derrotar o monstro. Não conseguia entender sobre o que o Juiz Frankenstein falava.

– Herança? De quem?

– De seu pai, é claro. A fortuna da família Lavenza.

– Mas... – Levantei os olhos para Victor, que ergueu as sobrancelhas para dar a entender que também não fazia ideia do que o pai estava falando. – Achei que ele havia morrido dentro de uma prisão. Na verdade, achei que era um mito. Eu não tinha nada quando vocês me encontraram.

– Você tinha seu sobrenome. – O Juiz Frankenstein bebeu com gosto e pôs o copo sobre a mesa com um suspiro de satisfação. Então ficou parado, olhando para mim, perplexo. – Por acaso quer dizer que, esse tempo todo, você acreditava que nossa família a acolhera sem saber nada a respeito de quem você realmente era? Que éramos tolos ao ponto de acreditar na palavra de alguma bruxa imunda da floresta?

Eu não tive resposta, porque era exatamente isso que eu pensara.

A incredulidade do Juiz Frankenstein aumentou.

– Você pensou que eu concordaria em casar meu filho com uma menina de origem desconhecida, uma órfã? *Elizabeth*... Você é mais inteligente do que isso.

Soltei uma risada abafada. Ele tinha razão. Eu era mais inteligente do que aquilo. Era por isso que tinha me ligado com tanta firmeza a Victor, por isso que eu o caçara até trazê-lo de volta. Sabia que não podia depender da bondade de seu pai. Só podia depender do amor e da lealdade de Victor para proteger-me do abandono.

Mas, aparentemente, eu supervalorizara ao extremo até a baixa expectativa que tinha em relação à generosidade de seu pai. É claro que o juiz não teria mantido-me naquela casa por todos aqueles anos sem motivo. É claro que a dependência de Madame Frankenstein de minha ajuda com Victor não era uma justificativa suficiente.

– Sempre houve dinheiro?

Minha voz era mansa, de tanta prática. Se eu soubesse – se eu tivesse consciência de que, aos 21 anos, estaria a salvo por conta própria, sem precisar de mais ninguém –, o que teria mudado?

O Juiz Frankenstein arrancou uma coxa do frango assado que estava diante de nós, despedaçando a carne com os dentes e limpando a gordura de seu bigode em seguida.

– Não, só em potencial. Passei muitos anos em uma batalha legal com os austríacos que confiscaram o patrimônio de seu pai. Não foi fácil assegurar sua herança, mesmo depois que seu pai morreu na prisão. Todas as viagens que fiz ao exterior foram para fazer apelações do seu caso pessoalmente. Mas isso aconteceu no momento certo. Quase tive de alugar esta casa... Imagine só: eu! Um senhorio ganancioso! Meu pai já vendeu uma parte tão grande do terreno, e eu mal conseguia arrancar dinheiro do que restou. Agora que você faz parte da família, seu marido tomará conta de suas finanças. E você pode começar a pagar os anos de nossa bondade.

– Pai – disse Victor, com desgosto pingando de sua voz –, se a fortuna é de Elizabeth, ela pode despendê-la como achar melhor.

Estiquei o braço e segurei sua mão. O verdadeiro motivo para o Juiz Frankenstein ficar tão graciosamente alegre com o meu retorno estava óbvio. Ele não se importava *comigo*. Ele se importava com o dinheiro que meu sobrenome implicava.

Victor não sabia de nada. Nunca se preocupara com meu sobrenome ou minhas origens. Sempre me amara pelo que eu era. Todas as minhas artimanhas e manipulações encheram-me de vergonha. Victor era muito mais leal a mim do que eu fora a ele. Eu o queria apenas porque garantiria minha segurança. Mas ele me queria só porque eu era a sua Elizabeth.

Levantei meus olhos cheios de lágrimas e disse:

– Eu te amo, Victor Frankenstein.

Ele acariciou meu rosto e beijou-o onde uma lágrima caíra.

– É claro que sim. E eu te amo, Elizabeth Frankenstein.

Era a primeira vez que aquele sobrenome era meu. Não trouxe a sensação que eu esperava que traria. Mas nada nesse dia trouxera.

Victor limpou a garganta e falou:

– Não me agrada pensar que passaremos nossa lua de mel aqui. E, em um golpe de sorte, acabamos de ganhar uma propriedade no lago Como de presente de casamento! Imagine só o espaço que teremos. Quanta privacidade. – Victor indicou que eu me levantasse. – Vá arrumar suas malas, esposa. Precisamos de um tempo longe dessas paredes.

O Juiz Frankenstein ficou em pé, e seu rosto foi se arroxeando de raiva, combinando com o vinho.

– Precisamos discutir as finanças.

Victor fez sinal para eu sair dali.

– No dia de nosso casamento, só precisamos pensar em nosso próprio futuro.

– Menino ingrato! – urrou seu pai.

Victor virou-se para ele, e os sorrisos foram substituídos por uma frieza que irradiava com tanta força que mesmo eu tremi, apesar de sua ira não ser dirigida a mim. Victor bateu os punhos na mesa, sacudindo a porcelana trincada. Seu pai levou um susto e quase tropeçou na cadeira que havia atrás dele. Acabou sentando-se nela.

Pus a mão nas costas de Victor, acariciei sua nuca para acalmá-lo. Por um lado, eu queria que ele perdesse o controle, que tivesse um de seus ataques de loucura violenta da juventude. Para aterrorizar seu pai ainda mais.

Para feri-lo.

Mas Victor reagiu ao meu toque, respirou fundo e acalmou-se.

– Sei o que o senhor pensa de mim – disse, para o pai. – O que sempre pensou de mim. O senhor nunca me enxergou de verdade, jamais vislumbrou nada do que eu sou capaz. Só procurava por falhas, por fraquezas. A altitude inimaginável de minha genialidade, insuperável, irrestrita, deixou-o nervoso e fútil. O senhor fez-me ser suavizado. O senhor permitiria que eu não fizesse nada da vida além de fornecer-lhe mais dinheiro para alimentar seus próprios apetites e prazeres. Utilizaria Elizabeth para isso. – Victor inclinou-se para a frente, e o Juiz Frankenstein encolheu-se para trás: aquele antigo medo veio à tona com toda a força. Ele se acostumara demais a um Victor domesticado. – O senhor não tem poder nenhum sobre nós, velho. E, se tentar controlar-me novamente, entenderá, por fim, o que é o *verdadeiro* poder e quem o detém nesta família.

Victor afastou-se do pai, e seu rosto ainda era uma máscara fria, terrível em sua estranha falta de emoções. Vi-a apenas por um segundo antes que ele fixasse seus olhos em mim, e meu Victor voltasse.

– Bem – disse –, vamos para seu antigo lar?

Eu presumira que seria ali que lutaríamos contra o monstro. Mas, com aquelas novas informações, tudo perdera o equilíbrio, estava vertiginoso e confuso. Uma viagem de barco, alguma distância entre nós dois e aquela casa, seu pai, aquele monstro...

– Sim – respondi, segurando sua mão novamente. – Leve-me para casa.

VINTE E UM

ELE, PARA QUEM AMAR
SIGNIFICA OBEDECER

Viajamos de barco, navegando pelo rio Ródano até o ponto onde ele se encontra com o lago Como. O rio era rápido, mas plácido, e a paisagem do interior foi o bastante para encher meu peito de uma excitação parecida com uma euforia religiosa. O verde e o dourado da terra prometiam uma dádiva de felicidade e saúde.

Mas eu não conseguia fazer meus pensamentos pararem de girar, depois das revelações do Juiz Frankenstein e das alterações que causavam em minha vida. Minha agitação era tal que o monstro e seu prometido ataque foram empurrados para os cantos mais recônditos de minha mente. O rio foi me carregando suavemente para longe de meu passado – e em direção ao meu passado.

Se eu estivesse em pleno exercício de minhas faculdades mentais, poderia ter postergado nosso retorno. O lago Como não fora um lugar bondoso para comigo, e eu não possuía nenhuma lembrança feliz com ele. Minha vida ali fora de fome, dor e sofrimento. Eu sempre pensara em Victor como meu salvador por ter me tirado daquele local.

E naquele momento, para comemorar nossa união oficial, estávamos voltando. Victor, pelo menos, parecia acalmar-se com nossa viagem. Sua agitação e distração intensas haviam se dissipado. Cada légua, sem dúvida, preenchia-o de alívio, por deixar-nos mais a salvo da perseguição. Os peixes pulavam da água, acompanhando o barco. Victor ria e apontava para eles. Mas eu percebi que não podia imitar sua tranquilidade.

Victor segurou minha mão e disse:

– Você está tristonha. Se soubesse o quanto sofri e o quanto ainda poderia suportar, consentiria que eu experimentasse a tranquilidade e a libertação do desespero que este único dia, pelo menos, permite-me aproveitar.

Eu sabia! Sabia muito bem. Era Victor quem não desconfiava, tanto de meu conhecimento quanto das antigas ansiedades de infância que aquela viagem ressuscitava.

Mesmo assim, eu não esqueceria que ele nunca soube, nem se importou com minha riqueza. E interveio para evitar que seu pai a roubasse antes que eu fosse capaz de aclarar minhas ideias e pesar minhas opções para manter meu patrimônio a salvo dele.

Não que eu não quisesse ajudar a família Frankenstein. É que…

Não, talvez fosse isso mesmo. A Madame Frankenstein, com sua bondade tépida e condicional, estava morta. William, a bela criança, também. Ernest logo encontraria seu caminho, sem jamais contar com herança, já que era o segundo filho. E Victor era meu, com ou sem a fortuna de sua família.

Eu experimentara tanta adversidade ao crescer, temendo constantemente que, se falhasse, seria posta para fora novamente com nada de meu para enfrentar o mundo. E o Juiz Frankenstein, apesar de saber que isso não era verdade, nunca me oferecera consolo ou segurança, preferindo que eu pensasse que estava completamente em dívida com sua generosidade. Mesmo esse casamento, que poderia ter sido postergado, pelo menos, até eu fazer 18 anos, fora-me apresentado como a melhor opção, enquanto o juiz sabia muito bem que, aos 21, eu teria recursos financeiros para ser independente.

Fechei os olhos, tentando diferenciar meus sentimentos. Que vida eu teria escolhido se soubesse?

Mas aquele era um exercício de loucura. Eu nunca soubera. Eu mesma exigira aquele casamento de última hora, como uma armadilha. E, então, estava comprometida com Victor não apenas pela vida toda e pelo amor, mas pelo terrível segredo de seu monstro. Eu não escolhera aquela vida, mas continuaria fiel àqueles que me escolheram. Seria leal a Victor. Seria leal à memória de Justine. Abri os olhos e dei um sorriso fraco para Victor. Foi o suficiente para tranquilizá-lo, e ele voltou a admirar a paisagem.

— Um recomeço é exatamente o que precisamos — disse. — Aqui, longe do passado. Uma nova vida juntos, que construiremos tendo em mente o que sempre prometi a você. — Victor passou o braço em volta de meu corpo e me puxou para perto. — Você pode pintar. Eu posso voltar a estudar. Teremos isolamento e paz. Tempo suficiente para eu conseguir corrigir os fracassos do passado.

Eu também estava esperançosa. Organizara o casamento de modo a ter um confronto rápido com o monstro. Mas, quando entramos nas águas do lago Como, toda minha vulnerabilidade, fragilidade e ferocidade da infância caiu nos meus ombros, como a leve chuva que nos atingia. Cobrindo tudo e ensopando-me rapidamente.

Eu ainda não estava preparada para encarar o monstro. Eu aceitaria aquele descanso e tentaria descobrir quem, exatamente, eu era como Elizabeth Frankenstein, à beira do lago Como.

No interior da propriedade — familiar como um sonho distante —, tudo estava coberto com panos brancos e poeira. Tudo tinha uma mortalha, como se estivesse prestes a ser enterrado. Fiquei perambulando, em meio a algo parecido com um delírio. Toquei vários objetos, na esperança de acender alguma memória, alguma ligação concreta àquela vida que me era devolvida.

Não senti nada.

Victor deixou-me em um quarto e foi explorar o resto da propriedade. Sem dúvida, em busca de uma biblioteca. Pela manhã, iríamos ao vilarejo procurar uma mulher para contratar como cozinheira e outra como governanta, até que tivéssemos certeza da dimensão de minhas finanças e de quantos criados precisaríamos.

Fiquei imaginando se alguma das pessoas que eu encontraria no vilarejo seria um dos meus irmãos adotivos perdidos tanto tempo antes. Eu faria questão de contratar uma velha. Não precisava ter medo de minha família ali. Não era mais vítima dela. Era uma mulher casada. Não lhes devia bondade e refutaria qualquer exigência que me fizessem.

Fiquei perto da janela, vendo o pôr do sol atravessar as nuvens de chuva, que já se dissipavam, dando um adeus cor de laranja brilhante ao dia do meu casamento. Eu planejara que aquele dia seria de vingança e de fogo. O monstro planejara a mesma coisa. Mas eu não estava onde deveria estar e por conseguinte nada poderia estragar nossa noite de núpcias.

Um novo horror se abateu sobre mim, mas era um terror menos mortal e mais um medo humilhante. Victor era meu *marido*. Dividimos a mesma cama inúmeras noites ao crescer. Mas, naquele momento, éramos marido e mulher: eu, aos 17 anos, mulher, e ele…

Não tive coragem de virar-me. A cama atrás de mim parecia avolumar-se, tomando cada vez mais espaço no quarto, à espreita como o próprio monstro, prestes a apossar-se de mim.

Desejei casar-me porque isso significava matar um monstro. Todos os meus planos estavam centrados em passar a noite de núpcias lutando pela minha própria vida e pela de Victor também. Nunca cheguei a considerar que teria uma noite de núpcias segura e com relativa liberdade.

Fui atingida por um anseio súbito de ter uma mãe. Não uma mãe como as que eu já conhecera – a mulher horrível que, sinceramente, eu torcia para que estivesse morta, ou a inútil madame Frankenstein – mas uma mãe como eu imaginava que uma mãe devia ser.

Uma mãe como Justine. Um anseio de saudade pela minha amiga atravessou-me com uma força física, e fui ao chão. Fugir de Genebra não me permitira fugir dos fantasmas de meu passado. Eu não poderia simplesmente ficar ali, em segurança. Pintando. Sentada ao lado de Victor enquanto ele estudava. Podíamos até ter partido de Genebra, mas eu não deixara meu propósito para trás. Peguei meu diário e comecei a revisar, desesperada, o que eu sabia a respeito do monstro e o que escrevera sobre ele.

As palavras escritas na página levaram meus pensamentos, inexoravelmente, em direção à lembrança de William, deitado e morto. Queria jamais tê-lo visto, jamais ter marcado à brasa minha memória com aquele corpo gelado, de olhos fechados, com terríveis ferimentos no pescoço. Mesmo naquele momento, eu ainda os via, enxergava cada marca de um dedo brutal escrito em sua pele com a mais negra das violências.

Imaginei o monstro segurando William, silenciando seus gritos, posicionando as enormes mãos em torno de seu...

Soltei o diário e levei os dedos ao meu pescoço. Alguma coisa estava errada. Eu conseguia sentir as beiradas de minhas certezas esfacelando-se.

As impressões de dedos no pescoço de William não eram descuidadas, não eram enormes. Eram tão finas quanto minhas próprias mãos.

O que significava que não fora o monstro que matara William.

• 268 •

Outra pessoa tirara, lentamente, a vida do menino. Outra pessoa dispusera, com todo o cuidado, o medalhão. Outra pessoa encontrara Justine e posicionara o medalhão nela enquanto ainda dormia. Outra pessoa planejara perfeitamente a sequência de acontecimentos para que...

Soltei um soluço de horror abafado.

Outra pessoa planejara perfeitamente a sequência de acontecimentos para que pudesse ficar com o corpo de Justine.

— Victor — sussurrei.

— Sim, meu amor? — respondeu ele, uma silhueta escura perto da porta.

VINTE E DOIS

SALVE, HORRORES
SALVE, MUNDO INFERNAL

TODOS OS ANOS QUE passei ajustando minhas emoções para atender às necessidades dos outros, certificando-me de que deixaria transparecer apenas o que era adequado, treinando-me para ser outra pessoa, abandonaram-me.

Fui incapaz de fingir.

– Victor... – Minha voz tremia como o cadafalso de minha vida, que tombara para revelar um terrível mausoléu em ruínas onde tentei construir um lar. – Você matou seu irmão?

– Qual deles?

Sua pergunta foi sincera. Não havia sinal de provocação em sua voz. Ele entrou no quarto e sentou-se em um banco que havia ao pé da cama, depois cruzou uma das pernas sobre o outro joelho.

Soltei uma risada abafada, de choque e incredulidade.

– *Qual deles?*

Victor levantou uma das sobrancelhas, como se eu é que estivesse falando de modo confuso.

– Tenho dois irmãos mortos. Suponho que tenha matado Robert, mas foi um acidente. Eu estava apenas curioso.

– Quem é Robert?

Minha cabeça girava enquanto eu tentava encaixar aquela nova informação no passado.

– Meu primeiro irmão. O que morreu quando criança.

– Não é dele que estou falando! Jamais perguntei sobre ele!

Victor fez careta ao ouvir meu tom estridente.

– Eu sei. Porque você me entende.

Levantei, alvoroçada e anestesiada a um só tempo. Eu estava prestes a despedaçar-me. Apertei as mãos na frente do corpo para impedi-las de tremer.

– Estou falando de William. Você matou William?

Ele não disse nada e piscou diversas vezes, juntando as sobrancelhas. Sempre adorei aquela expressão, adorava os pensamentos que fervilhavam misteriosamente por trás dela. Agora queria arrancá-la do seu rosto.

Victor enfim falou, com aquele tom cuidadoso e tranquilizador que eu sempre usava com ele.

– Eu ainda não havia voltado para Genebra. E Justine foi encontrada com evidências esmagadoras.

– Fui eu quem lhe ensinou a incriminar os outros! – exclamei, apontando o dedo em sua direção, de forma acusadora. – E você concordava comigo que Justine era inocente! Estava tão convencido quanto eu de que ela não era culpada! Era porque você conhecia a identidade do assassino. Todo esse tempo, pensei que você sabia e não podia falar porque ninguém acreditaria que o monstro existia. Mas você sabia e não podia falar porque foi *você*!

Victor suspirou e apertou a ponte do nariz.

– Você jamais deveria ter visto o monstro. Sinto-me humilhado.

– Você se sente humilhado? É essa a sua reação?

Ele sacudiu a cabeça e virou-se, como se estivesse pensando em sair pela porta. Mas respirou fundo, tranquilizando-se.

— Percebo que isso a aborrece. Eu sabia que você se aborreceria. Por que insiste em ir atrás das coisas que escondo de você para seu próprio bem? Você é meu anjo, Elizabeth, e eu sempre me esforcei para mantê-la na ignorância das exigências menos respeitáveis de meus estudos.

Fui cambaleando para trás e encostei-me na parede, para não cair no chão.

— É verdade. Você matou seu irmão, uma criança, e então incriminou minha mais querida amiga para que ela fosse morta por isso.

Seus olhos brilharam, e toda a tranquilidade esvaiu-se de sua postura.

— *Eu* sou seu mais querido amigo.

A grandeza de minha culpabilidade ameaçava soterrar-me.

— Por acaso ela... Você a escolheu porque eu a *amava*? — Uma nova descoberta tirou-me o fôlego. — Você também matou Henry? É por isso que ninguém tem notícias dele desde que foi embora para a Inglaterra?

— Henry está vivo, e o mundo é ainda mais desagradável por causa de sua existência. E, quanto aos meus motivos para escolher Justine, não seja frívola — debochou, e a própria negação confirmou-me que ele a matara por ciúme. — Eu precisava de um corpo jovem e saudável. Minha tentativa anterior fora caótica. Tive de trabalhar com tantos pedaços. Inseguro a respeito de minha técnica, fiz tudo maior, para que fosse mais fácil de enxergar e de manipular. Usei pedaços de animais para fazer adaptações de tamanho e formato. Acreditei que seria maravilhoso. Algo novo. Mas o resultado foi abominável. Não poderia repetir esse erro. Precisava refinar o processo. Aperfeiçoá-lo. Trabalhar com um único corpo ou o mais perto que pudesse chegar disso, em vez de tantos pedaços diferentes.

— Eu a vi — disse, e um soluço escapou pelos meus lábios. Mesmo naquele momento, eu via Justine, construída pela violenta busca por controle de Victor. Quando pensava nela, via mais seu rosto morto do que sua expressão viva e amável. Victor a roubara de mim, assim como fizera com minhas lembranças dela. – Eu mesma cavei sua cova.

– *Você* roubou Justine? – Ele cerrou os punhos, e a pele branca ficou esticada sobre os nós dos dedos que eu tanto beijara, para lembrá-lo de aliviar aquela tensão. As mãos que eu segurara e procurara em busca de proteção. As mãos que estrangularam William e incriminaram Justine! Victor deu um passo em minha direção e disparou: – Como ousou seguir-me?! Ordenei que ficasse. Eu lhe dei todas as oportunidades para permanecer na ignorância. Se você está aborrecida, a culpa é sua.

– Pensei que estava protegendo você! Pensei que o monstro estava à sua caça, e que eu o salvaria! – Sacudi meu diário diante dele, jogando-o no chão em seguida. – Eu queria proteger você, assim como pensava que você tinha me protegido, mas foi tudo culpa sua. Você colocou Justine em cima de uma mesa, como um bezerro abatido! Você apagou a luz mais pura e brilhante do mundo para possuir sua *carne*.

Ele grunhiu, com desdém.

– Você a tinha em alta conta sem motivo. Justine era simplória. Sequer era inteligente. Qual seria sua contribuição para o mundo se tivesse vivido mais uma década, três, quatro até? Nenhuma. E agora seu corpo foi desperdiçado. Na morte, ela serviria ao mais alto dos propósitos.

– Justine amava seus irmãos! Ela os criou!

Victor remexeu os dedos no ar, em um gesto de desprezo.

– Qualquer um pode ensinar uma criança. Preceptoras são substituíveis. Você não teve nenhum pudor em livrar-se de Gerta.

– Nós não *matamos* Gerta!

Fiquei em dúvida e cobri a boca em seguida, horrorizada. Gerta sumira, desaparecera uma hora depois de Victor sair do quarto. Nunca tivemos notícias suas de novo.

Victor resolvera aquele problema para mim.

Seu olhar de irritação condescendente teria me congelado anteriormente, teria me feito mudar de atitude no mesmo instante. Nesse momento, tentei esquivar-me dele. Seus lábios retorceram-se.

– Você não pode reclamar de que não gosta do método, sendo que tantos dos métodos foram criação sua. Você deixou claro, desde o início, que não se importava com o que eu fizesse, desde que não precisasse saber dos detalhes. Foi o que combinamos!

– Não. Não, não, não. Eu nunca pedi isso. Nunca quis isso. – Tive vontade de andar de um lado para o outro, de encolher-me, de sair correndo, gritando e batendo em Victor. Em vez disso, fiquei ali parada, fitando o menino que conhecia desde sempre, o menino que pensei conhecer melhor do que a mim mesma. Eu olhava para um estranho e, ainda assim, entendia cada faísca de emoção em seu rosto. Era demais para uma reconciliação.

E, ainda assim, eu não entendia.

– Por que você faria *qualquer uma* dessas coisas? Por que você roubou Justine daquela maneira? Por que você sequer pensou em criar uma companheira para o monstro?

Victor franziu a testa e inclinou a cabeça, confuso:

– Por que eu daria qualquer coisa para aquela criatura detestável? Assim que ele respirou pela primeira vez, tive certeza de que faltara muito para alcançar meus objetivos. Você o viu. Você entende. Foi um engano abortivo, um erro repugnante. O fato de continuar a me assombrar, observar e ameaçar é a punição que mereço pelo meu fracasso espetacular na busca pela perfeição.

– E que perfeição você espera encontrar na morte?

Ele levantou os olhos para o teto e sacudiu a cabeça de leve.

– Você não entende. Você jamais entendeu essas coisas. Você, que pode apreciar a beleza do mundo com tanta facilidade, sem nunca desejar ir mais fundo…. Fiz tudo isso para você. Para salvá-la.

◆ 274 ◆

— Para salvar-me *de quê?* O maior sofrimento de minha vida foram as duas últimas semanas e quem o causou foram suas mãos invisíveis!

Victor veio em minha direção num ataque explosivo. Encolhi-me contra a parede. Ele estava entre mim e a porta. Sua ira crescia, mas parecia que ele ainda estava no controle de si mesmo. Eu estava ali para acalmá-lo, afinal de contas.

Eu jamais o acalmaria novamente.

Ele me segurou pelos ombros e sacudiu-me com uma força terrível.

— O sofrimento é temporário! Assim como você! Eu quase a perdi, você teria morrido, deixando-me aqui *sozinho*. Quando eu a vi acamada, escapando de mim pouco a pouco, jurei que jamais permitiria que isso acontecesse. Você é minha. Você me pertence. E serei amaldiçoado se permitir que a fragilidade doentia de sua *carne* roube você de mim. Acha que gostei de fazer o que tive de fazer? Odiei. Mas precisei fazê-lo. Todo o meu trabalho, todo o meu sacrifício, teve um único propósito. Eu derrotarei a morte. Roubarei dela a faísca da criação para transformar a vida em algo eterno, incorruptível. E faço isso por *você*. Quando conseguir, e vou conseguir, você poderá considerar-se a criatura mais abençoada desta terra de Deus, porque não estará mais sujeita a Ele. Tomarei Seu lugar. Serei seu Deus, Elizabeth. Recriarei você à minha própria imagem, e teremos nosso Éden. E isso jamais nos será roubado.

— Você está louco.

Minha voz tremia, mas eu era capaz de conter minha fúria. E era capaz de empunhar a fúria de Victor como uma arma contra ele, que já estava prestes a perder-se em suas paixões cegas. Eu só precisava provocá-lo.

— Temi que você estivesse louco quando vi seu laboratório em Ingolstadt. Eu protegi você ao destruí-lo. Devia saber que o perigo estava dentro de você... em sua mente, em o que quer que você tenha no lugar onde deveria existir uma alma. Você está louco, e eu não participarei de sua perversão doentia do Éden. Você diz que criou algo abominável? Você *é* abominável, Victor. Você criou um monstro porque é tudo o que é capaz de ser. Não quero mais você.

Eu me preparei para um de seus acesso de ira. Estava contando com isso. Victor perderia sua capacidade de funcionar racionalmente, fundindo-se em uma força puramente destrutiva. E então, eu poderia fugir. Poderia correr até o vilarejo e chamar a polícia. Se ele me batesse, isso me ajudaria.

Mas Victor apenas suspirou. Soltou meus ombros e foi até a porta, fechou-a e trancou-a. Sua ações eram exatamente o oposto do que eu estava esperando, e simplesmente fiquei parada, assistindo. Se tivesse atacado, eu teria lutado. Em vez disso, apoiou-se na porta. Parecia tão contrariado que precisei refrear meu instinto de distraí-lo e fazê-lo sorrir.

— Não é assim que eu queria que esta noite transcorresse. Preciso de mais tempo. Ainda não estou pronto para você. Não correrei o risco de nenhum acidente ou fracasso quando chegar sua vez. Eu estaria mais perto, mas, graças à sua *ajuda* ao queimar meu primeiro laboratório, perdi meu diário e todas as minhas anotações. E depois perdi todo o progresso que fizera no corpo das ilhas Orkney.

Tremi de raiva. Estava pronta para atacá-lo.

— *Ela se chamava Justine.*

Victor soltou mais um ruído de impaciência.

— Você ainda não entendeu. Eu sabia que não entenderia. Você nunca foi forte o suficiente, nem mentalmente nem emocionalmente, para esta tarefa. Você terá de ter paciência. Depois que for mudada, aperfeiçoada por mim, sei que, finalmente, será grata.

Soltei uma risada, um som grosseiro como o pássaro que se alimenta de carniça que encontrei em seu laboratório naquele dia, bicando aquele baú repleto de uma terrível violência e um propósito ainda pior.

— Tudo acabou entre nós. Jamais ficarei com você. Eu lutarei contra você. Eu o impedirei. Você é verdadeiramente insano, se acha, por um segundo sequer, que será objeto de minha bondade ou de minha gratidão novamente.

Ele respirou fundo. Quando olhou para o tapete, ataquei. Eu me atirei contra ele com toda a raiva e dor que possuía. Arranhei seu rosto, tentando acertar seus olhos. Victor segurou minhas mãos e as torceu, depois me atirou no chão. Pôs o joelho em minhas costas antes que eu pudesse levantar. Tentei bater nele, mas Victor segurava um dos meus braços para trás, e o outro estava preso debaixo de meu corpo. Eu resisti, gritando. Mas, por mais magro que Victor fosse, eu não era páreo para ele.

Lutei com fúria. Ele, com a fria determinação de um assassino. Apenas um de nós tinha consciência de até onde poderia chegar. Apertei o rosto contra o tapete, espremendo os olhos. Eu não podia ganhar aquela luta. Teria que pensar em outra coisa. Teria que ser inteligente. Talvez pudesse...

— Sempre fomos uma equipe — disse Victor, pressionando ainda mais o joelho e movimentando-se, fazendo algo que eu não conseguia ver. — Mais uma vez, você me forneceu a solução que eu precisava. Você se esforçou tanto para esconder meu trabalho, sabendo que, se alguém o visse, acharia que sou louco. Eu seria trancafiado imediatamente, para minha própria segurança. — Ele deu risada e limpou a garganta em seguida, mudando o tom de voz. — Minha pobre e amada esposa. Em nossa noite de núpcias, perturbada demais pela morte do pequeno William pelas mãos da mulher que escolheu para cuidar dele, Elizabeth perdeu a cabeça. Vocês podem ver, bondosos doutores, este diário que ela mesma segura: olhem para o que escreveu a respeito de viagens que jamais fez. Ninguém na Inglaterra, em Inverness ou em qualquer outro lugar tem lembrança de uma jovem chamada Elizabeth. Ela imaginou tudo! E os monstros... criaturas feitas de escuridão e de morte... que ela vê no mundo à sua volta! Ah, como isso parte meu coração! Mas sei que ela ficará em segurança dentro deste hospício. Ela ficará em segurança e pacientemente trancafiada, ansiando pelo dia em que eu estiver preparado para buscá-la. – Victor colocou algo no chão ao meu lado, depois acariciou meu cabelo com cuidado. – Você acha que eu devo contar mais sobre o que você acabou de passar? Talvez me demorar um pouco mais ao falar da culpa que você sentia por ter confiado em Justine, já que ela, claramente, planejava assassinar William? Se, pelo menos, Henry estivesse aqui para escrever isso para mim como uma de suas peças patéticas... Bem, treinarei.

Eu queria virar a cabeça, morder sua mão, que ainda acariciava meu cabelo. Mas isso se tornaria uma evidência a seu favor. Eu precisaria de todas as minhas forças para libertar-me daquilo com argumentos quando Victor chamasse a polícia. Eu poderia tentar correr assim que ele me soltasse, mas temia que isso contasse mais a seu favor do que ao meu. E para onde eu poderia fugir?

Não. Eu permaneceria calma. Sem emoções. Eu explicaria seu histórico e temperamento. Tentaria provocar um novo ataque de raiva. Eu...

Senti uma dor aguda no pescoço, seguida por uma sensação fluida e ardente. Que inundou minhas veias e alastrou-se pelo meu corpo.

– Durma. – Os lábios de Victor roçaram meu ouvido, e ele continuou acariciando meu cabelo. – Durma e tenha certeza de que cuidarei de tudo.

VINTE E TRÊS

ENTÃO DEVE SEGUIR O MUNDO, SENDO MAU PARA OS BONS E BOM PARA OS MAUS

QUANDO ACORDEI, ESTAVA AMARRADA a uma cama.

Uma enfermeira estava debruçada sobre mim, e levantava minha camisola para colocar um penico debaixo de meu corpo.

Soltei um suspiro de surpresa e perguntei:

— O que está fazendo?

— Apenas faça suas necessidades — respondeu ela, com um arfada sofrida.

— Madame, por favor!

Tentei movimentar-me, mas foi em vão.

Ela entrou no meu campo de visão. Era corpulenta, por causa da idade, com ombros largos. Seus olhos não eram gentis nem deixavam de ser. Eram cansados.

— Se você não mijar agora, vou deixar o penico debaixo de você. Que vai machucar sua pele clara, e você vai chorar. E eu não vou me importar. E, se você resistir, vai espalhar seu próprio mijo e sua própria merda por toda a cama, e eu vou me esquecer de trocar seus lençóis. Entendeu?

Não havia nenhuma raiva ou malícia em seu tom, e eu não sabia como responder. O que poderia dizer para convencê-la? Qual a melhor maneira de manipulá-la para que me soltasse?

– Sim, é claro – respondi, dócil. – Mas será que eu poderia me sentar, por favor?

– Dois dias amarrada na cama para ter certeza de que você não irá se machucar. Faça o que eu mando e aí podemos conversar sobre eu deixar você mijar sentada.

Horrorizada e humilhada, descobri que não conseguia soltar uma gota sequer.

Ela deixou o penico debaixo do meu corpo.

Que me machucou, como prometido, mas minha alma e minha dignidade sofreram danos maiores do que minha pele.

Foram três os dias que passei deitada, presa àquela cama. Às vezes, escutava alguém chorando. Mas isso era quase um consolo, porque o resto do tempo eu não ouvia nada. Eu só conseguia virar a cabeça de um lado para o outro e ver paredes vazias, caiadas de branco. Eu estava sozinha, com exceção das breves visitas das enfermeiras.

Na segunda noite, a mais longa delas, eu me arrependi de ter desejado ouvir coisas. Uma mulher ali perto gritava e continuou gritando até que minha garganta começou a doer e a ficar arranhada pela dela. Como conseguiu continuar gritando, não sei.

Como alguém poderia continuar daquele jeito?

Depois de passar três dias fazendo tudo o que as enfermeiras pediam, fui desamarrada. Levaram-me até sala do chefe do hospício. Eu não sabia em que país estávamos, mas o médico e as enfermeiras falavam alemão. As paredes tinham painéis de madeira escura, sua mesa e sua cadeira eram enormes e agourentas. Havia um banco simples em frente à mesa. Sentei, bem na beirada, com as costas bem retas e o queixo em um ângulo de falsa modéstia.

Não permitiram que eu penteasse o cabelo nem me deram nada além da bata cinzenta e disforme que eu usava desde que acordara.

– Boa tarde. – Dei um sorriso exemplar. – Fico muito grata por ter a oportunidade de falar com o senhor. Temos um terrível mal-entendido para resolver.

O chefe do hospício sequer levantou os olhos da carta que escrevia. Era pálido e enrugado, e suspeitei que, se encostasse em sua pele, ela ficaria com a marca do meu dedo. Seus lábios finos estavam apertados, parecendo uma única linha zangada.

– Veja bem, eu não deveria estar aqui.

– *Hummm* – resmungou o médico. – Li seus escritos e tenho testemunho do contrário, feito por seu marido.

Dei risada, envergonhada.

– Ah, mas ele não me deixou explicar! Sabe, eu estava escrevendo uma história para ele.

– Uma história?

Ele finalmente levantou os olhos da carta.

– Sim! Um romance. Queria surpreendê-lo. Meu marido sempre adorou histórias de terror, por isso eu estava escrevendo a história de um monstro. Eu me sinto humilhada por outra pessoa tê-la lido.

Sua boca esboçou um sorriso.

– Cara criança, você realmente pensa que alegar que o que você estava escrevendo brotou de sua imaginação ajuda a provar sua sanidade? Se ajuda em algo, é a confirmar o quanto você precisa de nossa ajuda.

Sacudi a cabeça, com o coração acelerado.

– Não, não, posso explicar. Eu...

• 281 •

– Você sofreu perdas tremendas. E, sendo uma jovem frágil, pensar em tornar-se esposa foi demasiado. Você precisa de silêncio. Você precisa de um lugar onde esteja em segurança, onde sua mente não seja atormentada nem desafiada. Prometo que lhe darei todas as oportunidades de acalmar sua histeria.

Tive vontade de me levantar, de gritar, mas tudo o que eu fizesse ou dissesse apenas seria transformado em mais evidências contra mim. Meus lábios tremiam, mas me esforcei ao máximo para dar ao homem um sorriso triste.

– Tenho permissão para escrever cartas? Para receber visitas? Eu gostaria de ver...

Quem? Meu sogro? O Juiz Frankenstein não daria a menor importância para o fato de eu estar ali, desde que pudesse ter acesso à minha herança. Era só para isso que ele precisava que eu continuasse viva. Ernest era jovem demais para poder ajudar. Henry estava na Inglaterra e, se seu próprio pai não conseguia localizá-lo, certamente minhas cartas não conseguiriam.

E o dia em que eu visse Victor novamente seria o dia em que tudo estaria perdido para sempre.

Eu não tinha ninguém. Tinha apenas a mim mesma. Deixei que as lágrimas se acumulassem em meus olhos, de modo manipulador, e dirigi toda a força de minha beleza angelical para o médico.

Que não estava sequer me olhando.

– Levem-na – disse.

Duas enfermeiras vieram e me levantaram pelos braços, com força. Eu não resisti.

– Quando poderei ir lá fora? – perguntei, na manhã seguinte.

Eu permanecera confinada em meu quarto desde que encontrara

o chefe do hospício, com o objetivo de dar tempo para "meus *nervos* acalmarem-se".

A enfermeira que estava servindo meu café da manhã grunhiu. Não era a mesma que me prometera machucados. Era mais jovem, mas a mesma determinação brutalmente indiferente estava escrita na curva de seus ombros.

— Ir lá fora é estímulo demais para você. Comporte-se e, dentro de uma semana, poderá juntar-se às outras meninas durante a refeição noturna.

— Mas eu...

— Comporte-se – grunhiu.

E foi embora em seguida.

Quando, depois de uma semana, permitiram que eu saísse de minha cela minúscula e sem janelas, sentei-me, com a postura mais feminina que consegui, nos gelados bancos do salão de visitas central. Não havia visitas. Eu estava cercada de mulheres sentadas com uma postura parecida, todas ainda se movimentando como se usassem golas até o queixo, saias longas e espartilhos, em vez daquelas camisolas soltas feitas de um tecido cinzento e áspero. Não nos permitiam grampos de cabelo, de medo que nos machucássemos, então até meu cabelo era comprido e desfeito. Eu me sentia desmazelada, exposta, sem nada entre meu corpo e o ar além daquela única camada.

Eles nos arrancaram tudo o que, de acordo com o que tínhamos aprendido, tornava-nos mulheres. E então nos disseram que estávamos loucas.

Ainda assim, eu venceria. Eu estava preparando minha defesa com cuidado, meticulosamente, dentro de minha própria cabeça. No próximo encontro com o chefe do hospício, eu o convenceria de minha sanidade e da culpa de Victor, e então seria libertada. Eu me comportara, tal como mandaram. Seria exatamente o que precisava ser naquele lugar horrível, e conquistaria minha liberdade.

Alguém soltou uma risada debochada perto de mim. Virei a cabeça e vi uma mulher deitada no chão de um modo quase obceno.

– Não vai ajudá-la – disse, olhando para mim. Seu cabelo estava uma bagunça, suas unhas, roídas ao ponto de terem uma faixa de sangue seco. Mas sua expressão era sarcástica e inteligente.

Eu não queria conversar com alguém que, obviamente, não estava em posse de suas faculdades mentais, mas eu não falava com ninguém além das enfermeiras indiferentes havia uma semana e ansiava por qualquer tipo de relacionamento.

– O que não vai me ajudar? – perguntei.

– Isso. – Ela inclinou a cabeça na direção de minha postura perfeita, de minhas mãos dobradas modestamente, pousadas em meu colo. – Você não pode convencê-los de que é sã comportando-se do modo que acha que eles querem que se comporte. Eles não se importam.

– Mas esse é o trabalho deles.

Ela bufou e espichou-se, levantando os braços acima de um modo lânguido.

– O trabalho deles é fazer o que são pagos para fazer. E são pagos para manter-nos aqui. Para manter-nos vivas. Isso é tudo. Você sabe por que estou aqui?

Eu não precisava ser boa com *ela*. Ela não tinha importância.

– Por que você foi possuída por um espírito que a faz deitar no chão quando tem uma companhia educada?

Ela deu uma risada.

– Ah, gosto de você. Não. Estou aqui porque tentei deixar meu marido. Passei a mão no que eu podia carregar e fui embora no meio da noite. Ele passou dez anos me batendo, me xingando, puxando meu cabelo e cuspindo em mim. Tinha ataques raivosos de ciúme, acusava-me de traí-lo, de fazer troça pelas suas costas, até de roubar sua força masculina quando dormia, deixando-o sem nenhuma para desfrutar de mim. E *eu* é que sou louca por tentar fugir disso.

Ela suspirou, olhando para o teto rachado, as vigas expostas que imitavam as grades que havia na única janela do quarto.

— Fiz a mesma coisa que você está fazendo, no começo. Eu me comportei. Tentei demonstrar que era inegavelmente sã e, portanto, podia ser libertada. Demorou dois anos para eu desistir. — Ela sorriu e piscou para mim. — Os últimos oito anos simplesmente passaram voando. Então, quando você estiver pronta para desistir, tem um lugar aqui no chão, bem do meu lado.

A mulher bateu e arranhou as tábuas marcadas do chão, como se fizesse um convite. Então deu um sorriso maternal diante de meu óbvio horror.

— Pergunte para outras mulheres por que estão aqui e ouvirá a mesma coisa. Apesar de que Maude realmente chora e dorme bastante. E Liesl... bem... você deve ficar feliz por seu marido importar-se ao ponto de pagar um quarto individual para você. — Ela me mediu com os olhos e perguntou: — Por que *você* está aqui?

Senti minhas costas curvarem-se, meus ombros afundarem-se. Por *dois anos* ela tentara convencê-los de sua sanidade, e tudo o que tinham contra ela era uma tentativa de fugir de um casamento hor-rível. Apesar de todos os meus esforços para aprender a ser o que os outros precisavam que eu fosse, eu não percebera que já era perfeitamente adequada para aquele hospício. Eu era *exatamente* quem queriam que eu fosse. Quem a mãe e o pai de Victor tinham me educado para ser. Quem Victor me criara para ser.

Eu era uma prisioneira.

Toda a minha vida de sobrevivência, de ser a Elizabeth de alguém,

• 285 •

levara-me até ali. E o que me restara? O que eu era quando não estava interpretando para alguém?

Mesmo naquele momento, eu me dava conta de que tinha um falso sorriso de felicidade no rosto. Para quem? Para quê? Para que aquela mulher deitada no chão não me julgasse? Para que as enfermeiras pensassem que sou meiga?

Lentamente, desfiz o sorriso e deixei que meu rosto ficasse tão parado e inanimado quanto o de Justine, deitada, morta, naquela terrível mesa. Abandonei-me ao meu estado mais natural. Imaginando, na verdade, como seria esse estado.

A mulher no chão estava me observando, curiosa.

— E?

— Meu marido — respondi, e a palavra me deu uma desagradável sensação de veneno — fez experimentos e depois costurou pedaços de cadáveres para criar um monstro. Quando conseguiu isso, matou o próprio irmão e incriminou minha melhor amiga pelo assassinato, para que ela fosse enforcada. Então tentou usar o corpo dela para praticar sua ciência sombria, preparando-se para o dia em que me transformaria de viva em morta e depois, mais uma vez, em uma nova forma de vida que jamais seria corrompida, morreria ou se separaria dele. Eu lhe disse que não estava interessada em ser sua esposa sob essas circunstâncias específicas.

A mulher arregalou os olhos e foi para trás, a muitos centímetros de mim, arrastando-se pelo chão.

— Então — sorri, e a expressão que fora meu instinto por todos aqueles anos parecia falsa e, a um só tempo, mais verdadeira do que nunca, porque se esboçou de um modo perverso no meu rosto — estamos aqui, basicamente, pelo mesmo motivo.

...

Ao longo do mês seguinte, o desespero acomodou-se ao meu redor, como se fosse neve caindo no chão, encobrindo meus sonhos de vingança. Então o desespero encobriu meus sonhos de vida em si, até que restou apenas uma planície de nada, branca e vazia.

Eu ficaria ali para sempre.

Mas toda vez me reprimia quando começava a desesperar-me pensando nisso. Pois ficar ali para sempre era preferível à alternativa de Victor.

Ele estava lá fora, em algum lugar, assassinando pessoas para aperfeiçoar sua técnica. Eu sequer podia contar com a possibilidade de que aquele monstro obsceno encontrasse e matasse Victor, porque tivera muitas oportunidades e jamais levara isso a cabo. Victor não estava sendo assombrado pelas ameaças do monstro, mas por seus próprios fracassos.

Então ele estava livre, de verdade, e eu estava ali dentro. Eu permaneceria ali até Victor estar pronto para mim. Então, porque ele era homem, e eu era sua esposa, eu seria entregue a ele, que finalmente teria poder completo sobre meu corpo e minha alma.

E ninguém me ajudaria.

E ninguém se importaria.

Continuei fingindo que me comportava, porque não conhecia outro modo de ser. A mulher do chão espalhara boatos de que eu era realmente louca, e ninguém falava comigo. Eu não me importava, não tinha utilidade para amigas prisioneiras.

Eu ficava observando tudo com atenção. As portas das celas ficavam sempre trancadas. Uma enfermeira acompanhava-me durante a única refeição que eu fazia com outras pessoas. Andávamos por um corredor que levava a um grande salão de uso comum. As portas de fora eram vigiadas por guardas. As enfermeiras trabalhavam sozinhas, mas nunca iam embora individualmente – sempre em dupla. Logo, qualquer ideia de derrubar uma enfermeira e roubar seu uniforme estava fora de questão.

Eu não possuía arma nenhuma, nem meios de obter uma. Mesmo que conseguisse arquitetar uma fuga, o que poderia fazer quando saísse dali? Não podia voltar para a mansão da família Frankenstein, não podia voltar para o lago Como. Eu seria o que sempre temera: uma desvalida, miserável, indigente. Os muros que me prendiam iam muito além daquele hospício.

Todos os dias eram iguais, um desfile infinito de degradações e torturas aplicadas por mulheres impassíveis e ignoradas pela condescendência de homens insensíveis. Se já não estivesse insana ao ser internada, nenhuma mente, ficava óbvio, poderia resistir aos tormentos daquele inferno.

Eu me concentrei em não tomar láudano, apesar de ansiar pelo alívio que ele proporcionava. Rodeada de prisioneiras de olhos vazios e pensamentos enevoados, eu ficava a um só tempo enojada e com inveja. Era assim que aguentávamos? Que sobrevivíamos? Eu vivera toda a minha vida assim: ignorando e apagando, por vontade própria, verdades ao meu redor.

Recusei-me. As enfermeiras não se importavam, desde que eu fosse fácil de lidar. Contudo, sem um objetivo, sem algo para alcançar, eu sentia que cada resolução ou força que um dia pensei ter esvaía-se. Logo, sem dúvida, eu permitiria que o láudano se apossasse do tempo que ainda me restava até Victor estar pronto para buscar-me.

Comecei a falar com as enfermeiras, apesar de elas serem brutas e grosseiras e nunca me responderem. Mas eu tinha de fazer algo para me ocupar, e não permitiam que as prisioneiras conversassem muito durante o jantar.

Eu queria aliviar meus pensamentos. Queria livrar-me de toda a falsidade da qual me vestira, até ficar nua e crua, verdadeiramente eu mesma.

Na maior parte dos dias, eu falava de Justine, de minha culpa, de sua bondade. Ia andando em círculos, cada vez mais próxima da verdade, uma ferida ainda muito aberta para ser tocada. Quando finalmente falasse a verdade, desistiria. Tomaria os medicamentos. E procuraria o vazio do esquecimento.

Na quadragésima quinta manhã de meu cativeiro, deitei no catre com os olhos fixos no teto, tentando encontrar figuras nas rachaduras do reboco. A enfermeira entrou com a comida. O café da manhã e o almoço eram engolidos na solidão, para que não tivéssemos nossos delicados nervos sobrecarregados pela socialização.

Olhei de relance para ela, evitando mirá-la nos olhos. As enfermeiras interpretavam um olhar direto como uma ameaça. Era um modo garantido de ser amarrada na cama por um ou dois dias. Eu já começara a desenvolver calos nos pulsos e nas canelas. Além disso, acabara de ter meu incômodo mensal, durante o qual não me era permitido sair da cama sob hipótese alguma, para evitar que *minhas forças se exaurissem*. Eu não queria passar mais tempo do que o necessário ali.

Mas, em minha espiadela furtiva, algo em seus olhos castanhos e inteligentes por baixo daquele chapeuzinho branco e rígido fizeram-me lembrar de alguém que eu conhecia. Ou talvez eu só ansiasse por uma amiga. Qualquer amiga.

Eu não merecia uma amiga. Estava pronta para contar a verdade. Fechei os olhos e, finalmente, permiti que a lembrança se desenrolasse, da forma como tudo acontecera de fato.

– Posso lhe contar uma história? Justine adorava essa história. Mas, desta vez, contarei como realmente aconteceu. Eu sempre mentia para Justine. Queria que o mundo fosse mais belo para ela. O mundo é feio. Mais feio agora, sem ela. De qualquer modo, essa é a minha história:

Eu precisava de Victor. Precisava que ele me amasse. Então subi em uma árvore e desci com um ninho de ovos de tordo, azuis como o céu. Ele pegou o primeiro ovo e o segurou contra a luz do sol:

– Veja! Dá para ver o passarinho. – Victor tinha razão. A casca era translúcida, e a silhueta de um passarinho encolhido ficava visível.

– É como ver o futuro – falei. Mas eu estava enganada. O futuro seria revelado dentro de alguns instantes.

Ele abaixou o ovo e o abriu com uma faca. Eu gritei, chocada, mas Victor ignorou-me. Ele tirou a casca do ovo, fazendo careta à medida que o líquido espalhava-se pela sua mão. Nunca gostou de se sujar. Desencavar os corpos deve ter sido difícil para ele! Provavelmente, foi por isso que estrangulou o pequeno William. Nada de sangue.

Então Victor tirou o passarinho do ovo. Expirou, um tanto trêmulo, e percebi que ele estava com medo. Levantou os olhos para mim... e, como eu não queria perder aquela chance de uma nova vida, balancei a cabeça, incentivando-o a continuar.

– Consigo sentir o coração – disse.

O passarinho estremeceu, tremeu e, então, ficou inerte.

Victor olhou para ele, puxando suas pequenas garras, as asas que jamais se abririam.

– Como o ovo o manteve vivo? E onde foi parar o que o mantinha vivo, quando o coração parou de bater? Estava vivo e agora é apenas... uma coisa.

– Todos nós somos apenas coisas – respondi, porque nunca fora mais do que isso para as pessoas que me criaram.

Victor parecia pensativo. Estendeu o passarinho para mim, como se eu fosse ter vontade de segurar aquele pequeno pedaço de morte.

Segurei. Ele ficou me observando com atenção, então agi de modo tão corajoso e curioso quanto ele agira: agi como se não tivéssemos feito algo terrível. Falei:

— *Você deveria abri-lo, ver onde está o coração. Talvez, então, descobrirá por que parou.*

Victor parecia ter a sensação que eu tivera quando descobrira o ninho, a de encontrar um tesouro.

Soltei um suspiro, anestesiada de alívio por ter, finalmente, contado o resto da história.

De todos os crimes de Victor, dos assassinatos que eu sabia que cometera, o daquele passarinho minúsculo era o que mais me assombrava. Pois era mais fácil pensar naquele passarinho do que em Justine ou em William. Mas, provavelmente, porque eu fora sua cúmplice. Tornei-me posse de Victor naquele dia. Escolhi olhar diretamente para o que ele fazia, sem me esquivar, sem julgar. E continuei fazendo isso pelo resto de nossa infância. Nunca perguntei o que aconteceu com o braço de Ernest no chalé. Apenas lidei com aquilo e cuidei de Victor.

Nunca lhe perguntei, e ele nunca me contou, e nós dois presumimos que estávamos protegendo um ao outro. Por acaso era algum milagre Victor pensar que eu continuaria a fazer isso para sempre, depois de ter sujado minhas mãos de sangue no instante em que nos conhecemos?

Esse foi, pensei, o instante em que deixei de ser Elizabeth e tornei-me sua Elizabeth. E já não podia ser mais nenhuma das duas.

— Deus do céu! — exclamou a enfermeira. — O que fizeram com você?

Sentei, chocada por alguém ter conversado comigo. Eu conhecia, sim, seu rosto, afinal. Mas, naquela névoa lúgubre do hospício, levei alguns minutos para reconhecê-lo.

– Mary? – perguntei, incrédula.

Ela sentou-se, tirando o chapeuzinho branco de enfermeira e colocando-o em cima da cama, ao meu lado.

– Você é uma garota difícil de localizar.

– Há quanto tempo você trabalha aqui?

Minha mente girava, ainda incapaz de entender a aparição de alguém saído de minha antiga vida, ali, em meu novo inferno.

– Eu não trabalho aqui, tolinha. Tentei conseguir uma permissão para falar com você, mas não permitiram. Então, em vez disso, roubei a roupa suja. É difícil sair desse hospício, mas entrar certamente é fácil.

Levantei uma sobrancelha e comentei:

– Tão fácil que fiz isso dormindo.

– Preferi um método que me permitiria ir embora quando eu terminasse de fazer o que precisava fazer. – Ela franziu a testa, examinando o meu rosto. De súbito, tive consciência de como deveria estar minha aparência. Subi a mão no mesmo instante para alisar o cabelo, mas Mary sacudiu a cabeça. – Lamento muito o que fizeram com você. Eu suspeitava que você era cúmplice de Victor, mas agora acredito que foi mais uma de suas vítimas.

Inclinei-me para a frente, segurando seus braços. Com força em demasia, tive certeza, mas não consegui controlar-me.

– Você sabe de Victor? Sabe o que ele fez?

– Dos assassinatos? Ah, sim. Descobri tudo.

– Você viu o monstro?

Mary franziu a testa para mim e, no mesmo instante, arrependi-me de minhas palavras. Ela pensaria que eu era verdadeiramente louca e pararia de falar comigo!

Mas continuou falando:

– Depois que você foi embora, não tive notícias de meu tio. Fiquei preocupada. Um dia, um pescador estava com suas redes dentro do rio e puxou diversos cadáveres. Acometida por um mau pressentimento, fui para o necrotério, onde os corpos ainda estavam guardados até que alguém pudesse determinar de onde vieram.

– Você conheceu aquele homem horrível, o que parece uma doninha?

Mary sacudiu a cabeça e respondeu:

– Não. Disseram que o homem que administrava o local desaparecera pouco tempo depois de você ter ido embora. Fui ver os corpos, mas estava enganada. Não eram corpos, mas *partes* de corpos. Braços, pernas, torsos... Um deles estava com a cabeça e o torso intactos. Mesmo o casaco ainda estava no lugar. O rosto fora decomposto pelo tempo que passara no rio, estava inchado e carcomido, irreconhecível e tão horrível que jamais poderei esquecer. Mas eu conhecia o casaco. Eu o abri e tirei de lá de dentro uma bíblia minúscula, em filigrana de ouro, que meu tio sempre levava consigo. As páginas que ele tanto amava haviam se dissolvido na água, restando apenas a casca vazia.

Ela ficou em silêncio, com uma expressão sombria.

– A casca vazia do livro, a casca vazia de meu tio. Era ele.

Mary levantou-se e começou a andar de um lado para o outro.

– Teriam presumido que os pedaços eram de outros corpos que ficaram se decompondo até se despedaçarem dentro d'água, mas o estado de meu tio chamou a atenção. Porque, acima do local onde seu rosto carcomido deveria estar, o topo do seu crânio fora serrado perfeita e cirurgicamente.

Ela finalmente parou de andar e olhou para mim, levantando o queixo.

– Descobriram que todos os cadáveres desceram pelo rio vindos da residência de Victor, onde havia um duto que ia diretamente do segundo andar até o rio. Sei que ele tem bons contatos e sei que minha situação, por ser uma mulher solteira, é bastante precária. Já não posso

• 293 •

receber o que devem para meu tio porque os homens simplesmente se recusam a me receber. Se acusasse Victor de assassinato, perderia qualquer credibilidade que ainda me resta, devida ao nome de meu tio. Então não posso atacar Victor sem arriscar tudo o que me restou. É por isso que procurei você. Não foi fácil. Mas eu estava determinada. Você sabe mais do que fala. – Ela retorceu os lábios de modo sarcástico. – E sua presença aqui confirma isso. Então, por favor, eu lhe imploro. Conte-me a verdade. Conte-me toda a verdade.

Levantei-me e segurei suas mãos. O belo rosto de Mary estava preparado para sentir dor e sua mandíbula tinha uma posição determinada. Aquela nova revelação deixou-me triste por ela e também obrigou-me a rever o que eu presumira até então mais uma vez. Quantas vezes eu ainda me enganaria a respeito das atividades e motivações de Victor? Não sabia, nunca ousara suspeitar, que ele matara antes de matar William e Justine. Presumi que seus assassinatos haviam começado com eles. Meu antigo reflexo de esquivar-me do que havia de pior nele, aparentemente, não fora abandonado.

Mas é claro que Victor só queria os melhores materiais. É claro que não ficaria satisfeito com uma carne morta havia muito tempo. Ele mudara do cemitério para o necrotério para poder escolher os próprios suprimentos.

Não era de se espantar que Frau Gottschalk trancasse as portas com tanta insistência. Não era de se espantar que os boatos do que poderia acontecer a quem saísse de casa à noite atormentavam a cidade. Havia, de fato, um monstro em Ingolstadt.

"Henry", lembrei, com uma pontada aguda de pânico. Mas Victor dissera que Henry ainda estava vivo. E ele não mentira, não precisava mentir depois de ter confessado os assassinatos do irmão e de minha querida Justine. Eu não decepcionara Henry, então. Talvez, por meio de minha conivente falta de bondade, eu o salvara, ele e apenas ele, entre as pessoas que eu amava!

Esfreguei os olhos e fiquei surpresa ao descobrir que meu rosto estava banhado em lágrimas.

– Até este momento, eu não sabia que Victor estava matando gente em Ingolstadt. Juro. Se suspeitasse, *jamais* o teria protegido – disse, e fiquei em silêncio em seguida.

Seria verdade? Eu não sabia. Não tinha certeza. Era tão difícil distinguir o que sobrara de mim depois de cortar os pedaços que existiam para os outros. Acho que nem mesmo a velha Elizabeth seria capaz de ignorar o fato de pessoas estranhas terem sido assassinadas. Mas ela não precisou. Deliberadamente, por vontade própria, fechou os olhos, como sempre.

O olhar aguçado de Mary, de uma inteligência incansável, obrigara-me, mesmo em Ingolstadt, a ser sincera. Talvez, se eu tivesse ficado com ela, teria chegado a essas verdades antes.

Sacudi a cabeça. Aquilo não importava mais. Nada mais importava.

– Eu poderia ter investigado mais a fundo. Mas achei que os cadáveres haviam sido roubados de túmulos e comprados em necrotérios. Achei que Victor enlouquecera, que eu o estava protegendo das censuras do mundo, não de uma justiça muito merecida. Eu não devia ter me precipitado a ajudá-lo. Lamento muito. Saiba que ser conivente custou-me tudo o que eu mais amava neste mundo.

Mary segurou minhas mãos e as apertou tanto que quase doeu. Eu me inclinei ao seu toque, ansiando por ele.

– Eu não lamento – declarou. – Estou furiosa. E você também não devia lamentar. Victor roubou tanto de nós duas! Do mundo! Não podemos permitir que vença. Você me ajudaria?

Eu dei uma risada lúgubre, olhando ao redor daquela caixa que me prendia.

– Sequer consigo ajudar a mim mesma.

Ela pôs a mão debaixo da saia e tirou um segundo uniforme de enfermeira que havia escondido ali. As enfermeiras sempre vão embora em dupla. Nós duas poderíamos sair daquele pesadelo.

— Elizabeth Lavenza — seus olhos negros se espremeram, intensos —, chegou a hora de matar seu marido.

VINTE E QUATRO

O ESCRUTÍNIO DA VINGANÇA, ÓDIO IMORTAL

A PRÓPRIA LUA ESCONDEU sua face de nossas intenções violentas, vestindo-se de nuvens como se fossem uma mortalha. Os portões de Genebra estavam fechados. Mas a cidade não tinha serventia para nós, não desejávamos testemunhas.

Eu e Mary sentamos lado a lado, e fomos remando através do lago que há tanto tempo servia de limite para minha casa. Naquele instante, ele me levava até meu propósito sombrio: acabar com o rapaz que me trouxera até ali. Ondas mais negras que a noite batiam nas laterais de nosso barco; lufadas de vento traziam gotículas e molhavam nossos rostos. Imaginei que o lago batizava-nos, consagrava-nos para que executássemos nossa tarefa profana.

Sem dúvida, a natureza abominava Victor.

Um rumor grave de trovão atravessou o vale, ecoando nas montanhas ao longe. As ondas se tornaram mais agitadas; o vento, mais forte. Trazido pelas correntes, veio o lamento distante e solitário de algum animal agonizante.

Meu coração emitira o mesmo lamento demasiadas vezes. Virei o rosto para a dor da criatura que não vi. Não era capaz de carregar a dor de mais ninguém, nem mesmo a daquele pobre ser irracional.

Naquela noite, eu mataria Victor. Naquela noite, eu destruiria os últimos resquícios das fundações que passara a vida inteira construindo. Me restaria vasculhar os escombros, para verificar se algo do que eu era valia a pena ser salvo? Ou eu também tombaria?

Um relampejar iluminou-nos no meio do lago. Estávamos no centro de um redemoinho crescente. A chuva caía com uma força cortante e encharcou-nos em poucos segundos. Mesmo assim, continuamos remando, incansáveis diante de nosso plano mortal.

– As pistolas não funcionarão! – gritou Mary. Eu mal conseguia ouvi-la por causa da tempestade. – Ficarão molhadas demais!

Balancei a cabeça. Cada uma de nós trazia uma faca, mas esperávamos poder usar as pistolas. Lembrei da facilidade com que Victor me dominara e enchi-me de vergonha. Se tivesse lutado com mais afinco ou sido mais rápida… Mas, se os corpos encontrados dentro do rio serviam de indicação, Victor tinha uma vasta experiência em dominar pessoas.

Finalmente, terminamos de atravessar o lago revolto. Passamos sem incidentes pelo píer, pois nossos ruídos foram abafados pela tempestade. A noite entregara-se à violência. Uma árvore caiu no chão com um estrondo tremendo, e nós duas pulamos, mal conseguindo desviar de seus galhos. O vento arrancou meu cabelo dos grampos que Mary dera-me, e as longas mechas molhadas bateram em meu rosto com golpes ardidos.

A casa estava à nossa espera. Nenhuma das janelas dos quartos resplandecia. Só o saguão de entrada guardava um resquício de luz. Outro relâmpago atirou-se contra a construção, delineando-a contra a noite, e notei um detalhe que mudara durante minha ausência: um longo mastro, com uma orbe de metal no alto, enroscado em molas, agora se erguia no telhado em cima da sala de jantar, muito acima dos picos pontiagudos da casa.

– Ele construiu outro laboratório – sussurrei.

Mas o vento e a chuva roubaram minhas palavras. Segurei o braço de Mary e apontei, gritando minhas observações em seu ouvido. Ela balançou a cabeça, com uma expressão sinistra, esfregando os olhos para secá-los. Apontei para os fundos da casa, onde – eu sabia – poderíamos escalar a treliça e abrir uma janela solta no meu quarto.

Entrei em minha antiga casa como uma ladra, no meio da noite. Estava ali para roubar a vida de seu herdeiro. Pousei os pés naquele piso de madeira tão polido, no qual gerações e gerações da família Frankenstein perambularam. Minhas saias empapadas gotejavam, formando uma poça d'água que estragaria a madeira se não fosse secada. Quando criança, eu a teria limpado imediatamente, não querendo deixar nenhum resquício de mim nem dar motivo para censuras.

Eu me inclinei e torci o cabelo pelo chão todo.

Depois de minha temporada no hospício e de nossa viagem noturna até ali – eu e Mary dormimos durante o dia, escondidas em um celeiro –, o quarto era uma confusão de estímulos visuais. Sempre gostei dele quando pequena. Porém, naquele momento, vi as chamativas rosas no papel de parede como uma pálida imitação da realidade, como tudo naquela casa fria. As janelas tinham cortinas pesadas, que bloqueavam tanto a luz como a vista da majestosa natureza. Ao lado de uma delas, havia um quadro da mesma montanha que estava logo ali; só era preciso sair de casa para vê-la.

Talvez fosse por isso que Victor tinha tanto desespero para imitar a vida, em sua versão própria e doentia. Nunca fora capaz de sentir as coisas com a profundidade que deveria. Fora criado em uma casa onde tudo era fingimento e ninguém falava a verdade.

Nem mesmo eu.

Eu acusara Victor de ter criado um monstro, mas fizera a mesma coisa.

Mary entrou aos tropeços, perto de mim. Olhou em volta levantando uma sobrancelha, absorvendo a banqueta de veludo, a penteadeira dourada, a enorme cama com dossel. Cada superfície era coberta por um tecido diferente, uma estampa diferente. Tudo aquilo que não se encaixava em outro cômodo fora-me dado. Eu não sabia se estava zonza de tanta expectativa e tanto nervosismo ou se não estava mais acostumada ao caos dos refugos da família Frankenstein.

— Como você conseguia dormir aqui? — perguntou, atirando nossas pistolas inúteis em cima da cama. Como a porta estava aberta, por sorte, não teríamos que correr o risco de abri-la fazendo ruído.

— Eu não dormia muito.

Todas as noites que procurei Victor para me consolar de meus pesadelos seguiram meus passos, enquanto eu caminhava como um fantasma por aquela casa onde crescêramos juntos. Passamos pelo quarto das crianças, onde lhe prometi que jamais amaria o bebê que sua mãe levava na barriga mais do que o amava. Onde Justine passou a maior parte de suas horas felizes. Onde William crescera, alegre e despreocupado.

Passamos pela biblioteca, onde eu acalmara Victor e me sentira tão triunfante por treiná-lo a esconder sua ira e seu ódio dos outros. Depois passamos por uma porta que levava à ala dos serviçais, onde Victor incriminara Justine valendo-se de uma de minhas próprias artimanhas.

Tudo o que eu sabia a seu respeito, tudo o que compartilhamos, ergueu-se como os mortos diante de mim, mostrando o horror que apodrecia por baixo da pele.

— E o pai? — sussurrou Mary, enquanto eu verificava a cozinha furtivamente. Estava vazia. A criada e o cozinheiro deviam estar em seus quartos, apesar de ainda não terem aprontado a casa para a noite. Ou talvez Victor, procurando privacidade para seus estudos, houvesse dispensado os dois.

Torci para que ambos tivessem sido de fato dispensados, e não *dispensados*, como fora a desafortunada Gerta.

– A essa hora da noite, o Juiz Frankenstein já se recolheu ao seu quarto. Se Victor alertá-lo antes... – Fiquei em silêncio, sabendo o que deveria ser feito, mas detestando admitir em voz alta. – Se o pai de Victor nos encontrar, conversarei com ele. O juiz tem um incentivo financeiro para manter-me viva.

– Então eu, certamente, ficarei atrás de você – disse Mary, dando um sorriso sombrio.

Apontei para as portas duplas que levavam à sala de jantar. Adivinhei que Victor estaria ali, baseada na localização de seu artefato de metal. Certamente não estaria dormindo – não quando tinha trabalho a ser feito.

As portas estavam fechadas. Nelas, entalhado, pintado e polido, reluzia o brasão da família Frankenstein no qual eu passara tantas vezes meus dedos ao longo dos anos. O escudo que os protegia era meu escudo também, de acordo com a lei. Eu era Elizabeth Frankenstein, que entrou para a doente e falida árvore genealógica daquela família por meio do casamento. O que, de certa forma, tornava-me ainda mais uma posse do que eu era quando dependia deles para tudo.

Pensei na mulher do hospício, que fora trancafiada por ousar querer uma vida livre de dor e de agressão. Como deveria estar mesmo louca para sonhar que tal coisa era possível.

Uma tristeza lúgubre resfriou minha raiva com a mesma eficiência com que a chuva resfriara minhas roupas. Que esperança existia em um mundo como aquele? Estaria Victor mesmo tão errado por querer procurar maneiras de esquivar-se das exigências da natureza? Pois, se ficamos assim enquanto sociedade por meio da natureza, certamente a própria natureza era tão corrompida e disforme quanto o monstro de Victor.

Tentara alertar Mary a respeito do monstro, mas pude perceber que ela não acreditava em mim. Pouco importava. Ela já acreditava no monstro real e estava preparada para enfrentá-lo.

– Pronta? – sussurrou Mary. Então puxou sua faca.

Balancei a cabeça. Senti um frio na alma e tremi quando meus dedos pálidos fecharam-se em volta do cabo de minha própria faca. Desejei que tivéssemos um exército em nossa retaguarda. Desejei conhecer alguém, qualquer pessoa, que acreditasse em nós a respeito da verdadeira natureza de Victor. Desejei que aquela responsabilidade desoladora caísse sobre os ombros de qualquer um, menos sobre os meus.

Assim como todos os culpados desejam aliviar seus fardos nos ombros dos outros.

Abri as portas, brandindo a faca e preparando-me para o ataque. Mary gritou, e virei a cabeça, procurando seu agressor. Mas então vi o que a fizera gritar. Ela gritava de horror da cena diante dos nossos olhos.

Victor estava parado, de costas para as janelas. Entre nós, estava a mesa onde comíamos, à qual eu, com frequência, retorcia-me, desejando que pudéssemos sair da presença de seu pai. Estava coberta com uma folha de metal e, em cima dela, estava disposto um corpo. O olhos sem vida do Juiz Frankenstein miravam para cima, para o ponto em que o teto e o telhado haviam sido cortados para dar espaço ao mastro de metal que recebia os raios da tempestade. Toalhas e lençóis estavam espalhados pelo chão, para absorver a água da chuva.

Victor olhou para mim e franziu a testa. A chuva pingava de seu cabelo, pelo seu rosto. Quase parecia que ele estava chorando.

Victor nunca chorava.

– O que você está fazendo aqui? – perguntou.

Mary levantou a faca. Ele soltou uma injúria, puxou uma pistola e atirou nela. Ela foi cambaleando para trás, caindo pela porta até chegar ao chão.

– Não! – gritei e fui correndo ajudá-la.

– Pare! – ordenou Victor.

– Atire em mim – vociferei.

– Não quero atirar em você – respondeu, exasperado. – Guardo esta pistola para o caso de a criatura voltar.

Eu o ignorei e ajoelhei ao lado de Mary. Seu ombro sangrava copiosamente.

– Não acertou nada muito importante.

Puxei a toalha de uma mesa no corredor. Aquela mesa sempre tinha flores já fanadas há vários dias, com um cheiro nauseante e pungente. Naquele momento, as flores estavam tão velhas que um mofo preto e peludo cobria-as. O vaso caiu, espatifando-se no chão. Com a faca, cortei um pedaço da toalha e comprimi o ferimento de Mary, depois amarrei usando outra tira.

– É claro que não atingi nada importante. – Victor estava de pé perto de mim, com a pistola apontada para Mary. – Isso seria um desperdício de bom material. Mas, se você não fizer o que eu mandar, darei um tiro na cabeça dela. Seu cérebro não tem muita utilidade para mim. Largue a faca.

Larguei. Victor a chutou para longe, com desdém. A de Mary perdera-se quando ela caiu; não a vi em lugar algum.

– O que é isso que está vestindo? – Victor examinou minhas roupas com o mesmo horror com que eu e Mary encaramos o cadáver sobre a mesa. Eu ainda estava usando o uniforme de enfermeira, com uma capa abotoada no pescoço. – Vá trocar-se imediatamente.

Fiquei abismada com suas prioridades.

– Acabo de fugir do hospício onde você me trancafiou, vim aqui com o propósito específico de matá-lo, e *você quer que eu mude de roupa?*

Victor chutou Mary terrivelmente, e ela gritou de dor.

– Não temos tempo para discutir. Se cair um raio, preciso aproveitar imediatamente. Qualquer demora arruinará todo o processo e inutilizará o corpo. Logo, terei de preparar outro. – Ele apontou para Mary sugestivamente. – Então vá trocar-se.

Victor esperou até eu começar a movimentar-me, depois cutucou Mary com o pé.

– Entre no laboratório, por favor – disse.

Preparei-me para atacá-lo pelas costas, na esperança de fazê-lo perder o equilíbrio, mas ele se posicionou virado na minha direção, para que pudesse observar meu progresso enquanto mantinha a arma apontada para Mary. Ela estava pálida, seus traços inteligentes retorcidos pela dor. Não tinha condições de enfrentá-lo. Seu braço ferido pendia inerte ao lado do corpo.

Ela virou de costas para mim como se tivesse encolhendo-se de dor. O braço ferido escondeu a faca, que ficou acomodada em sua mão e guardada em sua manga.

– Vá se trocar, Elizabeth – falou. – Victor tem razão. Você está horrorosa.

Mary entrou na sala de jantar e soltou o peso do corpo em cima de uma cadeira que estava perto da porta.

Corri pelos corredores e subi a escada até meu antigo quarto. Coloquei um de meus vestidos brancos. Parecia uma preparação para um ritual do qual eu não queria participar. Todos os rituais que temos, como seres humanos, parecem girar em torno do nascimento e da morte – o casamento sendo a exceção, apesar de meu casamento ter sido um ritual intimamente ligado à morte, dado o parceiro que escolhi.

Eu não tinha arma nenhuma no quarto a não ser as pistolas inúteis. Mas Victor não sabia que eram inúteis! Enfiei uma delas nas pregas largas e pesadas de meu vestido, onde a saia encontrava cintura, nas costas. Se eu prestasse atenção aos ângulos que apresentasse para ele, Victor não a veria.

Respirei, fora de ritmo, e marchei de volta ao novo laboratório de Victor, para reunir-me ao meu marido e ao meu falecido sogro – que não deveria permanecer nesse estado por muito tempo. Eu não gostara dele enquanto vivia. Não tinha nenhum desejo de reunir-me com ele depois de sua morte.

— Bem melhor — elogiou Victor, mal levantando os olhos das medições que fazia com seu conjunto de instrumentos, cuja utilidade eu só conseguia supor. — Você pode sentar-se. Preciso concentrar-me. — Ele apontou com a pistola para uma cadeira do lado oposto de onde Mary estava. Fui sentar-me ao lado dela, e Victor destravou o gatilho da pistola — Você pode sentar *ali*.

Mary observava-o com mais curiosidade do que medo.

— Você o matou?

Falava no tom exato para acalmá-lo. Já interrompêramos seu processo, e ele estava prestes a explodir a qualquer momento. Era isso que eu faria — era isso que eu *deveria* ter feito. Incentivado Victor a falar.

— Hein?

Victor parecia confuso, não sabia a quem Mary referia-se. Então olhou para baixo, para o corpo nu do pai. Cortes, enegrecidos e cuidadosamente costurados, desciam pelas pernas e braços brancos em numerosos traços que atravessavam seu peito largo. A garganta, percebi, possuía marcas mais antigas.

Ele fora estrangulado.

— Sim — respondi. — Victor o matou.

Ele acompanhou meus olhos, que fitavam a garganta de seu pai, e bateu nela de leve, com atenção.

— O segredo é não esmagar a traqueia. Isso sim é um desafio! Aprendi essa lição depois de uma frustrante sequência de acontecimentos que não gostaria de repetir. É preciso apertar com força suficiente para cortar o fornecimento de sangue para o cérebro, até a pessoa desmaiar. Então você simplesmente continua até ela parar de respirar. Tentei diversos outros métodos, mas faziam muita sujeira ou causavam muitos danos aos materiais. Fiz campanha para que Justine fosse executada de algum outro modo, mas não quiseram dar-me ouvidos, e eu não podia revelar o porquê. Levou tanto tempo para substituir seu pescoço e sua garganta... Eu poderia ter conseguido se não tivesse sido obrigado a desperdiçar todo esse esforço.

Victor estava com o olhar fixo.

— Quantas pessoas você matou? — Mary mantinha um tom casual, não de acusação. — Guarda troféus, além de pedaços do corpo?

Ele se encolheu, com uma expressão de quem acabara de sentir um cheiro desagradável.

— Eu não *gosto* de matar. Lamento essa necessidade. Tentei, por algum tempo, trabalhar na reanimação de tecidos mortos. Mas a deterioração era demasiada. As ligações que eu precisava fazer para que a corrente enervasse um corpo inteiro estavam quebradas. Era preciso um material mais fresco. — Victor ficou em silêncio por um instante, segurando uma ampola com um líquido amarelo que parecia nocivo. — Eu não acreditava que conseguiria. A primeira vez foi terrível para mim.

— Para ele também, imagino — falei.

Victor surpreendeu-me, retorcendo os lábios em um sorriso que, anteriormente, eu recebera como uma dádiva.

— Seu sofrimento foi breve. Tive que viver com o alto preço cobrado pelas minhas ambições. Tem sido um fardo, posso garantir.

Então pousou a arma sobre a mesa, ainda apontando para Mary, enquanto injetava o líquido no olho leitoso e sem vida do pai. Não virei o rosto.

Nunca mais eu me permitiria virar o rosto para não ver a verdade.

— Se você admira a qualidade de meus pontos — ele disse para Mary, apontando para as linhas pretas da costura —, deve parabenizar Elizabeth. Foi ela quem me ensinou a costurar. Exige muito das mãos, contudo. — Victor segurou a arma de novo e levantou as duas mãos, virando a palma da que estava vazia para cima e observando-a com extrema atenção. – Tudo isso é muito desgastante. Esta mão precisa ser capaz de fazer os mínimos cortes. Um escorregão, um tremor, e posso inutilizar um corpo inteiro. Isso, sem falar na força necessária para estrangular alguém. Eu jamais pensara nas exigências puramente físicas antes de começar. Tudo não passava de ideias extravagantes, problemas explorados apenas no papel. – Ele suspirou e completou: – Tal é a natureza da ciência, entretanto. Em algum momento, a teoria precisa ser transformada em realidade, e sempre exigirá mais trabalho do que o esperado.

Mary fez um ruído de concordância.

– Deve ter sido exaustivo matar meu tio. Ele não era um homem pequeno.

Victor olhou para seu mastro, depois girou outro botão.

– Quem era mesmo seu tio?

– Carlos Delgado. – A calma de Mary deteriorou-se em face da ignorância de Victor. – O livreiro! Seu amigo!

Ele franziu a testa, remexendo em suas lembranças.

– Ah! Sim... Eu acabara de perder muito de meu material em um teste, em razão de uma injeção com a quantidade errada. Precisava de um substituto imediatamente. Ele bateu à minha porta. Foi falta de sorte, na verdade. Mas, conte-me, alguém procurou por ele? Não. Ninguém nunca procurou. Todos os homens que roubei de áreas sombrias, os bêbados, os estrangeiros, os andarilhos em busca de trabalho. Nunca ninguém procurou por eles. E é isso que me traz consolo. Eu lhes dei um propósito mais elevado do que jamais tiveram em vida.

– Eu procurei por ele! – Mary respirou fundo, relaxando deliberadamente. – Eu procurei por ele.

– E ninguém se deu ao trabalho de ajudá-la, não foi? Eu poderia tê-la roubado também, a qualquer momento, sem jamais ser alvo sequer da mais discreta investigação.

Victor não disse isso por maldade. Simplesmente constatou o fato, porque era verdade.

Mary virou-se para mim. Seu rosto estava pálido; e seus olhos, sombrios. O curativo que eu fizera em seu ombro já estava manchado de sangue.

– Lamento dizer, mas não tenho muita fé que seu casamento será uma união feliz.

Os relâmpagos bifurcaram-se lá no alto. Victor olhou direto para cima, ávido, na expectativa. Fiquei em pé e cheguei mais perto devagar. Um raio lançou-se para baixo e acertou o mastro com uma força esmagadora. O ar crepitou, e meu cabelo ficou todo arrepiado.

Victor esticou a mão para baixar uma alavanca. Gritei, brandindo a pistola para chamar sua atenção. No mesmo instante, Mary levantou-se e atirou a faca. Que girou no ar e acertou a testa de Victor, com o cabo. Estupefato, Victor cambaleou para trás.

O relâmpago passou.

A alavanca permaneceu intocada.

Houve um chiado de fritura e um cheiro pútrido de carne e cabelo queimados porque o cadáver do Juiz Frankenstein fora arruinado de modo irreparável pela corrente que Victor não conseguira redirecionar.

– Você estragou tudo! – gritou, apontando a pistola para Mary.

As janelas atrás dele revelaram uma terrível silhueta escura que corria em nossa direção. A coisa atravessou o vidro dando um rugido inumano, chocando-se contra Victor.

O monstro estava ali.

VINTE E CINCO

POR ACASO VOS PEDI, CRIADOR, QUE DO BARRO ME FIZÉSSEIS?

O MONSTRO, QUE TINHA um aspecto terrível mesmo a distância, era ainda pior de perto. Seu cabelo, longo e negro, caía liso de sua cabeça disforme. As linhas da costura de Victor deixavam sua pele repleta de sulcos e franzidos, com pedaços de tons diferentes e alguns trechos ressecados, como a pele de uma múmia.

Seus lábios eram negros como piche, cobrindo dentes tão retos e brancos quanto quaisquer que eu já vira. O contraste, em vez de ser agradável, tornava tudo mais estranho e repulsivo.

A criatura tentou agarrar Victor com as mãos enormes, disformes e desajeitadas. Os dedos eram grosseiramente desenhados, faltando unhas, com juntas erradas. Victor abaixou-se, correu por baixo do monstro e pulou em cima da mesa. Ficou em pé por cima do cadáver mutilado do pai. O monstro segurou a beirada da mesa soltando um rugido, disposto a despedaçar tudo.

Assim que o monstro encostou no metal, Victor abaixou-se e acionou o interruptor. Qualquer que fosse a energia que restava do relâmpago, crepitou e faiscou, dirigida diretamente à criatura.

O monstro atacou, endireitando-se para estender toda a sua altura colossal, depois foi cambaleando para trás, bateu contra uma parede e escorregou até sentar-se, com as pernas compridas esparramadas em um ângulo impossível. Seus pés, que tinham o tamanho de minhas coxas, estavam descalços, revelando apêndices atrofiados, que terminavam em enormes patas de lobo.

Victor pulou com cuidado de cima da mesa, pegou a pistola e apontou para Mary. A arma tremia em sua mão violentamente, mas não duvidei que ele fosse acertar o alvo. Eu me virei, tomada pelo pânico, e vi que ela desmaiara, pela perda de sangue ou pelo choque de ver o monstro. Satisfeito, Victor prendeu a arma de volta ao cinto.

— Você também pode guardar a sua, Elizabeth — disparou. — Ou não funciona ou você é incapaz de atirar em mim.

Joguei a arma no chão, e toda a sensibilidade esvaíra-se de minhas extremidades. Eu não conseguia tirar a os olhos do monstro. No instante em que esteve parado, meu olhar percorreu sua forma, sem conseguir fixar-se em nenhum de seus traços terríveis. Por todos os lados, minha mente rebelava-se contra o seu formato, rejeitando algo tão próximo e, ainda assim, tão distante da humanidade.

Por fim, fixei-me em seus olhos.

Apesar de o monstro parecer incapaz de movimentar-se, seus olhos estavam vivos de emoção. Uma esclera amarela rodeava as íris, que eram de um azul chocante de tão perfeito. Quando as vi, percebi de onde as conhecia.

— Henry? — falei, com um suspiro de surpresa.

Victor chutou um dos pés do monstro para tirá-lo do caminho e pisou no outro.

— Bem... Parte dele, pelo menos. Eu disse que Henry estava vivo.

Um lamento escapou de meus lábios, e caí de joelhos. O último pedaço de meu coração fora arrancado de mim. Eu não conseguira salvar a vida de ninguém que amava.

Eu tinha condenado a todos.

– Engraçado – continuou Victor, enrolando as mãos em uma toalha e puxando os restos arruinados do pai para fora da mesa, com alguma dificuldade. A pele queimara-se, grudando no metal. – Mesmo nesta forma, é mais forte e mais rápido do que qualquer ser humano, mais capaz de resistir aos elementos. *Ainda assim*, tem bondade demais em seu coração para ser capaz de me matar. Mas, repito, não é o coração de Henry. Não consigo lembrar de quem tirei o coração... Será que é do tio dela? Seja de quem for, não está à altura da tarefa de me matar. Diabo infeliz! Ele me causa o mais profundo desgosto. E pensar que eu, que cheguei tão longe, poderia criar algo tão abominável que mesmo os anjos do demônio fugiriam, assustados.

Victor terminou de arrancar o pai da mesa atirou os restos com força contra a outra parede. O chão estava coberto de lascas de vidro da janela. Refletiam a luz dos candelabros e lampiões, reluzindo nas poças de chuva que ainda restavam. A casca torturada e retorcida do Juiz Frankenstein ficou jogada no meio do vidro e da água.

– Você não ama *nada?* – perguntei, conseguindo, naquele instante, apenas olhar para Victor. Contudo, mesmo na presença do monstro, Victor era muito mais monstruoso.

– Só você – declarou, como se fosse um fato. Mas sua expressão era de raiva; seu tom de voz, duro. – Mais um corpo desperdiçado! E mais sujeira para limpar.

– Tentei proteger-te – grunhiu o monstro.

Olhei para ele, em choque. Por que aquilo tentaria proteger Victor? Mas seus olhos estavam fixos em mim.

Henry.

O monstro.

– Avistei-te. Na minha cidade natal. Onde tudo o mais era sombras e medos, reconheci teu rosto. Eu acordara em meio à escuridão e ao terror, rejeitado por meu criador. Fugi, escondi-me, sem saber por que suscitara tamanho terror, mas sem querer expor-me a mais ódio. Eu era um recém-nascido e, em vez de amor e consolo, encontrei apenas a mais amarga das rejeições. Eu não tinha consciência de mim mesmo, contudo. De como viera ao mundo. Do que fora... antes. Sabia apenas o que vira desde que meus olhos abriram-se no laboratório dele. E então eu te vi e *lembrei-me*. Não de tudo. Mas conhecia teu rosto, sendo que o meu próprio era estranho para mim. Eu te segui. Eu queria alertar-te, mas só de pensar que poderias ver-me e gritar de medo fugi como um covarde. Eu me escondi como um animal noturno e observei. Revelei-me para Victor com o objetivo de ameaçá-lo. Para que ele soubesse que eu estava observando, que sempre estaria observando. Que não permitiria que ele continuasse com seus propósitos malignos, que eu não permitiria que ele fizesse mal a ti.

Não era a voz de Henry nem seu rosto, mas as palavras eram quase suas. Fiquei envergonhada de minha repulsa. Daria qualquer coisa para não sentir nojo do monstro. Mas aquela criatura era um reflexo personificado de todo o mal que Victor praticara no mundo.

— E *eu* tentei de tudo para matar-te — retrucou Victor, verificando alguns botões e enchendo novamente sua seringa. — Se eu não te tivesse criado tão forte, maldição, seria muito mais fácil. Mas aprendi muito. Preciso contentar-me com isso.

Eu não sabia o que dizer — temia jamais saber novamente. As lágrimas ameaçavam tomar conta de mim, e tive inveja do entorpecimento de Mary. Eu queria ir embora daquela sala, daquela consciência, deixar para trás, para sempre, meu conhecimento daqueles horrores, o conhecimento do que eu perdera e ainda perderia.

Victor vencera.

Ele olhou para o céu, onde um trovão rumorejou muito perto, assinalando que o trabalho daquela noite ainda não estava terminado.

– Mais uma descarga deve bastar. Para apagar essa faísca de vida que eu jamais deveria ter permitido brilhar em ti. – Ele franziu a testa, olhando para sua primeira criação. – Será muito difícil levantar-te e colocar-te em cima da mesa.

Olhei para Mary, indefesa. Ela era a vítima perfeita. Sem dúvida, seria a próxima a ficar sobre a mesa. Olhei para a porta. Eu poderia correr. Poderia fugir.

Victor suspirou.

– Você realmente deveria estar me ajudando. Sempre tenho que fazer a maior parte do trabalho. Corra logo, se é isso que quer. Não vai querer ver essa parte. Nunca quis. Mas posso garantir: encontrarei você aonde quer que vá. E, quando encontrar, estarei preparado. Você é minha. Nada do que pode dizer ou fazer me impedirá de alcançar meu objetivo. Certamente você, que me conhece mais do que ninguém, sabe que isso é verdade.

Tremendo, dei as costas para Victor. Meu salvador. Meu marido. Eu realmente sabia disso. E sabia que, lá fora, o mundo não me ajudaria nem sentiria pena de mim. Balancei a cabeça.

Um pouco de sua raiva se dissolvera.

– Sei que esse processo parece terrível. Mas você não verá nem sentirá essa parte. Será como acordar de um sono profundo. E, quando você acordar, será como esta criatura abominável: mais forte, mais rápida, invulnerável aos elementos. Livre de dor e de medo. Porém não será corrompida como ele. Será como um serafim dos céus. Será aperfeiçoada. Você passou a vida inteira com medo e preocupações. Protegerei você, e nunca mais temerá nada. – Victor ficou em silêncio por um instante, e eu o observei suavizar sua expressão deliberadamente, dar o sorriso que eu lhe ensinara a dar. – Deixarei você virar para o outro lado se não quiser olhar. Deixarei você sair agora para não observar nenhum de meus testes finais. Carregarei esse fardo sozinho, para presentear-lhe com o resultado. Depois de vagar pelo inferno, eu lhe entregarei o céu. Pode aceitá-lo?

Derrotada, exausta além do imaginável, confrontada com a perda de meu último amigo e com a iminente destruição da mais recente amizade, levantei os olhos para mirar nos de Victor. Eu seria forte. Tão mais forte...

— Você libertará Mary? — perguntei.

Ele franziu a testa.

— Ela me será útil.

— Por favor. Ninguém que eu conheça. Não novamente.

Victor suspirou e disse:

— Mas ela sabe tudo a nosso respeito. Teremos que nos mudar. O que tornará tudo mais complicado.

— Poderíamos voltar para o lago Como. Eu poderia pintar enquanto você... trabalha. Não olharei. Esperarei você terminar. Temos tempo.

Os ombros de Victor ficaram mais relaxados. O verdadeiro sorriso que apenas eu conseguia arrancar dele iluminou seu rosto, como se fosse a luz do sol libertando-se das nuvens.

— Eu vendi a propriedade e esvaziei quase todas as suas contas — respondeu, apontando para um grande baú de couro que havia no canto da sala. — Podemos comprar um novo laboratório. Em algum lugar isolado. Em algum lugar onde não serei interrompido novamente. Juntos — completou, abrindo os braços.

— Tudo o que eu sempre quis foi estar com você — sussurrei.

Comecei a andar em sua direção, mas escorreguei e caí no chão, em meio ao vidro e à água.

Victor correu para o meu lado e abaixou-se, tentando ajudar-me.

Meus dedos fecharam-se em torno de um caco de vidro. Enfiei-o na lateral de seu corpo.

– Meretriz maldita! – gritou Victor, cambaleando para trás, saindo do meu alcance. O vidro ainda estava incrustado em seu corpo, espetado em seu torso.

Levantei-me, e outro pedaço de vidro cortou minha mão, quando o segurei com toda a força que me restava. Mostrei os dentes para Victor, um sorriso mais falso do que aqueles que eu lhe ensinara a dar.

– Eu teria mirado em seu coração, mas aí só existe um espaço vazio.

Victor cambaleou na direção da mesa, para pegar a pistola. Corri para chegar antes dele, mas nós dois paramos de repente. O monstro se erguera.

– Estou pronto para matar-te agora, creio – declarou a criatura.

Victor rodopiou, agarrando-me pela cintura e agarrando minha mão para que o vidro a cortasse. Então pressionou minha mão contra minha garganta, segurando o caco afiado contra a veia que fornecia sangue para todo o meu corpo.

– Se vieres em minha direção, eu a matarei! – Eu podia sentir que Victor tremia, podia perceber que ele logo perderia o controle. – Só preciso do corpo dela.

O monstro jogou a cabeça para trás e emitiu o mesmo lamento que eu ouvira antes. Aquele, ao qual minha própria alma respondera. O grito dos perdidos, dos malditos, das almas que não encontram refúgio neste mundo.

Tive vontade de produzir o mesmo som.

Mas eu já resolvera que seria mais forte. E não precisaria da venenosa ressurreição de Victor para isso.

– Você não pode fugir comigo – falei. – Atrasarei cada curva que fizer. E, se me matar agora, o que terá para impedir que o monstro lhe mate? Ele não terá mais motivo para não fazer isso. Se você me matar e, mesmo assim, conseguir fugir, meu corpo será um fardo muito grande.

Quando você tiver acesso a outro laboratório, eu já terei deteriorado há tanto tempo que não lhe serei mais útil. Você me perderá, Victor. Qualquer que seja a sua escolha, você me perderá.

Suas mãos estremeceram, e o vidro arranhou minha pele. Uma gotícula quente de sangue manchou minha gola, tingindo meu vestido perfeitamente branco.

– Você é minha – sussurrou em meu ouvido. – Jamais pararei. Seguirei você até os confins da Terra. E então você conhecerá o meu poder, e me idolatrará como seu criador. E seremos felizes juntos.

Victor atirou-me para a frente. Caí sobre a mesa, e o que restava da carga elétrica sacudiu meu corpo. Por fim, a abençoada escuridão apoderou-se de mim.

VINTE E SEIS

SOLIDÃO, POR VEZES, A MELHOR COMPANHEIRA

— ELA ESTÁ ACORDANDO — disse uma voz de mulher.

Fui me arrastando para fora da escuridão, deixando que a agonia de meu corpo levasse-me à consciência. Quando abri os olhos, Mary estava sentada ao meu lado, sorrindo.

— Foi bom seu sono de beleza?

Sentei-me, com a cabeça girando.

— Seu braço! — exclamei, levantando a mão à altura do braço de Mary. Lá havia um novo curativo, e pouquíssimo sangue manchava-o.

— Sobreviverei. Assim como Victor, infelizmente. Você não poderia tê-lo golpeado no pescoço? Ou nos olhos? Ou no peito? Ou...

Pus a mão sobre sua boca.

— Mary... não fui treinada para atacar com cacos de vidro. Você terá de relevar minha pontaria de amadora.

Ela afastou minha mão e ficou esperando que eu me levantasse. Assim que consegui me equilibrar, ajudei-a a ficar de pé.

E então olhei de relance para o monstro.

Henry.

Como se adivinhasse meus pensamentos, a criatura falou de onde

estava, escondida, no canto mais escuro da sala, com os ombros encolhidos e o rosto virado para o outro lado:

— Segurei-te quando caíste e absorvi parte do choque, para que a
carga não te matasse. Victor fugiu. Não consegui alcançá-lo a tempo e
perdi-o em meio à tempestade. Sinto muito.

— Não é culpa sua. É minha.

Mary estalou a língua e disse:

— Bem... Não creio que você possa receber os louros no lugar de
Victor. Você não o obrigou a fazer nada daquilo.

— Mas eu não o impedi.

— E quando teria impedido? — Mary foi até o baú de couro e
abriu-o. — Ah, que interessante. Ele ficará assaz descontente por ter que
deixar tudo isso para trás — disse. Então o fechou e continuou a vasculhar a sala. — Você o teria impedido quando era criança e dependia da
família de Victor para sobreviver? Quando estava trancafiada em um
hospício sem recurso algum para conseguir se libertar?

— Não sou isenta de culpa.

— Não ser isenta de culpa não é a mesma coisa do que ser culpada
— retrucou Mary, dando-me um sorriso gentil.

O monstro tentou se encolher ainda mais naquele canto escuro.

— Henry... — comecei a dizer, sem permitir que meu rosto se virasse para não vê-lo.

— Eu não me chamo Henry. Não na verdade. Ele faz parte de mim,
mas não sou ele.

— Como se chama, então? — perguntou Mary.

— Era Henry. E acho que também era Felix.

— Meu tio se chamava Carlos.

— Então também me chamo assim.

— É um nome bem comprido — disse ela. — Já que você é algo novo,
acho que deveria escolher seu próprio nome.

Houve um silêncio, e então o monstro balançou a cabeça.

– Adão – falou. Sua voz era um ronco tão grave quando o dos trovões, que começavam a se afastar do nosso vale nas montanhas.

– Eu gosto. Literário, com um toque de ironia. É um prazer conhecê-lo, Adão.

Mary, então, foi bisbilhotar a sala de jantar transformada em laboratório. Suspeitei que fez isso para não precisar olhar para a criatura. Não acreditara em mim quando contei sobre sua existência. Mesmo estando no mesmo cômodo que ela, eu ainda tinha dificuldade para entender sua forma e não conseguia acreditar que era real.

– Eu tomaria cuidado com os produtos químicos – falei para Mary, quando vi que ela levantou uma seringa ainda cheia. – Você não sabe o que podem causar.

Ela fez careta, como se sua ignorância fosse mais incômoda do que os próprios produtos químicos. Então encontrou uma grande pasta de couro repleta de folhas soltas. E arregalou os olhos quando a abriu.

– Victor esqueceu sua pesquisa.

O monstro – o homem – Henry – não Henry – Adão pôs a mão dentro de sua capa rudimentar. Parecia que ele a costurara utilizando-se de uma vela de barco. De dentro de algum bolso, pegou um livro parecido.

– Tenho este, velho.

– De onde tirou isso? – Eu reconheci o volume: era o que estava dentro daquele terrível baú, no primeiro laboratório de Victor. E então lembrei: – Você estavá lá naquela noite. Quase o matei, no incêndio. – Baixei a cabeça, envergonhada. – Lamento.

– Tu não sabias.

– Não, lamento muito mais do que isso. Não fui justa com você... com Henry... em vida. Durante a primeira vida dele. Mas, seja qual for o pedaço de você que foi de Henry, eu o usei. Não de modo tão cruel quanto Victor o usou, mas permiti que você continuasse apaixonado por mim porque isso fazia eu me sentir mais segura. Não porque correspondesse aos seus sentimentos. Não sei se cheguei a ter esse tipo de sentimento nem se sou capaz de tê-lo. Parece-me um desperdício de segurança e estabilidade. – Fiquei em silêncio, respirei fundo e obriguei-me a olhar para o monstro. Eu acostumaria minha mente a ele até que meus olhos não mais se esquivassem. Encontrei os olhos de Henry em meio àquele rosto destruído e concentrei-me apenas neles. Então continuei: – Fui eu quem colocou você no caminho daquele demônio. E eu provoquei Victor, deliberadamente, para que ele voltasse para casa ou que então permitisse que você se cassasse comigo, com o objetivo de assegurar meu futuro. Eu não dava importância para qual das duas coisas fosse acontecer, o que significa que eu não me importava de verdade com seus sentimentos. Eu o usei. E, por isso, lamento. Sempre lamentarei.

– Agora entendo o que significa estar aprisionado – respondeu, com palavras tão vagarosas e medidas, cada uma delas pronunciada com um cuidado preciso por uma língua inchada e desajeitada. – Estou aprisionado neste corpo. Não há lugar para mim no mundo, não posso encontrar refúgio em parte alguma. Não posso sequer depender da caridade alheia, porque jamais me será oferecida.

Mary caminhou pelo chão repleto de cacos de vidro até chegar perto de nós. Tirou o primeiro diário das mãos de Adão e guardou-o, junto com o segundo, debaixo do braço que não estava ferido.

– Bem... temos a pesquisa dele. Temos o dinheiro dele. Temos o laboratório dele. Demorará um pouco até Victor conseguir estabelecer-se novamente.

– Sou a favor de não darmos essa oportunidade a ele – falei.

Olhei em volta daquela casa, que nunca fora minha. A casa dentro da qual sempre quis, desesperadamente, estar em segurança. A casa à qual, como legítima Frankenstein, eu finalmente tinha direito.

Derrubei o primeiro frasco que vi. Depois outro, e mais um.

Peguei uma cadeira e atirei na cristaleira, destruindo tanto os produtos químicos de Victor como a porcelana de família dos Frankenstein. Só percebi que estava gritando quando despendi a última gota de minha energia destrutiva. A sala fedia aos materiais de Victor: dejetos juntaram-se ao desastre que já estava no chão.

Fui até a porta que ostentava o brasão da família Frankenstein e perguntei:

— Você acha que consegue arrancar isso, Adão? Preciso começar um incêndio.

Ele grunhiu, assentindo sem palavras. Com suas mãos enormes, arrancou a porta das dobradiças facilmente e atirou-a no meio da sala. A segunda porta veio em seguida. Adão andou pelo resto da casa, despedaçando a mobília. Mary foi arrastando lentamente o baú de dinheiro com o braço que não estava ferido enquanto eu recolhia os suprimentos que escondera para matar Adão, quando ainda não sabia quem era o verdadeiro monstro.

Nós atiramos tudo, montando uma pira no centro da sala de jantar. Estava na hora de queimar meu passado ali, de uma vez por todas. Nós nos reergueríamos das cinzas, renascidos. Adão. Mary. E eu.

Peguei fósforos no fogão da cozinha e parei por um instante. Então disse:

— Precisamos verificar a ala da criadagem. Odiaria assassinar alguém por acidente.

— Só temos planos de fazer isso de propósito — completou Mary, querendo ajudar. — Mas, se houvesse alguém aqui, acho que teria reagido a tanto barulho.

— Os criados foram embora quando Victor voltou — disse Adão. — Fiquei vigiando.

— Que bom.

— Devemos colocar o corpo por cima?

Olhei para a forma decrépita do Juiz Frankenstein. Ele tomara posse de mim e me mantivera cativa, querendo possuir-me por causa de meu dinheiro. Não era tão mau quanto o filho. Mas, certamente, era um dos motivos para Victor ser quem era.

— Isso não é por ele. É por mim.

Atirei o fósforo na pira. Permanecemos ali até o fogo nos expulsar da casa. Então ficamos parados diante dela, lado a lado, observando a mansão Frankenstein ser consumida pelas chamas.

— O que faremos agora? – perguntou Mary.

— Victor disse que me perseguiria até os confins da Terra. Acho que deveria desafiá-lo a fazer isso.

Mary deu risada e completou:

— Eu adoraria fazê-lo sofrer.

— Você não pode ter intenções sérias de vir comigo! Minha jornada será longa, solitária e perigosa.

Ela respondeu, fitando as chamas à sua frente:

— Meu tio está morto. Eu adorava a livraria porque o adorava. Se voltar para lá, passarei os próximos anos lutando para mantê-la e então a perderei, porque sou uma mulher solteira, e essa é a natureza da lei. Além disso, Victor sabe que conheço a verdade a seu respeito. Não penso que poderá perdoar ou esquecer o papel que desempenhei nisso tudo.

— Acho – interveio Adão, com sua voz grave que mais parecia o som de duas rochas chocando-se – que posso criar uma trilha para Victor seguir. Sou memorável.

Que grupo estranho formávamos! Mas eu estava mais feliz do que nunca por não ter que fazer aquilo sozinha.

— Tentar seguir-nos manterá Victor ocupado, impedindo que ele consiga montar outro laboratório. Podemos salvar a vida de outras pessoas dessa maneira. Mas precisamos atraí-lo para locais onde fique o mais longe possível das pessoas. Caso as coisas não transcorram de acordo com o planejado. – Afinal de contas, nós três já fracassáramos em nossa tentativa de matá-lo. – Ele odeia frio. Vamos para o Norte o mais rápido possível.

– Ah, os três fugitivos farão da vida de Victor um inferno – completou Mary, esfregando as mãos de deleite.

Dei risada, e Mary também, e o som era mais claro do que o fogo que consumia tudo à nossa frente. Algo em Adão pareceu ceder. Ele ficou mais ereto, sem virar mais o rosto para esconder-se de nós. Seus lábios se entreabiram, esboçando um sorriso e, por fim, pude ver a alma que seu corpanzil continha. Não fora Victor quem a criara. O mérito era todo de Adão.

Ficamos em silêncio, ouvindo a chuva chiar ao chocar-se com as chamas. O calor era tão intenso que nossas roupas secavam mais depressa do que ficavam molhadas.

Aquela casa fora um refúgio. E fora uma prisão. Mas, ao vê-la arder em chamas, eu não me sentia livre. Victor estava à solta. Ele me perseguiria. Eu conhecia, melhor do que ninguém, a intensidade e a devoção peculiares com as quais ele se dedicava a um objetivo. Ele me encontraria.

E eu permitiria que encontrasse.

VINTE E SETE

EIS NOSSA CURA:
NÃO MAIS SER

Sempre soube que conheceria o mundo por causa de Victor.

Jamais pensei que seria por ter de fugir dele.

Estávamos em uma planície nos arredores de São Petersburgo. Fora uma viagem longa e gélida. E tínhamos jornadas ainda mais longas e ainda mais gélidas por fazer. Mas, olhando para os domos em forma de cebola daquela cidade reluzente e congelada, finalmente pude sentir algo que se assemelhava à paz.

– É lindo – disse.

– É gelado – disse Mary.

– É ambas as coisas – disse Adão.

Dei risada, passando meu braço pelo de Mary. E, então, ainda hesitante, estiquei meu outro braço e passei pelo de Adão. Que se encolheu todo ao ser tocado – como sempre –, mas então relaxou. Não levantei os olhos para ver se ele estava sorrindo. Eu tentava agir simplesmente de acordo com minha vontade ou porque me parecia correto, e não porque queria suscitar alguma reação que atendesse a meus propósitos.

– Vocês duas deveriam visitar a cidade – sugeriu Adão. – Passar algumas noites aquecidas e no conforto. Posso perambular pelo campo para que me vejam de relance.

– E se alguém tentar ferir você? – perguntei. Eu temia isso constantemente: que seu semblante monstruoso inspirasse violência. – Isso não é justo com você. Ou ficaremos todos aquecidos ou nenhum de nós ficará.

Adão deu um tapinha em minha mão. Ela parecia minúscula ao lado da sua, que tinha o dobro do tamanho, mas era extraordinariamente delicada.

– Sou mais rápido e forte do que qualquer um que possa me fazer mal. Não me importo de cumprir essa tarefa. O frio não me incomoda. E gosto de ficar ao ar livre. Ainda é estimulante correr o mais rápido que posso. – Ele ficou em silêncio por um instante, então deu um sorriso tímido. Um sorriso tão hesitante que mais parecia um botão de flor, frágil e ainda por formar-se. – Gosto de reencontrar vocês depois.

Retribuí seu sorriso, o que ajudou seu botão a florescer.

– Também gosto. Mas não falo russo. Então, não saberemos o que dizer na cidade e...

– Eu falo – interrompeu Mary, esboçando um sorriso. O ar que expirava se transformava em vapor diante de seu rosto. – Pelo menos, ao ponto de conseguir pedir comida e reservar um quarto. Meu tio adorava São Petersburgo. Eu queria vê-la com meus próprios olhos.

– Caso resolvido. – Adão deu mais um tapinha em minha mão e a soltou com cuidado. – Eu já conheço a cidade.

– De outra vida – argumentei.

– Isso me basta. Encontrarei vocês aqui dentro de três dias.

Ele saiu trotando e, em poucos segundos, estava demasiado longe para que pudéssemos continuar discutindo.

Mary subiu novamente em nossa carruagem aberta e segurou as rédeas.

— Venha. Quero ficar aquecida. E não apenas algumas horas por vez.

Sentei-me ao seu lado, e tomamos a direção da cidade. Como nossa carruagem era um trenó, paramos nos arredores de São Petersburgo e procuramos um estábulo para deixar os cavalos. Fomos em uma charrete com cocheiro até o centro da cidade. Eu queria ir para algum lugar desinteressante e anônimo. Mary escolheu o melhor hotel que conseguiu encontrar. Naquela noite, diante de tigelas de sopa e taças de vinho, Mary repreendeu-me:

— Estamos em uma das cidades mais belas do mundo. Quero ir à ópera. Quero visitar as catedrais. Quero desfrutar desta refeição cara. E você está determinada a permanecer infeliz. Adão está *bem*. Ele gosta de ficar sozinho. E gosta de juntar-se a nós depois.

— Não é isso — disparei. Então dei-me conta do que era. Olhei para a tigela de sopa e para a colher de prata que havia do lado. Ambas ficaram borradas. — Como posso desfrutar da vida se Victor ainda está à solta? Como posso me divertir se Justine morreu? William? Seu tio e Henry... que não está morto, mas tampouco está vivo. Não de verdade. Carrego seus fantasmas sem descanso comigo. Foram mortos por minha causa. Por causa da necessidade doentia de Victor de possuir-me para sempre. Como posso sequer sorrir, como posso alegrar-me novamente, sabendo a que custo continuo viva?

Mary esticou o braço em cima da mesa e segurou minhas mãos. Eu então vestia preto, o tempo todo. Ela usava um vermelho escuro naquela noite, que realçava seu belo tom de pele. Sorriu para mim, apertou minha mão e disse:

— Conheço meu tio. Vejo resquícios dele em Adão. Em sua bondade. Em seu encantamento pela natureza. Em seu amor por nós duas. Estou certa de que Henry está presente nesses aspectos também. E que sua Justine se foi, mas que você a traz em seu coração. Será que Justine gostaria que esse coração ficasse pesado e atormentado por causa dela?

Sacudi a cabeça e respondi:

– Justine fez-me prometer justamente o contrário.

– Não estou dizendo que você não deveria sentir remorso nem tristeza. Mas, pelo menos, seu passado deveria servir para lhe ensinar o valor da vida. A alegria natural e preciosa que possui. Não permita que Victor lhe roube isso também. Ele já lhe tirou coisas demais.

Balancei a cabeça, soltando uma das mãos para secar as lágrimas. Segurei a outra mão de Mary por bastante tempo, até sentir que meu peito estava leve o bastante para conseguir respirar. Então dei-lhe um sorriso franco por nenhum motivo a não ser por amá-la e estar feliz por ela estar comigo. Mary também sorriu.

Naquela noite, enrolada ao seu lado, no calor de nossa cama diante de uma lareira que crepitava suavemente, tive um sono profundo. Pela primeira vez em meses, nenhum pesadelo me atormentou.

– Trouxe um presente – falei, sorrindo.

Os olhos azuis de Adão arregalaram-se, surpresos. Por baixo das peles e das provisões que compráramos, havia uma pilha de livros. De poesia, teatro, filosofia – tudo o que eu sabia que Henry amara. E que Mary sabia que seu tio amara. E, além desses, levamos volumes a respeito de uma dúzia de outros assuntos, para que Adão pudesse descobrir o que *ele* amava.

– Obrigado – respondeu, com um ar solene, passando os dedos disformes pelos livros. Eu e Mary abraçamos Adão, que nos envolveu em seus braços. – Obrigado – sussurrou.

E tive certeza de que o presente que trouxéramos não era feito apenas de palavras ou de conhecimento, mas de companhia. Nós jamais abandonaríamos Adão. E ele jamais nos abandonaria.

A família que quase me destruiu deu-me, inadvertidamente, uma nova família. Eu cumpriria as promessas que fizera a Justine. Abraçaria a vida que tinha, por mais estranha que fosse, pelo tempo que a possuísse. E, com a cabeça de Mary pousada em meu ombro e Adão dirigindo a carruagem, eu me permiti sorrir para ninguém.

Para *mim mesma*.

Mary afivelou suas peles, até ficar mais parecida com um animal selvagem do que com uma moça. Dei risada dela e empurrei o caixote para o lado. Verifiquei a abertura no chão para me certificar de que a boca do buraco que escaváramos no gelo, para pegar água e peixes, ainda estava limpa. Quebrei o gelo que se formava em volta das beiradas e puxei a linha em seguida.

— Três peixes!

O vento uivava em volta de nossa minúscula choupana, tentando infiltrar-se desesperadamente na lama e na madeira que vedavam a porta contra a entrada dos elementos. A neve estava tão alta que tapava a única janela, tornando mesmo a luz do dia enevoada e suave. Não sabíamos quem construíra aquela choupana nem a quem pertencia, mas estávamos lá fazia duas semanas sem receber visitantes. E, se o dono realmente aparecesse, pagaríamos com gosto pelo tempo que passamos ali. Mas eu não conseguia imaginar ninguém se aventurando por aquelas bandas. A neve era um castigo constante, que cegava. Adão, com frequência, precisava cavar para que pudéssemos sair de casa e buscar mantimentos.

A choupana ficava muito mais vazia sem sua presença gentil e delicada. Eu sempre me sentia melhor quando ele estava em casa. Mas Adão não se importava em ficar sozinho durante suas idas aos vilarejos, que se situavam a um dia de viagem, para ser visto pelos moradores. E sentia-se pouco à vontade ocupando nosso minúsculo espaço com seu corpo gigantesco.

Nós não nos importávamos e fazíamos questão de que Adão soubesse disso. Ele voltava no dia seguinte e, então, discutiríamos nossos próximos passos. Eu sentiria falta daquela choupana uivante. Mas estava na hora de decidir para onde iríamos em seguida.

— Ele é um verdadeiro gênio, sabia? — disse Mary.

— Quem?

Pus os peixes no aquecedor, depois empurrei o caixote de volta em seu lugar, tapando o buraco no gelo. Eu poderia cozinhá-los naquela noite, quando Mary retornasse com os mantimentos. Ela traria comida e as notícias que conseguisse obter. Até então, não ouvíramos nada a respeito de Victor. Nenhuma pista de alguém perguntando por nós. E, graças a Deus, nenhum boato sobre uma série de assassinatos ocorridos em Genebra ou em localidades próximas.

Eu queria pensar que poderíamos continuar daquele modo para sempre. Mary começara a sugerir que Victor morrera em consequência de seus ferimentos ou que nossa fuga fora bem-sucedida demais. Ela queria voltar para São Petersburgo e comprar uma casa isolada para nós três. Para que sossegássemos. Poderíamos ser encontrados por Victor dentro de um mês, um ano ou nunca. Eu não sabia pelo que torcer. Só sabia que, desde que chegara a São Petersburgo, com Mary e Adão, eu estava... feliz.

— Victor. É um gênio — respondeu Mary, batendo em um pedaço rígido de suas peles. Ela as entreabriu e mostrou os diários dele. — E também insuportável. Você sabia que ele estava escrevendo um diário? Um relato de sua vida, mas cortando as partes em que assassinou pessoas para roubar pedaços de seus corpos. Colocou-se no papel de herói. Acho que teme que seu legado seja prejudicado, caso alguém descubra o que fez; quer controlar o que os outros sabem a seu respeito. Você... caso esteja preocupada... é um anjo na face da Terra: perfeita, bela, absoluta e completamente apaixonada por ele.

• 329 •

– Eu não fazia ideia de que Victor possuía tamanho talento para a ficção.

– Hummm... Você também foi assassinada por Adão em sua noite de núpcias! Quanto drama. Victor foi internado em um hospício algum tempo depois, de tão grande que foi o baque do luto.

– Aquele *desgraçado* insuportável – vociferei.

Mary deu risada.

– Certamente, ele tem um certo pendor para falar de si mesmo. E tantas descrições das montanhas! Victor estava deveras enamorado de sua imensidão.

– Você deveria queimar essas diários.

– Essa é a *sua* solução para tudo, não a minha. Também tenho estudado o trabalho de Victor. Ele é um louco assassino, mas sua mente... – Mary deixou a frase no ar, com uma espécie de admiração estampada em seu rosto. Então sacudiu a cabeça, como se tentasse expulsar fisicamente aquele pensamento. – Se faz você se sentir um pouco melhor, entendo como podia tê-lo em alta conta e ser cega quanto a sua verdadeira natureza. A mente de Victor é realmente notável.

Soltei um suspiro.

– Não era a mente de Victor que eu amava. Era a estima que ele nutria por mim. Victor valorizou-me quando ninguém mais o fazia. E pensei que isso tornava-me uma pessoa especial, o fato de que ele amava apenas a mim. Eu deveria ter percebido que sua incapacidade de amar qualquer outra pessoa apenas significava que havia algo de errado com ele.

– Ah, Elizabeth, sua criatura meiga e tristonha – disse Mary, com um tom alegre. – *Eu* acho que você é especial. E amo diversas pessoas. Bem. Amo algumas pessoas... – Ela ficou em silêncio por um instante e completou: – Pelo menos duas pessoas. Definitivamente, amo duas pessoas. Desde que Adão possa ser considerado um pessoa. E, para nós, pode.

Eu dei risada, e dei-lhe um abraço desajeitado por cima daquelas suas peles enormes.

— Volte logo.

Mary beijou meu rosto e colocou seus sapatos de neve. Eu me preparei para sentir o frio quando ela abriu a porta. O vento entrou, trazendo neve e diminuindo dramaticamente a temperatura dentro da choupana. Mary estava com o corpo dobrado, quase na horizontal, lutando contra o vento para conseguir caminhar sobre a neve. Fechei a porta com dificuldade, tranquei-a, aliviada, e pus mais lenha no aquecedor.

À tarde, com a luz fria e suave do sol e o calor do aquecedor, esperando meus amigos retornarem, decidi: não permitiríamos mais que Victor ditasse nossas vidas. Nós havíamos fugido. Havíamos esperado. Encontraríamos um lugar para morar e deixaríamos que ele nos encontrasse ou permanecesse um mistério para sempre. Eu não me importava aonde fosse, desde que tivesse minha pequena família de três pessoas.

Ouvi Mary bater à porta desesperadamente e fui logo acordando do cochilo que tirava. Abri a porta, que se escancarou com ainda mais força do que o normal, derrubando-me no chão.

— Feche! — gritei. Então levantei o braço para proteger meus olhos da neve que entrava e do brilho do sol que me cegava.

A porta se fechou e, quando baixei o braço, dei de cara com Victor, de pé, diante de mim.

— Olá, esposa minha.

Chutei suas canelas e fui me arrastando para trás, em direção à mesa. Victor se esquivou, tentando me passar rasteiras e chutando meus braços, para que eu caísse de vez no chão. Tínhamos pistolas e rifles debaixo da cama, mas eu não conseguia chegar até eles. Então rolei o corpo para ficar de frente para Victor.

Ele segurava uma pistola. Viera preparado. Seu cabelo castanho estava coberto por um chapéu de pele, endurecido pela neve. Por quanto tempo ficara espreitando nossa choupana para me apanhar?

Aquele tempo todo pensávamos que estávamos preparando uma armadilha para Victor. Naquele instante, quem estava presa na armadilha era eu, sozinha.

— Tenho um trenó puxado por cachorros à minha espera, lá fora. Estaremos a quilômetros de distância antes que aquela mulher perceba que você sumiu. E sei que o monstro demorará um dia para chegar até aqui, mesmo com seus passos tremendos. — Ele se abaixou e sorriu para mim, e sua expressão fria e possessiva lembrou-me a de seu pai. — Você realmente pensou que isso funcionaria?

Fui para trás. Victor ficou me observando, pronto para pular em cima de mim. Parei quando minhas costas bateram no caixote. Não havia por onde fugir. Eu não conseguiria alcançar as armas antes que Victor me dominasse. E, se eu resistisse, sem dúvida, ele me drogaria novamente, e eu perderia todas minhas chances de lutar.

— Você ficará feliz em saber que, finalmente, estou pronto. Não foi fácil, mas você não entenderia nem apreciaria o tipo de desafios que tive de superar. Esperar por sua gratidão depois que fizer sua mudança tem me ajudado a seguir em frente. E também me permite perdoá-la por sua falta de fé em mim.

— Jamais serei sua — falei, com um tom vazio e sem convicção.

Victor agachou-se para me olhar nos olhos. Eu não fingiria mais para Victor. Nem ele para mim. Seu verdadeiro ser fora revelado. Era como olhar para um retrato — plano, sem vida, sem alma por baixo das pinceladas. Será que eu realmente não percebera ou será que sempre optara por não enxergar, como Victor dissera?

— Nunca houve outro caminho para você. Considere que, para mim, tudo foi ainda pior. O quanto tive de sofrer! E quanto desse sofrimento foi causado diretamente por você! – Seu rosto se contorceu, e seus dedos apertaram a pistola. Então ele suspirou e completou: – Não adianta resistir. Não há sentido em lutar. Este é o seu destino, Elizabeth Frankenstein. Não permitirei que ninguém mais venha a possui-la. Nem um homem, nem a morte, nem mesmo Deus.

Então ficou de pé e estendeu a mão para mim.

– Se eu for com você, deixará Mary e Adão em paz?

– Quem demônios é Adão?

– É... – Não consegui dizer "o monstro".

Victor adivinhou.

– Oh, Adão... Um nome de homem para algo que não chega a tanto. Mas, sim. Os dois podem fazer o que quiserem. Não têm nenhuma utilidade para mim.

Victor sorriu. O sorriso que eu lhe ensinara. E eu sabia que estava se utilizando dele naquele momento para que eu não precisasse enxergar a verdade. É claro que não permitiria que os dois tivessem paz. Mary tentara roubar o que era seu, e Adão era uma constante lembrança de seu fracasso. Ele me levaria e depois destruiria os dois. Ou, no caso de Mary, usaria seu corpo para algo inconfessável.

Que opção eu tinha?

Sorri para Victor, lançando o olhar que sempre o acalmava, para que ele pudesse voltar a funcionar. Ele soltou um suspiro de alívio, e seus olhos se acenderam. Ainda precisava de mim, sempre precisaria de mim. E, de alguma forma, aquilo ainda me fazia reagir.

Eu não tinha meios para matá-lo. Mas, talvez, depois que Victor me levasse, eu conseguisse inventar alguma coisa. Dei um sorriso ainda mais terno, e ele se abaixou para me beijar. Não consegui me controlar e tive de me afastar de seus lábios odiosos.

Meus movimentos deslocaram o caixote, e meu impulso carregou-me para trás, para dentro do buraco no gelo.

O choque foi imediato e esmagador. O pânico borbulhava como minha respiração, enquanto eu tentava orientar-me e encontrar a boca do buraco. Precisava sair dali!

Uma mão tentou me agarrar, tateando cegamente a água gelada. A mão que me fora estendida quando criança, que me tirara da miséria e me levara para uma vida em uma espécie diferente de cativeiro. A mão que, guiada por sua mente brilhante, podia realizar cirurgias delicadas e sutis, que desafiavam as leis fundamentais da vida e da morte.

A mão que tomaria meu corpo e o transformaria em seu.

Victor queria salvar-me. E eu queria viver! Desesperadamente. Sempre quisera. Por um instante, eu me permiti considerar essa opção.

Mas, se vivesse, ainda assim morreria e jamais teria controle sobre mim mesma novamente. Segurei sua mão e então a puxei com todas as minhas forças. Victor, desacostumado a encontrar resistência de minha parte, caiu no buraco. Ele se debateu e se virou para mim, dentro daquelas profundezas azuis. Suas sobrancelhas estavam juntas, em uma expressão de surpresa e confusão.

Estiquei a mão e acariciei-as, sorrindo. Victor nunca mais faria mal a ninguém. Eu o salvara. E salvara a mim mesma.

Victor tentou chegar à superfície, procurou a abertura do buraco. Mas não tirara todas as suas peles, que eram pesos, puxando-o para baixo. Eu o abracei e afundei com ele, até que parasse de se mover. A água ao meu redor, do mais escuro azul, passou de fria para escaldante e depois para um nada tranquilo.

Abri os olhos e soltei Victor. Seus dedos, enroscados em meus cabelos, finalmente se desenroscaram. Victor foi rodopiando para baixo, olhando para mim com o semblante surpreso, até que as profundezas negras se apossaram dele. Flutuei, sem peso. Final e verdadeiramente livre.

E então, sozinha mas não com medo, fechei os olhos.

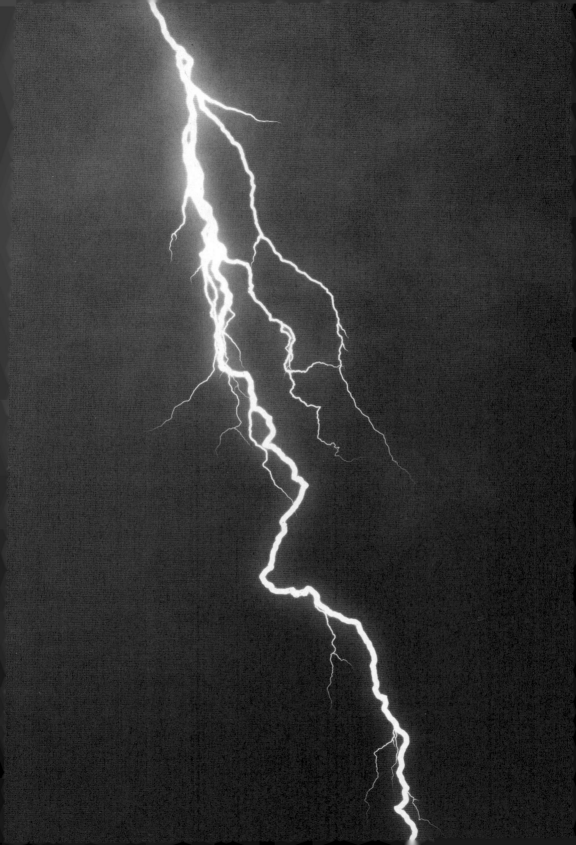

EPÍLOGO

GUIADO PELA MUSA, SOMBRIA QUEDA
EMPREENDI, ENTÃO TORNEI A ASCENDER

NÃO HAVIA NADA.

Então houve um choque tamanho que me arrancou das garras da eternidade, transmitindo pulsos de dor a cada nervo adormecido até que eu sentisse e enxergasse o clarão branco que me dominava e me obrigava a voltar.

Respirei fundo.

Abri os olhos. Não conhecia aquele cômodo, aquele lugar. Não conhecia nada. Senti o pânico surgindo, até que uma mão gelada encostou no meu rosto. Mary olhava para mim, sorrindo apesar das lágrimas. Adão estava parado do seu lado, com a expressão torturada repleta de esperança.

– Bem-vinda, Elizabeth Frankenstein – disse ela.

Eu estava livre. E...

– Estou viva – sussurrei.

Estou viva.

NOTA DA AUTORA

Há duzentos anos, uma adolescente se sentou e criou ficção científica.

Fez isso por causa de uma aposta. A coisa mais legal que eu já fiz para pagar uma aposta foi convidar meu atual marido para sair. O que, verdade seja dita, transformou meu mundo. Mary Shelley? Transformou o mundo inteiro.

É raro aparecer uma história que muda completamente a imaginação do público de um modo tão surpreendente e notável. O fato de ainda comentarmos sobre *Frankenstein*, ainda estudarmos e adaptarmos essa obra diz muito a respeito das perguntas que Mary Shelley fazia. Porque as respostas não são o mais interessante das histórias: as perguntas é que são.

Quando me sentei para fazer um reconto de um livro que significa tanto para mim, não sabia direito por onde começar. Sabia que queria uma protagonista feminina mas, além disso, precisava de uma guia. Precisava de perguntas.

Eu as encontrei na introdução que a própria Mary Shelley escreveu para o livro. No texto, ela desvia o foco de si mesma, falando do marido, o poeta Percy Bysshe Shelley. "Meu marido, desde o início, ficou muito ansioso para que eu me provasse digna de minha ascendência e me inscrevesse nas páginas da fama... Desta vez, desejou que eu escrevesse, não tanto por pensar que eu poderia produzir algo digno de nota, mas para que ele pudesse julgar por si mesmo até que ponto eu seria uma promessa de coisas melhores no futuro." Então, no prefácio, a única parte do livro escrita por ele, Percy faz questão de comentar que, se as pessoas soubessem que Lorde Byron estava escrevendo ao mesmo tempo que a primeira versão de *Frankenstein* era produzida, certamente gostariam mais da obra do poeta.

Mary Shelley adorava seu marido. Guardou o coração dele embrulhado em uma folha contendo os versos do poeta até o dia em que ela morreu. Mas aquela passagem me deu vontade de sair quebrando coisas. *Frankenstein* não existiria se Lorde Byron e Percy Shelley não tivessem desafiado Mary – ou se Shelley não tivesse encorajado a esposa a continuar escrevendo. Mas o talento foi todo de Mary.

Mesmo assim, quando da publicação e décadas depois, até hoje, dão todo o crédito para os homens com os quais ela convivia. Afinal de contas, como uma menina – uma adolescente – pode ter realizado algo tão maravilhoso?

Foi assim que minhas perguntas começaram a tomar forma. Em que medida o que somos é moldado por aqueles que nos cercam? O que acontece quando tudo o que somos depende de outra pessoa? E, como sempre: cadê as meninas? Nem mesmo a imaginação selvagem e ampla de Mary foi capaz de colocar uma garota como protagonista da história. Elas estão relegadas ao plano de fundo, meras caricaturas. E foi aí que encontrei a minha história. Com uma menina que foi dada de presente para um garoto. Com uma menina cuja vida se resume a ficar rodeando o menino brilhante que ela ama. Com uma menina que, inadvertidamente, ajuda a criar um monstro.

Com uma adolescente porque, como provou Mary Shelley, nada pode ser mais brilhante ou apavorante do que isso.

NOTA DA EDIÇÃO BRASILEIRA

CITAÇÕES DE JOHN MILTON EM
A SOMBRIA QUEDA DE ELIZABETH FRANKENSTEIN

A seguir, reunimos as citações de John Milton nesta obra e, paralelamente, conforme aparecem na edição original de *A sombria queda de Elizabeth Frankenstein*. Algumas destas citações trazem os versos de Milton apenas em parte. Nestes casos, indicamos os versos originais fragmentados com [...].

Para conhecer a obra completa *Paraíso perdido*, grande épico da literatura do século XVII e também uma das principais influências para Mary Shelley na elaboração de *Frankenstein*, os editores da Plataforma21 sugerem a edição bilíngue publicada pela Editora 34 (1ª edição 2015 / 2ª edição 2016), com tradução, posfácio e notas do poeta português Daniel Jonas.

EPÍGRAFE

Por acaso vos pedi, Criador,
que do barro me fizésseis, supliquei
que das trevas me promovêsseis?

Did I request thee, Maker, from my clay
To mould me man, did I solicit thee
From darkness to promote me [...]

PARTE UM

Como poderia sem ti viver?

How can I live without thee [...]

1

Que infelicidade ser fraco

[...] to be weak is miserable

2

Qual a relação da noite com o sono?

What hath night to do with sleep?

3

Perdidos em tortuosos labirintos

[...] in wandering mazes lost

4

Meio perdido, procuro

[...] half lost, I seek

5

Decidido a desbravar ou importunar

With purpose to explore or to disturb

6

Os olhos nefastos revira

[...] round he throws his baleful eyes

7

A Noite eterna e o Caos cantei

I sung of Chaos and eternal Night

8

O horror e a dúvida desassossegam
seus conturbados pensamentos

[...] horror and doubt distract
His troubled thoughts [...]

9

Este horror há de reduzir, a treva há
de clarear

This horror will grow mild, this
*   [darkness light*

10

Perder-te era perder-me

[...] to lose thee were to lose myself

11
Quando do sono
despertei

[...] when from sleep
I first awaked [...]

PARTE DOIS
Iluminai
o que de trevas há em mim

[...] what is dark within me,
Illumine [...]

12
A um só tempo
livre e em dívida

[...] at once
Indebted and discharged [...]

13
Todo este bem do mal advindo

That all this good of evil shall produce

14
Haveria algo ainda por sofrer?

What can we suffer worse [...]

15
Ódio e amor
para mim análogos

[...] love or hate,
To me alike [...]

16
Então, adeus, esperança

So farewell hope [...]

PARTE TRÊS
Longa e árdua é a trilha
que do inferno à luz leva

[...] long is the way
And hard, that out of hell leads up to light

17
Em que direção devo voar

[...] which way shall I fly

18
Seus funestos elementos para criar
outros mundos

His dark materials to create
[more worlds

19
Se acaso Deus criasse uma nova Eva

Should God create another Eve [...]

20

Carne de minha carne,
osso de meu osso

[...] *flesh of flesh,*
Bone of my bone [...]

21

Ele, para quem amar significa obedecer

Him whom to love is to obey [...]

22

Salve, horrores
salve, mundo infernal

[...] *hail horrors, hail*
Infernal world [...]

23

Então deve seguir o mundo, sendo mau
para os bons e bom para os maus

[...] *so shall the world go on,*
To good malignant, to bad men benign

24

O escrutínio da vingança, ódio imortal

And study of revenge, immortal hate

25

Por acaso vos pedi, Criador,
que do barro me fizésseis?

Did I request thee, Maker, from my clay,
To mold me man [...]

26

Solidão, por vezes, a melhor
companheira

[...] *solitude sometimes is best society,*

27

Eis nossa cura:
não mais ser

[...] *that must be our cure:*
To be no more [...]

EPÍLOGO

Guiado pela Musa, sombria queda
empreendi, então tornei a ascender

Taught by the heav'nly Muse to venture down
The dark descent, and up to reascend,

AGRADECIMENTOS DA AUTORA

Antes de mais nada, agradeço a Mary Wollstonecraft Shelley, cuja imaginação impressionante continua a inspirar inúmeras histórias, incluindo esta. Obrigada por ser uma gênia gótica durona e mostrar para aqueles poetas como se faz uma história de terror de verdade. Você mudou os rumos da ficção para sempre.

Um agradecimento especial para as minhas próprias gênias duronas, Wendy Loggia e Beverly Horowitz, por terem me perguntado se eu gostaria de escrever um reconto de *Frankenstein*. A resposta, óbvio, foi "sim". Sou muito grata por vocês duas terem me instigado a descobrir Elizabeth e sua história.

Agradeço também a todo mundo da Delacorte Press e da Random House, em especial a Audrey Ingerson, por sua ajuda editorial; a Colleen Fellingham, por me lembrar gentilmente do quanto eu precisava de um editor de texto; e a Aisha Cloud, minha divulgadora sublime.

Para Regina Flath e sua equipe de *design*, minha tremenda gratidão e veneração. Estou impressionada com sua criatividade e habilidade de sonhar com um conceito e transformá-lo em uma capa maravilhosa e aflitiva.

Michelle Wolfson continua sendo minha agente supercapaz e firme, direcionando minha carreira e encontrando oportunidades para mim, por mais que morra de medo dos meus livros. Desculpe, Michelle. Você sabe tão bem quanto eu que não vou ser menos apavorante.

Escrever este livro não teria sido possível sem Natalie Whipple, que me fez mudar de direção; Jon Skovron, meu especialista residente em *Frankenstein*, e Stephanie Perkins, que leu todas as versões e me ajudou a construir meu próprio monstro adorável. Eu amo vocês três.

Lorde Byron e Percy Shelley, obrigada por serem insuportáveis e por pensar que, de jeito nenhum, Mary Shelley poderia escrever algo melhor do que os versos de vocês. Bem feito.

Obrigada, Noah, por ser o alicerce da minha vida, com quem eu posso discutir minhas ideias, por ser meu apoio, meu companheiro. E, finalmente, obrigada aos meus lindos filhos, por terem compartilhado esses longos meses com todos os monstros aos quais tive que dar vida. Vocês ainda são minhas melhores criações.

SUA OPINIÃO É MUITO IMPORTANTE

Mande um e-mail para **opiniao@vreditoras.com.br**
com o título deste livro no campo "Assunto".

1ª edição, out. 2018
FONTE Adobe Jenson Pro 12/16,3pt; Bernhard Fashion Std 13,5/16,3 pt
PAPEL Holmen Book 60g/m²
IMPRESSÃO Geográfica
LOTE G81789